ENTRE MUNDOS

Brenna Yovanoff

ENTRE MUNDOS

Tradução
Sibele Menegazzi

Rio de Janeiro | 2013

Copyright © 2011 Brenna Yovanoff.
Todos os direitos reservados. Publicado mediante contrato com a Rights People, Londres.

Título original: *The Space Between*

Capa: Silvana Mattievich
Ilustração de capa: © Ebru Sidar/Trevillion Images

Editoração: FA Studio

Texto revisado segundo o novo
Acordo Ortográfico da Língua Portuguesa

2013
Impresso no Brasil
Printed in Brazil

Cip-Brasil. Catalogação na publicação
Sindicato Nacional dos Editores de Livros — RJ

Y36e	Yovanoff, Brenna Entre mundos/Brenna Yovanoff; tradução Sibele Menegazzi. — 1. ed. — Rio de Janeiro: Bertrand Brasil, 2013. 392p.: 23 cm Tradução de: The space between ISBN 978-85-286-1805-1 1. Romance americano. I. Menegazzi, Sibele. II. Título.
13-03005	CDD: 813 CDU: 821.111(73)-3

Todos os direitos reservados pela:
EDITORA BERTRAND BRASIL LTDA.
Rua Argentina, 171 — 2º andar — São Cristóvão
20921-380 — Rio de Janeiro — RJ
Tel.: (0xx21) 2585-2070 — Fax: (0xx21) 2585-2087

Não é permitida a reprodução total ou parcial desta obra, por quaisquer meios, sem a prévia autorização por escrito da Editora.

Atendimento e venda direto ao leitor
mdireto@record.com.br ou (0xx21) 2585-2002

ESTE LIVRO É PARA A MINHA FAMÍLIA —
para cada um de vocês.

PRIMEIRA PARTE

INFERNO

PRÓLOGO

Uma vez, minha mãe disse a uma horda inteira de anjos que preferiria morrer a voltar para um homem a quem não amasse.

Isso foi há muito tempo, antes da fome ou da guerra ou do motor a combustão. Antes que meu pai caísse em desgraça e matasse mil mensageiros divinos em sua queda. Naquele tempo, minha mãe era jovem e impetuosa. Ela tinha outra vida.

* * *

Deus fez Adão da lama, com uma alma e um coração no peito, e ele foi o primeiro homem. Havia um jardim repleto de animais, onde Adão vivia sozinho.

Então, como não era bom que o homem ficasse sozinho, Deus fez Lilith. E esse foi o primeiro erro. Ela se aproximou de Adão através de uma campina delirante de flores, e ele a amou.

Ela não correspondeu ao seu amor.

Ele não viu a escuridão que havia nela. Ele era jovem e pensou que ela pudesse mudar. Meu pai diz que é isso que acontece quando se é jovem, mas eu ainda acho que Adão deveria ter desconfiado. Deveria ter visto nos olhos dela, visto a verdade em suas unhas rachadas. Deveria saber que não se pode mudar uma garota que tem dentes de ferro.

Eles viveram juntos no Jardim e Adão estava feliz. Lilith, no entanto, fora feita para lugares mais violentos. Quando Adão tentou domá-la, ela lutou contra ele. Não fora feita para que lhe dissessem como se comportar ou o que fazer. Quando partiu, ela o fez com tranquilidade. Simplesmente se levantou e foi embora. Fazia parte da selvageria, do mundo fora do Jardim e, portanto, por lá ficou, noite após noite, pairando numa praia negra ao lado de um mar que se parecia com vidro polido.

Não havia razão para voltar para Adão. Ela não sentia falta dele. Achou que pudesse deixar para trás toda a vida que tiveram juntos, e esse foi seu erro.

Meu irmão nasceu em um leito de rochas negras, sob uma lua vermelha como sangue. Nossa mãe lhe deu o nome de Ohbrin, um nome cheio de mistérios, numa língua que só ela conhecia. Ele se parecia com ela em quase todos os aspectos, com os cabelos negros e lisos e os olhos cinza, mas ele ria, às vezes, e sorria para ela. Ela sabia que não deveria criar uma criança. E levou-o de volta para mostrar a Adão o filho cujo sorriso se parecia tanto com o dele.

Mas as coisas haviam mudado no Jardim. Adão estava sentado sob uma árvore estranha, frondosa, e havia uma mulher desconhecida a seu lado, pesada e redonda, feita a partir de um pedaço do próprio corpo de Adão, de forma que nunca pudesse se levantar e ir embora.

Quando Lilith lhe mostrou o bebê em seus braços, ele o olhou e virou o rosto. Disse que não o queria. Não queria seu próprio filho.

Antes, quando Lilith partira, fora dura e distante. Agora, era ela quem tremia, ultrajada com o fato de um homem recusar o próprio filho. Lilith cuspiu no rosto de Adão e amaldiçoou o dia em que pusera os olhos nele. Fora o dia em que ela nascera.

Então, pegou Obie e se foi, pisando duro pela escuridão.

* * *

Na escuridão foi onde ela conheceu meu pai.

CAPÍTULO UM

O JARDIM

Estou assistindo ao filme "Intriga internacional" quando a imagem desaparece da TV. É a parte em que Thornhill está sendo perseguido pelo avião, e a cena é muito tensa. Então, o som é interrompido abruptamente, e Cary Grant se dissolve num mar de pontinhos minúsculos.

A silhueta da minha mãe aparece no vidro, turva e sem rosto. Quando fala, sua voz vem de longe, distorcida pelo zumbido da estática.

— Preciso que você suba até aqui.

Ela desaparece novamente antes que eu possa responder e o filme não volta. Eu sei que deveria subir para ver o que ela quer, mas, só por um instante, permaneço imóvel.

* * *

No Inferno, contamos nossas histórias na superfície das coisas. As histórias são forjadas uma peça de cada vez, pregadas em postes e pilares, marteladas nas ruas ladrilhadas. O edifício Pináculo, onde morei minha vida inteira, é uma celebração dos feitos da minha família.

A escadaria até o telhado é tão polida que reluz, entalhada com gravuras do exército derrotado. No alto, abro o portãozinho e adentro o pátio. O jardim de Lilith é uma massa retorcida de flores de prata e trepadeiras de metal. Meu pai o construiu para ela. Todas as folhas e todos os galhos foram feitos a mão.

Ela está sentada de costas para mim, num banco de filigrana ao lado de um homem que não é Lúcifer. Seu penteado se desfez, fazendo com que seus cabelos se derramassem numa cortina negra sobre seus ombros. Seu vestido é longo, vermelho como brasa e todo aberto nas costas. Sua pele é tão branca que chega a ofuscar.

— Venha — chama ela, sem olhar na minha direção. — Não fique aí parada.

Seu acompanhante me olha de relance e se levanta. Os saltos de suas botas são pesados, entalhados com um par de crocodilos, e soam feito sinos no telhado ladrilhado.

— Olha só quem está aí — diz ele, sorrindo abertamente, exibindo dentes cinzentos que foram polidos até que ficassem pontudos. Posso ver que ele não sabe meu nome.

— Daphne — diz minha mãe, suspirando como se a palavra tivesse um peso insustentável. Como se duas sílabas pudessem conter uma tragédia inteira. Então, ela se vira para seu mais recente admirador. Nem sequer diz nada, apenas ergue a mão, e ele sabe que é hora de partir.

Quando ficamos a sós, ela gesticula para que eu me sente. O banco é pequeno e nos sentamos lado a lado, incomodamente próximas.

— Acho que você deveria começar a passar mais tempo com as suas irmãs — diz ela numa voz fria, casual, como se estivesse me dizendo que a fumaça sobe.

Eu não esperava por isso e não respondo de imediato.

Ela diz irmãs, mas, na verdade, está se referindo às Lilim. Ela diz mais, o que significa que eu costumo passar algum tempo com elas pelo menos. Elas podem ser parecidas comigo, mas seus pais são demônios menos importantes como esse que minha mãe acaba de dispensar.

— Por quê? — digo, tentando parecer tão indiferente quanto ela. — Não me pareço com elas em nada.

— É claro que se parece — diz ela sem olhar para mim.

Seu olhar está fixo no jardim reluzente. Seus olhos são cinza-prateados, opacos e pálidos. Meu rosto e o dela são mais que meramente parecidos, mas meus olhos são escuros como os do meu pai.

Prefiro não apontar todas as coisas que me diferenciam das minhas irmãs e que seriam óbvias se ela alguma vez tivesse prestado atenção. Como por exemplo minhas unhas lisas e transparentes, e o fato de que posso falar a respeito de outras coisas além de como é espreitar pela Terra, enganando os homens para que se entreguem em troca de nada.

— Como você sabe como eu sou?

— Sorria para mim — diz ela, como se provasse alguma coisa.

Não sorrio. Meus dentes são meu traço mais marcante, mas minha mãe não enxerga. Minha boca está repleta de esmalte, branco como o do meu pai, mas ela só está interessada nas falhas: as pontas de metal em meus caninos que provam, mais do que minha pele incolor ou meu cabelo negro, que sou filha dela.

— Sangue ruim sempre aparece — diz, como se eu houvesse fornecido um exemplo à sua teoria. O olhar que ela me dirige é de triunfo. Indica que o sangue ruim é o único que vale a pena considerar.

O que meus pais têm não se parece em nada com os casamentos decadentes dos filmes. Não há pratos atirados contra paredes, nem lágrimas, nem discussões, apenas o estoque infinito de amantes da minha mãe e todas as formas pelas quais ela pode atacar meu pai sem nem sequer sair do jardim no telhado. Se eu começar a acompanhar as Lilim, então serei apenas mais uma dessas formas. Ele pode não se importar com o que as outras filhas dela façam; mas, com relação às próprias, ele não é indiferente.

— Não vou fazer algo comum só para você poder tripudiar — digo a ela. — Se você está brava com ele, isso não tem nada a ver comigo.

Lilith age como se não tivesse escutado. Ela se inclina no banco, olhando para um enorme relógio de sol engastado no chão a seus pés, observa algo que eu não posso ver.

Meu pai deu a ela seis filhas antes de mim, e todas são dotadas de algum tipo de visão. Todas nasceram muito tempo atrás, e talvez seja essa a razão. O mundo era novo e cru, ainda cheio de magia. Ou talvez eu só tenha nascido depois que meus pais deixaram de se amar.

A superfície do relógio de sol é lisa como um espelho, e Lilith a observa da mesma forma como eu assistiria à televisão. Ela vê o mundo em lampejos, cenas diminutas em cada superfície refletora. Após a Queda e a tentação no Jardim, ela e meu pai foram punidos, exilados para Pandemonium, e agora essa é a única maneira pela qual ela pode fazer de conta que visita a Terra.

Ela se mantém perfeitamente imóvel, ignorando as trepadeiras que sobem dos canteiros, contorcendo-se pelo banco e se enrolando em seus tornozelos e pulsos.

ENTRE MUNDOS

Os murais do telhado são todos sobre a guerra pelo Céu e a Queda. Lúcifer, pária vingativo e revolucionário derrotado — um vilão do pior tipo. Lilith, sozinha na praia de rocha negra. Ela, pálida e distante, a bela diaba. Ele, orgulhoso, mas ferido, vendo a si mesmo nela.

Agora, ela está sentada num jardim de metal, num lugar do qual jamais poderá partir, e meu pai se encontra num arranha-céu em algum lugar, usando um terno bem-cortado e administrando um império. Ela o culpa por tudo.

Abaixo de nós, a cidade brilha prateada, mais lustrosa que um sonho. As ruas se abrem em espirais complicadas, entremeando prédios reluzentes. Lá longe, no centro, o Poço emite um brilho vermelho com o calor da fornalha.

— Eu não vou — digo a ela.

Lilith sorri diante do relógio de sol.

— Não seja ridícula. Você ama a Terra.

Por um momento, apenas olho para ela. Eu gosto de flores de papel e de filmes do Cary Grant. Gosto das histórias que meu irmão Obie conta quando volta para casa depois de um de seus trabalhos. Não posso dizer que goste da Terra porque nunca estive lá.

A vida fora de Pandemonium é para garotas como as Lilim, garotas que anseiam por coisas, ao passo que eu prefiro pensar que meu próprio interesse no mundo é meramente acadêmico. Um fascínio mais pelas coisas do que pelas pessoas. Não deixo de ter esperanças de encontrar alguma prova irrefutável de que não tenho nenhuma semelhança com as minhas irmãs.

Se eu tivesse o dom da visão, ainda que fosse um pouco — o poder de ver o futuro ou de adivinhar os segredos das pessoas numa folha de metal polido — veria que tenho outro propósito. Mas, às vezes, principalmente quando o fonógrafo está tocando canções de amor ou James Dean está na TV, sinto-me estranhamente vazia, tomada por um desejo que parece vir do fundo dos meus ossos, e então desconfio que sou exatamente como elas. Feita para caçar.

— Você tem medo da Terra? — diz Lilith, como se me desafiasse. — Não tenha medo. Você pode ter dentes fracos e inúteis como os do seu pai, mas tem o meu sangue.

O sangue de um demônio é poderoso, mas difícil de prever. Na Terra, pode explodir em chamas ou corroer o chão como ácido. Alguns demônios descobrem que são capazes de escapar por frestas minúsculas ou desaparecer num turbilhão de sombras, enquanto outros possuem pele que não se corta e ossos que não se quebram. Eles comem vidro, saltam de edifícios e escalam paredes.

Em Pandemonium, no entanto, essas coisas não importam. Lá embaixo, no Poço, os condenados gritam e sofrem, mas nós não sentimos absolutamente nada. O sangue só importa na Terra, porque nos dá uma vantagem sobre Azrael.

Ele está ali, no mural, com o resto dos arcanjos, parecendo virtuoso, mas não bonito. Seus traços são arruinados por uma boca fina, feia, e olhos tão fundos que parecem negros. Eles parecem penetrar em mim e prefiro olhar para a gravura do anjo Miguel. Mesmo com sua lança apontada para o peito do meu pai, ele parece nobre. Azrael parece querer atear fogo em todo mundo.

— Você não tem que se preocupar com *ele* — diz minha mãe, virando-se para seguir meu olhar. — Ele não perde tempo com meninas como você, desde que elas não deem trabalho nem fiquem muito tempo na Terra.

Não é ele que estou observando, mas sim seu animal monstruoso, a Terror Negro. É um monstro com aparência de mulher, garras afiadas, corpo esquelético e imponente. Ela mata por ele porque, como todos sabem, demônios são duros de matar. As histórias contam que ela é capaz de rasgar você ao meio e beber seu sangue para roubar seu poder, e depois arranca sua pele e faz guirlandas com seus ossos.

— Ele não vai perturbar você, desde que não fique por lá — diz Lilith novamente, como se o que eu mais temesse fosse um monstro gravado numa parede e não a ideia de me transformar nas minhas irmãs. — Azrael pode fazer tudo para nos impedir de infestar a Terra, mas não vai se incomodar com um visitante ocasional.

Em seu retrato, ele parece orgulhoso e cruel. Atrás dele, a Terror Negro se eleva sobre uma pilha de cadáveres. Seu vestido é esfarrapado, coberto por ossos, fileiras de dentes e mechas de cabelo trançado.

Já vi aquela imagem muitas vezes antes, mas agora ela me incomoda e fico sentada contemplando-a, olhando para a Terror Negro e para a face vingativa de Azrael. Como se algo estivesse se aproximando e eu ainda não conseguisse ver.

CAPÍTULO DOIS

OBIE

Minha mãe finalmente me dispensa e eu volto para o meu quarto.

Os artesãos do Poço fecharam as portas da fornalha para deixar sua última leva de folhas de metal esfriar, e o céu é de um cinza profundo e fumacento.

Agora, com a cidade às escuras, posso tirar todas as minhas fotografias, meus livros, amuletos e estatuazinhas de vidro — todas as minhas coisas da Terra — que não irão derreter nem pegar fogo como aconteceria se a fornalha estivesse a todo o vapor. Meus artefatos favoritos são delicados e coloridos: bandeirolas de papel e bonequinhas com vestido de cetim e asas de plástico. No crepúsculo, meu quarto inteiro está abarrotado de quinquilharias.

Estou sentada no sofá com meus pés para cima, brincando com um globo de neve que Obie conseguiu em Praga. Dentro dele há uma bailarina sob uma árvore desfolhada. Quando o sacudo, flocos brancos revolvem ao redor dela. A única luz é a que centelha da minha televisão, fazendo tudo tremular.

É difícil saber o que fazer em relação à minha mãe. A verdade é que, mesmo quando tenho certeza absoluta de que ela está errada, sua voz contém um tom de autoridade. Quero pensar que sou boa para algo mais que perambular pela Terra como minhas irmãs fazem. Quero que *ela* pense isso. A bem da verdade, só quero ser boa para alguma coisa.

Vejo a sombra atrás de mim se refletir no globo antes de ouvir os passos de Obie. Quando me viro para olhar, meu irmão está parado à porta.

Ele está vestido como um funcionário de hospital, com uma calça de elástico na cintura e uma túnica de mangas curtas e sem botões. O traje todo é verde-claro e parece um pijama.

— Oi — diz ele. — Você tem um minuto?

Faço que sim com a cabeça, acalentando o globo nas mãos.

É uma pergunta estranha: uma pergunta da Terra, porque lá um minuto significa alguma coisa. Não existem minutos aqui, e o tempo é vasto e contínuo.

— Eu trouxe para você o cronograma de uma linha de ônibus — diz ele, jogando um folheto no sofá ao meu lado. — É só de uma linha local, mas achei que você fosse gostar das cores.

Contra o fundo do meu quarto, cheio de sinos de vento e brinquedos mecânicos, ele é todo verde-pastel, como se fizesse parte do cenário. Sob o uniforme, no entanto, ele é tão sem cor quanto eu, todo cabelo preto e pele branca.

— Obrigada — digo, folheando as páginas para um lado, depois para o outro. Cada rota é marcada num tom diferente.

Como a maioria dos demônios, Obie trabalha em várias cidades ao redor do mundo, mas ele não negocia com o sofrimento, como os demais. Quando ficou claro que ele não levava jeito para as Coletas, meu pai ficou com pena dele, e agora Obie é o único empregado do Departamento de Boas Obras. É um trabalho melhor do que fazer a coleta, embora a maioria dos homens fosse discordar. Tendo a opção, a maioria iria preferir colher a salvar.

Há uma mancha escura na frente da camisa de Obie, na parte de cima, perto da manga. É pequena, assimétrica, e quero perguntar de onde veio, se alguém estava sangrando. Seria uma pergunta boba, no entanto. No âmbito de trabalho de Obie, sempre tem alguém sangrando.

As pessoas as quais ele deve ajudar são os filhos semi-humanos de anjos caídos. São conhecidos como Perdidos, e a maior parte deles faz jus ao nome. Não consigo me lembrar de nenhuma missão de Obie que não tenha envolvido um hospital, uma prisão ou uma instituição. Os Perdidos estão sempre em processo de autodestruição.

Ele abre caminho até mim, desviando-se de um abajur de metal e de uma pilha de livros infantis. Deixa-se cair no banquinho de apoiar os pés, encarando-me com as mãos entrelaçadas entre os joelhos.

Eu o observo através do domo do globo de neve. O vidro deforma sua imagem, mas ainda posso identificar traços individuais. A boca igual à minha. O queixo, as maçãs do rosto e os cabelos como os meus. Os olhos, não.

— Estou indo embora — diz ele, de repente. Ele fala como se esperasse minha oposição, mas o anúncio não é algo que valha a pena comentar. Ele vive indo embora.

— Se você for para algum lugar perto de Malta, poderia me trazer uma peça de renda gozitana?

ENTRE MUNDOS

Obie puxa uma das borlas trançadas do banco, depois sacode a cabeça.

— Vou embora — repete ele. — Daphne, eu não vou voltar mais.

E por um instante fico ali sentada, com o globo de neve pendendo da mão.

— Do que você está falando?

Ele afasta os olhos e abaixa a cabeça.

— Não posso mais ficar aqui. É só que... é difícil demais viver aqui. Fingir que faço parte deste lugar.

E por um momento acho que entendo o que o deixa tão convencido de que não deveria estar aqui. Seu pai era um homem de verdade, com carne de verdade, sangue de verdade, com uma alma e um coração. Virtuoso. O meu era uma estrela, antes de se tornar o Demônio.

Então, Obie ergue os olhos e me pergunto como pude ter duvidado de seu lugar em Pandemonium. Seus olhos são cinza-claros. Ele é incrivelmente parecido com nossa mãe.

— Não é fingimento — digo. — Aqui é sua casa.

Ele assente, mas seu olhar é disperso, como se estivesse pensando em outra coisa.

— Às vezes as coisas mudam.

Mas a lei fundamental de Pandemonium é a imutabilidade. Nada muda.

— Como? — pergunto. — Como isso é possível?

— Estou apaixonado — responde ele, de forma tão calma e simples que, a princípio, não entendo o significado. — O nome dela é Elizabeth, ela é inteligente e bonita, e me entende. Ela é uma Perdida e sabe exatamente como é ser semi-humano.

O amor é enganoso. É misterioso e impossível. Observar Lilith deveria ter sido mais do que suficiente para nos conscientizar de que jamais acontecerá conosco.

— Você falou com a mãe sobre isso?

Ele nega com a cabeça, os olhos fixos no tapete.

— Não vou contar a ela.

Fico sentada no sofá, olhando para Obie. O único irmão que tenho — o milagre da minha mãe e a única razão pela qual ela já quis voltar ao Jardim. Indo embora.

Minha voz sai num sussurro.

— Ela vai ficar furiosa com você.

— Olhe — diz ele e, pela primeira vez, parece realmente triste. — Você acha que eu *quero* magoá-la? Não quero partir desse jeito, mas não tenho escolha. Ela não vai entender.

— Ela vai descobrir. — Não há a menor esperança de se fazer qualquer coisa em segredo quando se trata de Lilith. É a consequência de se ter uma mãe que vê através de espelhos. Ela descobre tudo.

— Eu sei. Mas pelo menos desse jeito posso partir sem provocar uma cena... sem que ela tente me impedir. Você não entenderia. Você é tão *boa*, Daphne. Eu não consigo ser o que ela quer que eu seja.

Demônios vão à Terra. Eu sei disso. Eles vão à Terra, mas não para morar. Não para ficar lá. Porque, embora possam estar perfeitamente contentes em trabalhar, brincar e se alimentar por lá, ninguém simplesmente decide trocar o espetáculo e a glória

ENTRE MUNDOS

de Pandemonium pelo perigo de um lugar onde um anjo vingador quer matá-lo apenas por você existir.

— Como é lá? — pergunto, sabendo que ele não irá me dizer a verdade. Pergunto *como é lá*, quando o que eu realmente quero saber é: *Por que você está indo embora?*

Ele se vira de forma que eu não consigo ver seu rosto.

— É legal. Quando estou lá, não sinto que há algo de errado comigo o tempo inteiro. É mais fácil ser eu mesmo lá. É mais fácil não ser notado.

Mas ele nem é tão notável. Seu pai pode ter sido um homem mortal, humano até o âmago, mas, nas ruas lotadas de Pandemonium, Obie se parece com todo mundo.

— Não é fingimento — repito. — Não é como se você estivesse aqui por acaso. Você pertence a este mundo.

Obie ainda está de cabeça baixa, pensativo e com os olhos fixos no globo de neve em minhas mãos.

— Não acho que ninguém pertença a este lugar.

Ele me diz isso como se tivesse certeza, como se soubesse muito mais do que eu. Eu nunca saí da cidade. Como posso discutir com ele? Meu carpete é tão prateado na luz tênue que parece um lago de metal.

Ele se inclina na minha direção, estendendo a mão para o globo de neve, e eu deixo que ele o pegue. Quando o sacode, a neve falsa se espalha. A bailarina apenas fica ali, imóvel sob sua árvore.

— Daphne — diz ele. — Isso é uma coisa que eu tenho que fazer.

— Você nem se preocupa que seja *perigoso*? E Azrael?

Obie sorri, e seu sorriso é leve e distante.

— Às vezes o perigo não importa. Estou deixando um lugar que não suporto por uma vida que desejo mais do que tudo. Estou apaixonado — diz ele novamente, como se me implorasse para entender.

Mas meu irmão é especialista em amar tudo, até mesmo as coisas quebradas. Eu nem sequer sei ao certo o que é o amor.

Ele suspira e se levanta, entregando-me o globo de neve.

— Pode ficar com ele — digo. Minha voz soa baixa e incerta, como se eu estivesse fazendo uma pergunta.

Quero que leve alguma coisa consigo, mas o globo de neve não é sequer uma representação sentimental de mim. Foi ele quem me deu. Então, talvez seja apenas algo que o lembre de que, uma vez, quando ele vivia em Pandemonium, teve uma irmã com quem se importava.

Ele guarda o globo no bolso do uniforme.

— Eu ainda vou ver você de novo — diz ele, e, a princípio, acho que quer dizer que não será permanente, que irá voltar. Mas, quando se dirige para a porta, vira-se e acrescenta: — Ainda tenho que juntar algumas coisas antes de partir.

Concordo com a cabeça.

Pela minha janela, as torres dos prédios altos parecem dedos gigantescos apontando para cima. Meu irmão está saindo pela porta e quero muito impedi-lo de ir.

Abraço meus joelhos e olho para a frente. O quarto está tão escuro quanto pode ficar, e minha coleção de flores de papel e sinos de vento de vidro já não parece mais tão bonita. Apoio a cabeça nos braços e fecho os olhos. Talvez eu não entenda sobre amar ou sobre pertencimento, mas tenho uma certeza terrível de que, se não encontrar uma maneira de impedi-lo de ir embora, Obie irá morrer.

CAPÍTULO TRÊS

O MUSEU

No Inferno inteiro, só existe uma pessoa que minha mãe odeie mais que meu pai.

Tempos atrás, Belzebu era tenente no exército dos caídos, e, mesmo após um milênio, ele ainda é o amigo mais próximo do meu pai. Agora ele é responsável pelo Departamento de Coletas, que lida com a colheita de almas. Ele sabe mais sobre a Terra do que qualquer outra pessoa em Pandemonium.

Alguém precisa convencer Obie a desistir do que ele está prestes a fazer, e Belzebu é a única pessoa em quem consigo pensar que pode ser capaz disso.

Empurro a televisão para sua prateleira isolada. Após alguns acidentes, aprendi a ser mais cuidadosa.

Lá na rua, a cidade não parece tão limpa. As estradas são pavimentadas por lâminas de aço, unidas e parafusadas, mas, olhando do telhado, elas parecem uma só torrente de prata, fluindo em todas as direções.

O museu fica numa escarpada colinazinha de enxofre, acima de uma das muitas praças. É enorme e sem janelas, construído inteiramente do mesmo material à prova de calor de que são feitas minhas gavetas térmicas.

Na entrada, coloco minha mão no painel de controle. O museu só abre durante o crepúsculo, quando a fornalha está fria. Digo "*musca domestica*" e espero que a porta se destrave.

Dentro, a galeria principal é imensa, ocupada por uma série de prateleiras que parecem se estender infinitamente. Algumas delas são feitas de vidro ou madeira, trazidos da Terra quando a fornalha estava fechada, mas a maior parte foi feita aqui, forjada no Poço. Estão lotadas de relíquias de tarefas passadas, um item para cada alma que já passou pelas Coletas. É a fonte de todos os meus melhores brinquedos, fora os panfletos e suvenires que Obie às vezes me traz.

Há um corredor inteiro destinado a recipientes elaborados de perfumes, frasquinhos de colônia e óleos aromáticos. O museu é o único lugar na cidade onde podemos sentir o picar de um alfinete ou cheirar a delicada fragrância de Chanel ou de *eau de fleurs*. Os aromas são leves e Belzebu diz que, na Terra, sensações como o olfato e o tato são mil vezes mais fortes, mas isso é o mais próximo que os artesãos conseguiram chegar de criar um ambiente que imite a qualidade da atmosfera de lá.

O escritório dele fica nos fundos, e, para chegar lá, preciso percorrer os corredores repletos de livros encadernados em couro, abajures delicados com base de cerâmica e cúpulas de seda pintada — todas essas coisas que não são naturais de Pandemonium. Normalmente, eu me demoraria admirando os artefatos, mas agora apenas passo direto pela galeria, sem parar.

Quando entro no escritório, Belzebu está à sua mesa, encurvado sobre o mata-borrão. Está remexendo numa caixa de brinquedinhos reluzentes, alheio à nuvem de moscas zumbindo em volta de sua cabeça.

— Daphne — diz ele com as costas viradas para mim. É só um truque barato, mas nunca sei como ele parece sempre saber que sou eu. — Você deixou mais alguma coisa queimar? Se estragou a televisão, deu azar. Não vou lhe dar outra.

Com um floreio, ele gira na cadeira, virando as palmas das mãos para cima. Nelas há um pequeno pássaro mecânico, as asas batendo velozmente. Quando empurra o pássaro com o dedo, este voa sobre nós num turbilhão de movimentos e vai se empoleirar em algum ponto nas prateleiras superiores.

Desconfio que um dos motivos pelos quais minha mãe o detesta tanto é porque ele tem a aparência que se espera de um anjo. Sob a nuvem de moscas, seus cabelos são de um louro escuro e dourado, e seus olhos são claros, mas não do tom prateado dos demônios. Aqui, a cor é quase transparente, mas, à luz do sol, acho que deve ser azul.

A nuvem de moscas é menos angelical. Quando se criou o Departamento de Coletas, Belzebu era o único funcionário e colhia as baixas de exércitos inteiros. Passou séculos vagando por campos de batalha, reunindo os mortos, e as moscas vieram junto. Agora, elas enxameiam em volta de sua cabeça, rodeando-o como um halo.

Em Pandemonium, tudo possui uma espécie de permanência. Já vi demônios passarem pelo terminal com lanças de aço enfiadas na pele ou completamente cobertos de sangue, e essas lanças, esse sangue, passam a fazer parte da condição deles. Até mesmo as pequenas coisas — o estado do seu cabelo, as roupas que você por acaso estiver usando — podem se tornar uma parte intrínseca de você, caso as circunstâncias que o rodeiem sejam suficientemente poderosas. As moscas de Belzebu são um lembrete constante de quem ele é e de onde vem.

Ele afasta a cadeira e vai até o guarda-roupa, e eu fico parada à porta, observando.

— Preciso falar com você sobre uma coisa.

Passando os dedos por uma fileira de paletós pretos, ele escolhe um que se parece exatamente com os outros vinte que acaba de ignorar e o atira sobre o encosto de sua cadeira.

— Estou de saída — diz ele, indicando o paletó com um gesto de desculpa. — Você quer ir me contando enquanto eu me arrumo?

Faço que sim com a cabeça, embora ainda esteja pensando em como vou revelar o que está me preocupando.

— Aonde você vai?

— A Belgrado. Você poderia me passar a nove milímetros?

Do outro lado do escritório fica o arsenal particular de Belzebu. A maioria dos agentes de coleta porta armas, mas eles recebem seus equipamentos padronizados do depósito de armas. Todas as armas de Belzebu são feitas sob medida.

Abro o armário de munições e tiro a nove milímetros de seu lugar entre a Mauser e a ponto quarenta e cinco. Ao longo do cano estão gravadas as palavras: NÃO JULGUEIS, PARA QUE NÃO SEJAIS JULGADOS. Belzebu está sentado à mesa, recarregando um pente de balas.

Aponto para a inscrição no cano.

— Não é um tanto hipócrita?

Isso o faz sorrir.

— Não, é irônico. Eu fui julgado e considerado culpado. — Ele levanta a arma e encaixa o pente na abertura. — E agora vou sair para julgar um pouco também.

Puxo uma poltrona de couro pesada e me sento de frente para ele, apoiando os cotovelos na mesa.

— Se um demônio decidisse ficar na Terra, o que aconteceria? — pergunto, tentando parecer casual.

Ele coça a têmpora com o cano da nove milímetros.

— Provavelmente atearia fogo a um ou dois monumentos sagrados, exigiria alguns sacrifícios, aterrorizaria algumas freiras, talvez encontrasse uma casa bonita num bairro residencial e, depois de algum tempo, iria ficar superentediado. Por quê? Está pensando em se mudar?

Ele ergue as sobrancelhas como se esperasse que eu risse, então parece levemente confuso quando não o faço.

— Você pode me dizer alguma coisa sobre Azrael?

Isso o faz sorrir.

— Você já conhece todas as velhas histórias de terror... Provavelmente melhor do que eu. Particularmente, gosto daquela que ele faz um tapete mágico com a pele de sete demônios de fumaça muito azarados e sai voando na noite feito um morcego gigante.

— Não me refiro às fábulas — digo. — Preciso de informações verdadeiras.

Belzebu me dirige um olhar questionador. Então, verifica a nove milímetros e a prende em seu coldre de ombro.

— Eu o conheci, sabe... na época em que éramos apenas crianças. Difícil de lidar, mas honesto. Ele gosta de ordens e de regras, sempre cumpre o que promete. Por que o fascínio repentino?

Por apenas um momento, sinto-me perdida, incerta de como proceder. Não vou conseguir explicar a escolha de Obie como ele faria. Vai parecer pior quando eu disser. Mas talvez eu queira que pareça pior. Quero que pareça algo que valha a pena impedir. Belzebu abandonou sua caixa de munição e está me observando com interesse. Se existe alguém que saberá o que fazer, é ele.

— Estou preocupada com o meu irmão — digo. — Ele está prestes a fazer uma coisa realmente imprudente... Você precisa falar com ele.

Com grande ponderação, Belzebu tira da pilha de brinquedos um cachorro de dar corda, girando a chave entre os dedos.

— É o tipo de coisa imprudente que está fadada a acontecer de vez em quando ou o tipo de coisa imprudente sobre a qual eu deva saber mais?

— Ele está indo embora de Pandemonium para viver na Terra. Diz que está apaixonado.

Espero que a revelação seja ao menos um pouco chocante, mas Belzebu apenas se reclina na cadeira, manuseando o cachorro de brinquedo.

— Bem, não posso fingir que eu já não tenha passado por isso algumas vezes. Não é a coisa mais inteligente do mundo, o amor, mas, quando acontece, não há muito que se possa fazer para impedir. Às vezes só é preciso encarar.

Seu sorriso é nostálgico e distante, mas não consigo acreditar nele. A ideia de Belzebu desobedecendo a regras por amor a uma mulher humana é ridícula. Ele é ordenado demais, racional demais.

ENTRE MUNDOS

— Essa nem é a pior parte, no entanto — digo, tentando transmitir a gravidade da situação. — Acho que ele quer ser humano. Ele vai partir agora, assim que for possível, sem contar a Lilith nem nada. Você precisa fazê-lo mudar de ideia.

Belzebu não responde de imediato. Ele solta o cachorrinho, deixando-o rodar pelo tampo da mesa. O leve zunido do motor não consegue superar completamente o zumbido de suas moscas.

— E você tem certeza de que ele está decidido?

— Só sei que ele me disse que não vai mais voltar. E parecia estar falando sério.

Belzebu abaixa a cabeça, analisando suas mãos entrelaçadas. Então ergue os olhos.

— Eu poderia conversar com ele, mas acho que não iria fazer diferença.

— Por que não? Você está no controle do departamento todo... tudo que acontece na Terra é aprovado por *você*. Ele tem que lhe ouvir.

Isso o faz rir, balançando a cabeça.

— Você me considera um ditador melhor do que realmente sou. — Então sua expressão fica solene. — Seria diferente se estivéssemos falando sobre novos regulamentos sobre armas ou quem é incumbido de qual tarefa, mas não se pode simplesmente sentar diante de alguém e convencê-lo a se desapaixonar.

Fico em silêncio, observando o cachorrinho de brinquedo se agitar na mesa entre nós.

— Você precisa deixá-lo ir — diz Belzebu, e fala isso com algo que parece ternura. — O que você precisa entender é que é a vida dele, e é ele quem a tem de viver. As pessoas fazem escolhas com as quais você talvez nem sempre concorde, mas ainda assim são as escolhas delas.

— Mas ele não pertence àquele lugar. Ele até mesmo se *parece* conosco.

Belzebu olha para mim, apoiando os cotovelos no mata-borrão.

— Ele *age* como humano, Daphne. Ele pode ansiar pela Terra, se apaixonar e fazer o trabalho que ele faz porque se *sente* humano, e é isso que você tem de entender. Você jamais irá convencer alguém a mudar o que sente.

Belzebu tem o dom de ver as coisas como elas são, sem as complicações da tendenciosidade ou do apego. Durante toda a minha vida, sempre confiei que ele soubesse as respostas. Mas, neste momento, estou morrendo de medo de que esteja errado.

CAPÍTULO QUATRO
ÁGUA

Quando saio do museu, a praça está deserta. Seu centro é cheio de azulejos formando uma serpente gigante, enrodilhando-se sobre si mesma numa espiral. No Poço, acabaram de fechar a fornalha. O céu ainda está laranja, mas esfria rapidamente, e o som de martelos diminui. Tudo fica em silêncio.

Então, Obie me chama e eu me viro, seguindo sua voz até a estrada acima da praça. Ele está segurando uma maleta de metal que parece pequena demais para ser a única posse de alguém indo embora de casa. Ainda está vestido com o uniforme verde.

Ele dirige-se até o alto do pequeno lanço de escadas.

— Ei, está na hora de partir.

— Já? — pergunto, despreparada para encarar algo que supostamente não deveria acontecer. Simplesmente presumi que Belzebu fosse detê-lo, e, agora que isso não aconteceu, não sei o que fazer.

— Vamos, me acompanhe até o terminal. — Obie dá uma sacudida leve na mala e sorri. — Seu globo de neve ainda está comigo.

Quando ele me oferece a mão, subo os degraus e paro a seu lado.

Seguimos pela estrada principal, abrindo caminho pela cidade na direção do terminal. Tenho tanta coisa a dizer, mas não falo nada, nem ele. Estou tentando me lembrar de tudo com relação a este momento: o céu suave e ondulado, e o formato da fumaça, pairando acima do Poço. Olho toda hora para o perfil dele, sabendo que pode ser a última vez que o vejo.

No Poço, caminhamos pela borda até chegarmos à ponte, então começamos a cruzá-la. A ponte é larga como um rio e negra de fuligem, arqueando-se sobre as forjas. Os artesãos trabalham lá embaixo, no fulgor avermelhado da fundição, onde o calor faz com que o ar pareça água.

Ao cruzarmos a ponte, me aproximo da amurada e olho para baixo. A Horda está lá, enchendo a margem externa do Poço, todas as almas se acotovelando, com o rosto inexpressivo e os olhos mortos. Eles chegam à cidade se debatendo e gritando, mas não dura muito. Depois que os demônios da dor se satisfazem, a Horda se torna inexpressiva e silenciosa. De um lugar tão alto, só consigo ver o topo das cabeças, cinzentas de fuligem. Parecem não ter fim.

Deixamos a ponte para trás e seguimos pela rua que leva ao terminal. Adiante, a entrada está mais lotada que de costume, corpos apertados ombro a ombro. Todos falam em voz baixa e animada.

Obie abre caminho entre a multidão, lutando para chegar às portas, e eu fico bem atrás dele, curiosa para ver a causa do distúrbio.

O terminal é um edifício comprido, de teto alto, com grandes claraboias abertas e uma fileira de portões giratórios ao longo de cada parede. Na extremidade mais distante, uma multidão está reunida em volta de algo no chão, e Obie abre caminho até lá. Então, ele para. Faço o mesmo.

Um garoto está sentado no meio de um dos murais incrustados. Está descalço e ensopado, o cabelo grudado à fronte. Meu primo Moloch está parado acima dele com os braços cruzados como se fosse dono do garoto e da poça que se espalha ao seu redor.

Obie baixa os olhos até o menino, então se vira para Moloch.

— O que você pensa que está fazendo? Este é um dos meus.

Moloch baixa o queixo e sorri, exibindo uma fileira de dentes cinza e encavalados. Quando ele passa a língua por eles, estes rebrilham como o metal mais comum e barato.

— Bem, então parece que você perdeu um, não é? Nós não fazemos perguntas, primo. Só coletamos os corpos.

Moloch é mais jovem que a maioria dos demais agentes de coleta — os osseiros, como são chamados nos círculos menos respeitosos. Ele é alto, tem olhos duros e estreitos e maçãs do rosto achatadas. Usa a cabeça raspada nas laterais, mas no meio os cabelos são espetados como crista de galo. A faixa de cabelos é tingida de um vermelho forte e violento.

Aproximo-me mais, tentando enxergar melhor. Não sei o que estou esperando ver — alguém orgulhoso ou cheio de glória, com o esplendor adequado ao filho bastardo de um anjo. Mas o garoto no chão tem uma aparência muito humana. Fico encantada com seus cabelos louros da cor do trigo, seus braços levemente sardentos. Não consigo parar de olhar para a forma pela qual sua camisa adere a seus ombros. O tecido está meio rosado pelo sangue aguado, mas não consigo ver de onde está vindo.

Obie pega Moloch pelo braço e, quando fala, sua voz está furiosa.

— Conte-me tudo. Você o atacou primeiro? Você se *divertiu* um pouco? — Ele pronuncia a palavra como se fosse uma obscenidade. *Divertiu, como gangrenou.*

No outro lado da passagem, um grupo de Lilim está rindo, inclinando a cabeça para trás como se fossem chacais. Elas riem e gritam, jogando os cabelos como estrelas de cinema, lançando olhares furtivos na nossa direção. Seus dentes são afiados e metálicos, e todas elas são terrivelmente parecidas.

— Posso ensinar a ele uma coisa divertida — ouço alguém sussurrar antes que elas se desfaçam em risos.

Moloch levanta as sobrancelhas e se desvencilha de Obie.

— Talvez você não tenha olhado direito, mas aquela calamidade ambulante não precisa que ninguém mais lhe cause danos. Ele está fazendo isso muito bem sozinho, obrigado.

Moloch é mais magro que Obie, porém mais alto, e há uma protuberância insolente onde sua língua empurra a parede interna da boca. As pontas de suas botas quase tocam os tênis de Obie, e ele sorri. É um sorriso amplo, ávido — do tipo que me faz pensar em crocodilos ou tubarões. É exatamente o oposto de caloroso.

A seus pés, o mural é o da tentação no Jardim e as maçãs estão representadas num vermelho pulsante e derretido. O garoto está sentado ali no meio, ensanguentado e ensopado, cobrindo a cabeça com as mãos.

Há uma sensação tumultuosa que começa no meu peito e se espalha, formigando pelos braços, zumbindo na ponta dos dedos. Quero tocar seus cabelos, seu rosto molhado, sentir o que é que o faz tão especial. Ele não se parece em nada com os semidemônios de Obie. Estes chegam à cidade felizes por estarem finalmente em casa. Este garoto apenas enterra o rosto no próprio ombro, como se entendesse que Pandemonium é o pior lugar possível para se estar.

À nossa volta, os demônios da dor já estão se reunindo — os Carniceiros e os Devoradores. Pergunto-me se eles sentiram a divindade no garoto até mesmo antes de vê-lo — um cheiro ou um som que lhes disse que ele estava ali.

Diante de mim, ele parece estar diminuindo, curvando-se sobre si mesmo. Água escorre por seus cotovelos, empoçando-se ao redor de seus pés descalços. Tenho a sensação de que, se o tocar, ele poderá me transformar numa pessoa melhor, e talvez seja por isso que Moloch não queira abrir mão dele. Talvez seja por isso que minhas irmãs estejam se aproximando cada vez mais, lambendo os beiços. Elas sentem sua bondade e isso as atrai. Elas a querem para si.

Ajoelho ao lado dele, analisando o formato de suas mãos. São ossudas, rosadas pelo sangue aguado que cobre sua pele como uma camada de tinta num vitral, quando a luz brilha através dele.

Com cuidado, estendo a mão, deixando meus dedos tocarem o contorno de seu malar. Diante do meu toque, ele olha para cima. Sua pele está marcada por uma camada de sardas, e seus olhos são de um tom de azul-ártico, tão intenso e gelado que eu recuo e deixo cair as mãos.

— Onde estou? — sussurra ele, parecendo confuso.

Do coração da cidade, ouve-se um clamor ressonante conforme as portas da fornalha se abrem. O som o faz se encolher. Seus olhos são tão grandes, tão dolorosamente azuis. A um só tempo, ele procura a minha mão, encontra-a e a agarra. Seu toque é chocante, muito inesperado e real demais para encarar, e, em vez de recuar, apenas o sustento.

— Onde estou? — pergunta ele novamente, e sua voz é rouca, porém mais alta, ecoando no terminal.

Balanço a cabeça, e o ar à nossa volta tremula. A fornalha só precisa de um pouco de incremento de calor para atingir todo o seu potencial. Então, o martelar começa, e qualquer coisa que não foi construída aqui ou trazida sob a proteção do corpo de alguém vai desaparecer em fumaça.

À nossa volta, a poça diminui rapidamente. Desaparece numa nuvem de vapor, apenas para ser substituída pela água que não para de escorrer pelos braços dele e, se ele permanecer ali, irá ensopar sua camisa sangrenta para sempre, como as moscas de Belzebu. Como uma história que nunca passa da primeira frase. Será o que o irá definir.

Minha irmã Myra sai do grupo de Lilim. Ela vem abrindo caminho pela passagem com os olhos brilhantes e famintos, as mãos estendidas. Seus dedos parecem garras.

— Não é justo — diz ela, fazendo um biquinho decadente. — Se Daphne pode brincar com ele, eu também quero.

— *Afaste-se.* — A voz de Obie é afiada. Parece o estalo de um chicote, e Myra recua, dando um salto para trás com a mão diante da boca, como uma criança levada. As outras soltam gritinhos e se afastam, rindo, mas o estrago já estava feito.

Os demônios da dor já estão se agitando, chegando mais perto. Uma das Devoradoras se aproxima de mim com um olhar selvagem, deliciado. Seus cabelos estão embaraçados, emaranhados com o sangue de outra pessoa, e, quando ela estende a mão para o garoto no chão, ele agarra a minha com tanta força que penso que nunca mais irá soltar.

— Os Perdidos se tornam os melhores brinquedos — sussurra ela, acariciando o rosto dele. — Só o suficiente de sangue de anjo para mantê-los despertos.

Seus dentes são compridos e irregulares. Ela parece esfomeada, como se nunca tivesse desejado nada mais do que aquilo, e, naquela expressão ansiosa, faminta, vejo toda uma eternidade de sofrimento.

Independentemente de quão cheios de vida os condenados comuns sejam ao chegar aqui, todos acabam se apagando com o tempo. Geralmente mais cedo do que tarde. Um garoto-anjo é um caso totalmente diferente. O fato é que ele simplesmente é semi-eterno, e, se essa Devoradora ou qualquer das demais criaturas maliciosas ali na passarela começar a trabalhar nele, o menino não irá se romper nem queimar nem se calar. Eles podem fazer com que ele grite para sempre.

De repente, tenho certeza de que, em mais um instante, eles se abaterão sobre ele ali mesmo, no terminal, no painel esculpido da tentação. Irão violentá-lo e mutilá-lo, e continuarão fazendo isso. A Devoradora dá um sorriso amplo, putrefato, e eu o aperto com mais força, me preparando para o grito.

Então, sem qualquer aviso, a multidão se move. Há um arrastar de pés, um recuo geral, e a atmosfera muda completamente.

— O que é isto? — diz uma voz vinda da passarela, e olho para cima, quase tremendo de alívio.

Belzebu está ali, vindo pelo terminal a passos largos, em seus sapatos bicolores e seu traje de trabalho, rodeado de moscas. Sua expressão é tranquila, mas tanto Obie quanto Moloch abaixam o olhar e se colocam em posição de sentido, e a Devoradora se esgueira na direção de seu grupo de amigas, ainda lançando olhares famintos para o garoto no chão.

— Então — diz Belzebu, dando um tapinha no ombro de Obie. — Importa-se de me dizer o motivo dessa confusão? Estamos dando uma festa?

— Aquele garoto no chão — diz Obie, indicando-o com um gesto. Sua voz é rouca. — É um Perdido e estes canibais sabem... todos eles sabem que ele pode muito bem ser um de nós. Ele não deveria *estar* aqui.

Belzebu observa a mim e a Obie, agachados diante dele. Olho para cima, tentando me comunicar com o olhar, mas a expressão dele é impenetrável.

Por favor, digo sem palavras. Por favor, isto é horrível demais. Não permita que aconteça.

Seu olhar é objetivo, abarcando meu rosto erguido e a cabeça abaixada do garoto. Por um estranho momento, acho que ele vai estender a mão e nos separar, mas apenas pousa sua maleta de armas sobre o retrato de Leviatã e endireita a gravata.

— Leve-o de volta — diz ele. Está se dirigindo a Obie, mas ainda olha para mim. — Leve-o para casa.

ENTRE MUNDOS

Seu tom é alto e definitivo e, pela primeira vez, todo mundo no terminal para de falar. O único som é um martelar baixo e repetitivo ao longe.

Belzebu se vira para encarar a multidão e todos olham para ele também, mas ninguém diz nada.

— Vocês ainda estão aqui? — pergunta ele com um sorriso ácido e debochado. — Não tem nada para vocês aqui. Vamos, vão procurar alguma coisa com que se divertir.

Os Devoradores na passarela fecham a cara, mas ninguém discute. Nenhum deles se atreveria a questionar Belzebu quando ele dá uma ordem, mesmo agora, quando a decisão é inédita.

O olhar que Obie dirige a ele é de gratidão, mas não posso evitar o pensamento de que Belzebu está fazendo isso por mim e não pelo meu irmão. Ou que, se fosse Obie sentado no chão com um garoto sangrando, relutante em entregá-lo aos Devoradores, Belzebu iria sacudir a cabeça e sorrir com tristeza, ou talvez lhe passar um sermão sobre jurisdição, lembrá-lo de que uma vez que um encargo chegue à cidade, passa a pertencer ao lugar — sem exceções. Ele não iria, sob nenhuma circunstância, mandar o garoto para casa.

Moloch desvia o olhar.

— Faça o que quiser... eu sou só o mensageiro... mas não vá pensando que é o salvador dele. Vá por mim, ele estará de volta em seis meses. Um ano, no lado de lá.

— Desculpe — sussurra o garoto, e não sei pelo que ele está se desculpando. Sua mão é escorregadia e sólida na minha, o que faz com que eu ajuste o aperto, mas não a solto.

Obie indica com um gesto que o garoto se levante, mas ele não se move. Fica agachado ao meu lado, até que eu me esforço para me levantar do chão e o ajudo a ficar de pé. Obie o segura pelo cotovelo e começa a andar em direção aos portões, mas o garoto hesita. Seus dedos estão entrelaçados com os meus, seu aperto é obstinado.

Obie puxa com mais força.

— Daphne, solte.

— Não estou segurando.

Obie tenta redirecioná-lo para o corredor de portões giratórios, mas o garoto apenas me segura com mais força.

— Pare com isso — digo a ele, lutando para me soltar. — Você não pode ficar aqui.

Preciso soltar seus dedos de mim um por um para que ele me libere. Mesmo quando nos afastamos, o garoto não abaixa o olhar. Seus olhos são claros como cubos de gelo, penetrando os meus, e acho que ele pode ver meus desejos e meus segredos mais profundos, ver tudo dentro de mim. Preciso que ele pare de olhar.

— Um enxoval e tanto, hein — diz Belzebu, erguendo as sobrancelhas para a mala de Obie, que está pousada no chão. — Bagagem leve para alguém partindo para sempre.

Obie não responde. Ele me pega pelo braço e me puxa para longe da multidão, me encarando. Seus olhos estão arregalados e feridos. Traídos.

— Isso é a coisa mais importante da minha vida — diz ele em voz baixa. — Você entende isso? Preciso fazer isso. Como você pode sair correndo e contar a todo mundo?

Levanto os olhos para ele, fico em silêncio, enquanto ele analisa meu rosto. Não digo que não contei a todo mundo, que foi só a Belzebu.

— Eu precisava contar para alguém — sussurro, balançando a cabeça. — Tenho medo de que você morra.

A mão de Obie está pousada no meu braço, e a forma como ele me olha é suplicante.

— Não... não torne tudo ainda mais difícil. Eu *sei* o que poderia acontecer. Você não acha que eu ficaria, se pudesse?

E vejo em seus olhos que ele está dizendo a verdade. Ele não pode ser feliz aqui. Sente necessidade de partir, e essa necessidade significa que nada poderá impedi-lo.

— Eu entendo — digo, com as mãos apertadas. — Mas, por favor, tome cuidado.

Obie assente. Seus olhos são da mesma prata interminável que os olhos da nossa mãe, só que gentis e líquidos.

— Eu amo você — diz ele, tão baixinho que acho que entendi mal.

— Você o quê?

— Eu amo você — diz ele novamente, mais alto.

E eu só tinha ouvido aquilo na televisão. Não da boca de alguém, não falando sobre mim.

Com uma expressão tão carinhosa que faz algo se apertar na minha garganta, ele se inclina e me dá um beijo na testa. Então me solta. Apanha a mala e coloca a mão no ombro do garoto, virando-o na direção dos portões, e, de repente, sei que ele está partindo — de verdade e para sempre. E que, dentro de mais um instante, meu irmão terá ido embora, e eu ainda estarei ali.

Ele pressiona a mão no painel ao lado do portão, inclinando-se para dizer a palavra que permitirá que eles saiam. Ouve-se um sibilar abafado conforme a tranca se destrava e Obie abre a porta.

O garoto tropeça uma vez, cambaleando na direção do portão giratório. Ao fazê-lo, algo escorrega de sua mão e cai no chão com um ruído. Então eles atravessam e desaparecem, e eu fico sozinha, parada no mesmo lugar em que eles estavam. Minha mão parece dormente, como se houvesse perdido a conexão com meu corpo.

Abaixo-me, estendendo a mão para o objeto que o garoto deixou cair. É uma navalha de cabo de ônix. Seguro-a afastada de mim, com a mão pingando água rosada.

O céu vermelho já está passando para cinza novamente, deixando o terminal enevoado de fumaça. A navalha é leve e graciosa na minha mão. Guardo-a no bolso, então me viro para encarar a multidão. Belzebu podia estar errado ao dizer que não havia nada ali para eles, mas não consigo evitar o pensamento de que agora, para mim, parece ser a mais pura verdade. Sei que não é certo nem racional, mas, de repente, sou dominada pela solidão, lembrando-me de todas as coisas queridas e desconcertantes a respeito de meu irmão. Tudo que estou perdendo. Lembrando-me de como era fácil esperar por ele quando sempre sabia que iria voltar.

Pela primeira vez na vida, parece que não há nada que me mantenha presa ali.

CAPÍTULO CINCO

IRMÃS

O crepúsculo se instalou, deixando a cidade no escuro. Saio do terminal com a cabeça erguida e as mãos caídas ao lado do corpo, e preciso usar toda minha força de vontade para não correr.

Então, encontro-me do lado de fora, longe do edifício, e, no instante seguinte, estou correndo — voando pelas ruas lotadas, desviando dos ductos de ventilação abertos. A fumaça se eleva em colunas à minha volta, saindo pelas grades, tornando tudo cinza.

Obie se foi. Ele escolheu se arriscar na Terra de Azrael, e não sei o que fazer; então, corro mais depressa ainda. Para longe das navalhas derrubadas, da água sangrenta. Longe do garoto ensopado, com seus olhos trágicos e ferozes, da sensação de quando o soltei. Meus pés estão dormentes com o impacto, chocando-se nos degraus em espiral do edifício Pináculo até o meu quarto, onde me sentarei sozinha no sofá e pensarei numa forma de consertar tudo isso.

Mas abro a porta e encontro minha irmã Petra em pé sobre a mesinha, pendurando uma série de bandeirolas da cor do arco-íris. Minha coleção de frascos farmacêuticos de vidro foi arranjada em ordem perfeita, cada um posicionado de acordo com o tamanho.

Petra desenrola uma linha de bandeirolas e a segura sobre a cabeça, tentando prendê-la primorosamente num gancho do teto.

Suas roupas parecem com as das garotas do Poço, um vestido folgado pende de seus ombros feito uma mortalha, cinza de fuligem. Seus pés estão descalços, e os cabelos, grossos e embaraçados. Ela está cantarolando com os lábios cerrados sobre os dentes cinza, enquanto arruma as bandeirolas de forma que caiam como videiras de papel, verdes, azuis e roxas. Na profusão de cores, sua aparência é estranhamente monocromática.

— Achei que você fosse gostar se eu fizesse uma decoração — diz ela, girando cuidadosamente sobre o tampo da mesinha.

Por um momento, apenas fico parada à porta com a boca aberta e os cabelos formando um ninho emaranhado à minha volta. Quando falo, é num tom insípido, morto.

— Está bonito.

Minhas mãos não têm sensação nenhuma. Preciso entrelaçar os dedos com força, só para me certificar de que ainda estão ligados a mim.

Petra desce da mesa.

— Está tudo bem? Você parece transtornada.

Faço que sim com a cabeça. O chão parece se mover sob meus pés e não consigo me equilibrar.

—Venha aqui, sente-se. Sei de uma coisa que vai animá-la.

Pegando-me pela mão, ela me leva até uma penteadeira, me coloca num banquinho e abre a caixa de maquiagem. Começa a vasculhar minha coleção de cosméticos e escolhe um batom escuro. Digo a mim mesma que aquilo é o certo. É uma situação familiar, e agora minha vida voltará ao normal. Mas não adianta. Já estou pensando no passo seguinte, na próxima ação possível.

ENTRE MUNDOS

Petra passa o batom com habilidade, tomando cuidado para seguir a forma precisa da minha boca. Meu reflexo me olha sem expressão e com olhos duros, flamejantes. Petra afasta seus cabelos para trás da orelha e mantém o rosto desviado do espelho.

Seu pai é um dos demônios do Poço de Lilith, e isso fica claro no formato de seus lábios finos, no tom cinzento de sua pele. Se ela fosse vaidosa como as outras, poderia mentir. Poderia ao menos dizer que era filha de Belial, que construiu a fornalha e as forjas na época em que a cidade não passava de uns barracos amontoados sobre um poço de rocha derretida. Ele tem o rosto cinza, mas angelical, sob a camada de fuligem. As pessoas poderiam até acreditar na história, se ela a repetisse muitas vezes.

Ela não mente, porém. Em vez disso, anda arrastando os pés e olhando para o chão, e todos sabem que é filha de um artesão esquelético e frouxo. Ela não tem direito de morar no Pináculo, mas está aqui, de qualquer forma, porque é filha de Lilith.

Nossas outras irmãs às vezes zombam dela, chamam-na de Menina-Cinza ou de Donzela dos Metalúrgicos, mas não me importo com suas unhas de ferro nem com seus olhos enormes, de pálpebras pesadas. Melhor ser feia e saber quem você é a passar a vida como eu, olhando no espelho, pensando se acabarei me tornando apenas mais uma das Lilim.

Petra começa a delinear meus olhos com um lápis vinho, e eu deixo, lutando contra a vontade de me levantar, andar entre a janela e a porta, porque, se me mexer, então ao menos posso fingir que estou fazendo alguma coisa, em vez de estar apenas pensando em como agir.

— Isto é para fazer você ficar corada — diz ela, imobilizando meu queixo e aplicando um iluminador cor-de-rosa em minhas bochechas. — Para que pareça calorosa e amigável. Como uma garota normal.

Cruzo as mãos no colo e não digo nada. Ela gosta de me maquiar em tons leves e suaves que minhas irmãs jamais usariam, e, normalmente, deixo que o faça. Agora, no entanto, só consigo pensar que Obie se foi e, mesmo com o rosto empoado de cor-de-rosa, ressaltado com tons de vinho e camurça, me sinto sem cor.

Petra pega novamente o lápis de olho. Segurando-o como uma caneta de caligrafia, ela analisa meu rosto e, então, começa a traçar de leve sobre o tampo da penteadeira, esfumando a maquiagem com a ponta do dedo. O queixo e a boca de uma garota se materializam, seguidos por olhos escuros, a sugestão de um nariz, um risco sombreado indicando orelha, queixo, pescoço. Os desenhos são sempre temporários. Eles se queimam assim que a fornalha é aberta.

De repente, do corredor lá fora, ouve-se o tinir agudo de sinos e Petra deixa cair o lápis.

— Suas irmãs estão vindo.

— Tudo bem — digo. — Elas não podem fazer nada com você.

— Não chamo atenção para o fato de que também são irmãs dela.

Ela não responde, só atravessa o quarto e se esconde no closet quando Myra e Deirdre entram juntas, de braços dados. Elas param diante de mim, sinistramente parecidas — duas bonecas em trajes elaborados.

As Lilim mexem com a sedução. Quando uma delas abraça um homem, ele sente como se o calor de seu corpo o inundasse. Ela o tranquiliza com o ardor de seu hálito, mas, na verdade, está roubando seus sonhos e suas memórias, tudo que faz ele ser quem é.

Há uma história que diz que minha mãe tem um beijo mágico e que é por isso que minhas irmãs saíram assim. Quando Lilith conheceu meu pai, ele estava destruído e, quando ela o beijou, tirou toda a tristeza dele como se tira o veneno de uma picada. Tirou sua desesperança, devolveu-lhe seu valor e sua força. A versão mais comum é que ela fez isso porque o amava, mas não há nada de amoroso no que as Lilim fazem.

Elas chamam isso de ajuste, como se algo nelas estivesse, de fato, mal-ajustado; mas alimentar-se da tristeza e do desejo não as cura. Cada vez que elas fazem isso, passam a querer ainda mais. É só sobre isso que falam.

— Sua hipocritazinha horrível. — A voz de Deirdre parece mercúrio, densa, rápida e prateada. Ela usa um vestido preto tomara que caia, fino como fumaça, unido numa só peça por correntes finas e centelhando de brasas. Ela sorri como se nunca pudesse pensar em nada mais agradável do que a ideia de eu ser hipócrita.

— Daphne, Daphne — cantarola Myra, sacudindo o dedo para mim. — Sua menina *malvada*. Por que você não contou para a gente que tinha um fraco por garotos destruídos? — Seus lábios estão úmidos, vermelhos como sangue ou bala. Seu vestido é prateado, exibindo curvas devastadoras, o corpo que eu não tenho. Ajustado às suas costas, há um par de asas, feitas de arame, que dançam e tremulam enquanto ela se aproxima, sorrindo ferozmente.

— Não tenho — digo, sem saber como explicar a forma frágil dos ombros curvados do garoto. Sem querer compartilhar a sensação de seus dedos entrelaçados aos meus.

Deirdre pega uma fotografia emoldurada de Marilyn Monroe, sorrindo com desdém.

Arranco a foto dela e a coloco sobre a mesa.

— Não toque nisto.

Marilyn olha de trás do vidro, irremediavelmente doce. Rodeada por um emaranhado de bandeirolas e fitas de seda, Deirdre parece um monstro de lábios líquidos.

Myra passa o braço em volta do meu pescoço.

— Você não pode mentir para nós, Daphne. — Sua voz é uma fita de prata trêmula, sua boca, macia contra a minha orelha. — Eu sei que você quer o ajuste tanto quanto nós. É só uma questão de tempo.

Ela me solta, girando nos calcanhares para remexer nas gavetas e prateleiras, passando os dedos pela minha coleção de cadeados. Suas unhas esmaltadas sibilam e tilintam contra o aço. O som enche meu quarto como se fosse vapor escapando.

Deirdre suspira e sorri, acuando-me no canto ao lado da penteadeira. Ela toca meu rosto, roçando o polegar pela minha bochecha.

— Você tem tanta sorte por seu pai ter sido um anjo. Seus dentes são quase perfeitos.

Quando ela acaricia meus lábios com a ponta do dedo, me solto dela e recuo para trás do sofá.

— Deixe-me em paz.

Ela faz uma careta diante da mancha vermelha em sua mão, então limpa os dedos no vestido.

— Você está usando batom? Sinceramente, Daphne. Precisamos arrumar para você uma maquiagem *de verdade*.

ENTRE MUNDOS

Seu rosto está maquiado com profissionalismo, nos tons das Lilim: brasas vermelhas e cinzas brancas. Sua boca está quente do enxofre derretido, e há fuligem esfumada em negro no côncavo de seus olhos. Balanço a cabeça, olhando fixamente por cima dela. Sei que, se não responder — se apenas esperar —, elas vão se entediar e vão embora.

— Ora, vamos, você não quer brincar com os garotos? Não quer saber como é? Eles enlouquecem pela gente na Terra. — Rodeando o sofá, ela se inclina como se estivesse prestes a beijar meu rosto. — Eles nos *veneram*.

Apoio as palmas das mãos na parede, mas ela apenas bate os dentes ao lado da minha orelha e recua dançando, os olhos cintilando de malícia. Por um momento, penso naquilo — considero a possibilidade de ir para a Terra com elas e, em vez de procurar alguém para caçar, eu poderia procurar por Obie. Mas é pouco prático ir com as Lilim. Elas não me ajudariam em nada.

Deirdre me dirige um último sorriso malicioso e gira nos calcanhares. Então, ela e Myra dão-se os braços calmamente, com prática, como se nunca tivesse havido um tempo em que não estivessem apegadas uma à outra. E saem pela porta com uma risada e um tchauzinho, sem olhar para trás.

— Você já pode sair — digo, vendo a forma de Petra vacilar nas sombras.

Ela sai do closet e para ao meu lado. Com a palma da mão, limpo o batom em meus lábios.

Petra encurva os ombros e se volta para a janela. Lá fora, o céu está escuro como cinzas.

— Você vai sair à caça do ajuste, como suas irmãs?

Penso no garoto no terminal, muito embora não tenha o direito de querê-lo. Seus braços estavam molhados e quero acreditar que o palpitar no meu peito é apenas espanto pela forma como a água escorria por sua pele em gotas perfeitas, admiração pelo milagre da tensão daquela superfície. Minhas mãos estão dormentes e grudentas, e o sangue dele irá se queimar logo, não deixando nada que prove que ele sequer existe.

— Não — digo, tentando não deixar minha expressão mudar. — Não, isso é muito baixo. É comum.

Pareço completamente segura, como se fosse verdade. Mas, de fato, não sei a resposta. Há apenas a lembrança de estar ali, pairando acima do garoto. A sensação de ser incapaz de me mover ou de desviar os olhos, e sei que a fome das minhas irmãs também vive em mim. Está dormente em algum lugar profundo, murmurando no meu sangue, e essa noção me assusta mais do que consigo dizer.

CAPÍTULO SEIS
AUSÊNCIA

A palpitação estranha que senti no terminal passou e, em seu lugar, surgiu outra sensação igualmente difícil de identificar. Bate no meu peito como um tambor de guerra. Sem uma forma de contar o tempo, parece que foi só há um instante que Obie partiu e, ao mesmo tempo, parece que faz uma eternidade.

Estou deitada no chão do meu quarto, separando os estopins de um busca-pé da marca Black Cat e acendendo-os um a um. Cada explosão produz um ruído agudo e me deito de costas, jogando os fogos acesos no ar. Eles explodem sobre mim numa chuva de barulho e papel queimado.

Na Terra, uma pessoa poderia se queimar gravemente fazendo isso, mas aqui o fulgor de enxofre e carvão não importa. Nada deixa marcas. Tenho a esperança de que o barulho irá acionar alguma coisa na minha cabeça, mas é difícil saber como entrar em ação quando nunca precisei tomar nem sequer uma iniciativa antes. As palmas das minhas mãos estão negras de tantas vezes que deixei os fogos explodirem antes da hora.

Acendo outro, então o deixo sobre meu peito e espero. Há um breve impacto que faz minhas costelas estremecerem quando explode, mas é só isso. O barulho abafado da explosão é o único som no mundo inteiro.

Até minha mãe começar a gritar.

O som é agudo, reverberando pelas escadarias, e fico completamente imóvel. Nunca sequer a ouvi levantar a voz.

Então ela solta outro grito, doloroso e angustiado, que ressoa pela torre de cômodos vazios. Posso senti-lo nos meus dentes.

Levanto-me com esforço e corro escada acima até o telhado, batendo o portão com força e entrando no pátio. Ela está de pé, sozinha no meio do jardim, olhando fixamente para a superfície refletora do relógio de sol. Suas costas estão eretas e sua mão pressiona a boca.

À sua volta, as trepadeiras crescem descontroladamente, subindo dos canteiros, rastejando como uma teia prateada sobre o telhado.

Abro caminho com esforço entre o emaranhado e, então, paro, porque me ocorre que, se eu continuar seguindo em frente, acabarei chegando até ela e ficaremos lado a lado, e eu não sei o que fazer. Estou acostumada com sua maneira sonhadora e distante, fria e cruel. A visão dela perfeitamente imóvel diante do relógio de sol parece errada e é aterrorizante.

— Mãe — digo, e minha voz sai tão baixa que mal se ouve. Ela não reage, e falo novamente. Então grito, tentando me fazer ouvir. Fazer com que ela me veja. — Mãe! O que foi? O que aconteceu?

— Ele não está aqui — sussurra ela. Sua voz sai densa e sufocada. Ela aponta para seu próprio reflexo. Seus olhos me encaram do relógio de sol, cinzentos como a tempestade e insondáveis.

Fico ali parada, com as mãos estendidas, mas sem tocá-la, sem nunca tocá-la.

— O que você quer dizer? Quem... quem não está aqui?

— Obie. — Ela se inclina sobre o relógio de sol, olhando para a superfície plana e dividida.

Estamos imóveis e caladas, separadas por um metro e meio no centro do jardim.

— Do que você está falando? — digo, de forma mais impaciente do que desejo. — O que você viu?

Ela se vira para me encarar, e seus olhos estão tão arregalados e vítreos que parecem aço polido.

— Escuridão, um tremor de sombras. Daphne — sussurra ela. — Havia sangue.

O telhado é uma área plana coberta por ladrilhos gravados, cheios de histórias e poemas, mas as trepadeiras agora crescem sobre ele. Aos meus pés, elas já cobriram palavras como *amor, mar* e *guerra.* O que se vê agora é apenas um emaranhado reluzente, com folhas afiadas como espinhos.

— O sangue dele não deveria tê-lo protegido? — digo. — Não se transformou em ácido, ou queimou, ou *qualquer coisa?*

O rosto de Lilith está impassível, meio virado para longe.

— O sangue não ajudou em nada.

— Ele não pode ter simplesmente desaparecido — digo, falando depressa e sem fôlego. — Como foi que aconteceu? Você viu quem o machucou?

Mas ela nem precisa me dizer o que viu. Eu sei qual é a resposta, qual é o castigo para demônios que escolhem uma vida na Terra.

— Ele está morto? — digo a palavra com precisão, ainda que me cause um nó na minha garganta.

Minha mãe me encara, mostrando os dentes, que são pequenos, retos e muito cinzentos. Quando ela agarra um punhado do próprio cabelo, parece um animal.

— Mãe, ele está morto? Você viu o que *aconteceu*?

Ela balança a cabeça, num movimento curto e rápido.

— Foi muito repentino. Ele estava caminhando por um parque, passando por uma fonte congelada. Então, houve um espirro de sangue na neve e, como por encanto, ele havia sumido.

Luto contra a tentação de acariciar os cabelos da minha mãe. Reluto em tocá-la mesmo nas melhores ocasiões, e mais ainda agora, que seus olhos ficaram inexpressivos e vazios. Ela parece a ponto de pegar fogo.

Pergunto-me se errei ao pedir a Belzebu que falasse com Obie. Talvez, se tivesse vindo falar com Lilith, contado sobre os planos de Obie de ir embora, ela pudesse tê-lo dissuadido. Ele estaria em segurança agora. Mas sempre pareceu pouco natural pedir qualquer coisa a Lilith e, mesmo agora, a ideia parece estranha. Nunca sequer me passou pela cabeça pedir ajuda a ela.

— Ele é meu filho — sussurra ela, cruzando os braços sobre o peito e enterrando as unhas em seus ombros nus, como se estivesse tentando me fazer entender algo vital.

Sempre soube que ela o preferia ao resto de nós, que lhe dava mais valor e o elogiava mais, ao passo que sua atitude geral era a de me tolerar e de desprezar as Lilim. Mas, se algum dia me ressenti por ela gostar mais dele, vê-la agora teria me curado. Seu medo é real. É como se algo finalmente tivesse se rompido dentro dela, deixando seu verdadeiro âmago à mostra, desprotegido. É chocante e, por um momento, me pego pensando no que seria preciso fazer para que ela se importasse comigo dessa maneira.

— Não se preocupe. — Minha voz é baixa, mas firme, o que é tranquilizador. — Iremos encontrá-lo.

Lilith apenas olha para o relógio de sol. Seu jardim agora está desperto, sussurrando à nossa volta. Solto-me do emaranhado de trepadeiras que crescem sobre meus pés, então subo em um dos bancos. O perfil dela é reto e orgulhoso, a imagem perfeita da mulher no muro, mas seus olhos têm uma expressão selvagem e acuada. Da segurança do banco, observo seu rosto como se o estivesse vendo pela primeira vez. As sobrancelhas compridas e finas, e a boca pálida. Sua garganta é lisa. O pequeno côncavo na base parece delicado o bastante para se romper feito papel, e não entendo como pude algum dia acreditar que ela fosse indestrutível.

— Eu o procuraria pessoalmente — diz ela, abaixando os olhos para o relógio de sol. — Se tivesse alguma forma de sair da cidade, varreria a Terra para encontrá-lo.

Ela está parada entre as folhas sibilantes. Após um momento, ergue a cabeça e suas trepadeiras se imobilizam. Ela nunca falou sobre partir. Sobre como foi castigada por sua desobediência e por ficar ao lado do meu pai. Nunca falou sobre estar aprisionada.

Pela primeira vez, passa pela minha cabeça cogitar se a razão pela qual ela insiste constantemente para que eu seja mais como as minhas irmãs é porque ela se corrói ao me ver ali quieta, enquanto ela, se pudesse, fugiria. No entanto, nunca fui ardente nem corajosa.

Nunca fui impulsiva. Sempre foi da minha natureza pensar cuidadosamente em tudo e, então, decidir qual seria a melhor solução. Só que, às vezes, as circunstâncias mudam. Às vezes as coisas ficam tão ruins e complicadas que sua natureza não importa mais.

— Não posso sair da cidade — diz Lilith novamente, virando-se a fim de olhar para mim. E, então, ela sorri. Seus olhos parecem desesperados.

Junto as mãos diante de mim e ergo os olhos para ela.

— Mas eu posso.

* * *

No museu, Belzebu está contando um maço de cédulas de dinheiro russo e separando-as sobre a mesa em grupos de vinte. Não preciso perguntar para que é o dinheiro para saber que ele já está de saída novamente. A pistola nove milímetros está pousada ali, e a mesa está coberta de facas de combate e papéis soltos.

Quando ele olha para cima, posso ver que há algo errado com a minha expressão, porque ele para de contar e se levanta.

— Está tudo bem?

Atravesso o pequeno escritório e paro diante dele.

— Precisamos ajudar Obie. Minha mãe viu alguma coisa no espelho... ela viu sangue, e só consigo pensar que Azrael o encontrou. Você disse que ficaria tudo bem! Você disse que era *seguro*.

Belzebu espera que eu termine. Então, levanta as mãos e indica que eu me sente.

— Vá devagar. É possível que sua mãe esteja confusa, ou cometendo algum tipo de equívoco? De tempos em tempos essas coisas acontecem.

Tempo. A força mais imensa e básica em Pandemonium é o tempo, o cessar do tempo, o congelamento do tempo. Conheço-o como conheço os poemas épicos e os algoritmos — como informações que absorvemos e memorizamos. Mas não o conheço como as pessoas na Terra, que nascem com ele e estão presos a ele. Lá, pais se tornam avós, depois viúvos e cadáveres. Crianças crescem. Aqui, é como se o tempo não existisse; apenas a distância, espalhando-se infinitamente, e cada momento que perdemos pensando poderia ser uma hora na Terra.

— Não podemos *esperar* — digo, consternada pela forma como minha voz se eleva além do meu controle. — Obie ainda está vivo, mas não sabemos por quanto tempo nem o que está acontecendo com ele!

Belzebu começa a arrumar a mesa, mantendo os olhos fixos em meu rosto.

— Eu sei que você está preocupada, mas a pressa não vai nos trazer benefício nenhum. Não podemos simplesmente supor que Azrael pegou seu irmão.

Eu me viro, tentando controlar o pânico que se espalha em meu peito. Tentando fechar a boca. Minha mãe pode ser imprevisível, mas ela não comete erros. Se ela não consegue ver Obie, então ele foi para algum lugar onde sua visão não pode alcançar.

— Por favor — digo, tentando ser convincente sem parecer que estou implorando. — Você nem sequer precisa me ajudar. Posso ir sozinha.

— Do que você está falando?

— Minha mãe disse que podemos encontrá-lo. Disse que, se eu for procurar por ele, vai me ajudar. Ela não sabe ao certo o que aconteceu nem por que não consegue vê-lo, mas, se puder contar comigo para procurar pistas por lá talvez possamos salvá-lo.

Belzebu ficou imóvel com a mão sobre a pilha de dinheiro não contado. Quando levanta a cabeça a fim de olhar para mim, ele o faz com extrema compostura.

— Deixe-me ver se entendi direito. Sua mãe está convencida de que algo violento e inconveniente aconteceu com seu irmão, e a solução *genial* é mandar você atrás dele? — Ele olha na direção da galeria contraindo o maxilar. — Ela é absolutamente inacreditável!

— Mas e se ela estiver certa? Ela não pode sair para procurá-lo e eu *posso*. Eu serei cuidadosa, eu...

Ele joga o restante das cédulas russas na mesa e fecha a gaveta com força.

— Não. De jeito nenhum. Detesto ter que ser eu a dizer isso, mas caso você não tenha notado, sua mãe tem um dos piores juízos que já vi na vida. Você não é obrigada a atuar como representante dela e não vai sair desta cidade. Ela não está pensando direito.

— Mas não posso simplesmente ficar aqui sem fazer *nada*. Ele é meu irmão!

— Eu entendo o que está sentindo, Daphne, mas, no momento, tenho uma prisão siberiana à beira da rebelião e não posso largar tudo porque seu irmão decidiu desobedecer a todas as regras existentes.

ENTRE MUNDOS

Corro os dedos sobre a pilha de papéis na mesa. Sei que deveria parar, mas não consigo controlar minhas mãos. A sensação de estar me desfazendo piora a cada momento e folheio sem parar as páginas diante de mim. Então, uma etiqueta em uma das pastas atrai minha atenção. O nome OBIE está escrito ali, na caligrafia inconfundível de Belzebu. Dentro há um monte de formulários, todos carimbados em vermelho, dizendo: RESOLVIDO, FINAL, FIM DE CASO. Há observações em todas as margens, a maioria na descuidada escrita hierática de Belzebu, uma confusão de traços e linhas curvas. Hierática é difícil de entender. Sempre confundo o símbolo de *elogio* com o de *ataque*.

Toco no último formulário, em branco e sem carimbo.

— Quem é Truman Connor Flynn?

Belzebu guardou as facas e está recontando as cédulas.

— Desculpe, o quê?

— É a última anotação no arquivo de Obie. O caso ainda está aberto.

Belzebu franze a testa, sem parar de contar.

— É o seu amigo do terminal... o garoto da navalha. Da água.

O garoto que ficou segurando minha mão.

— Bem, e quanto a *ele*? — pergunto, incapaz de evitar um toque de esperança na minha voz. — Ele pode não saber o que aconteceu, mas, ainda assim, pode ajudar. Talvez até saiba quem são os amigos de Obie ou onde ele está hospedado.

Belzebu suspira. Então, senta-se diante de mim, guardando no bolso o dinheiro russo e a pistola. Ele olha no meu rosto e seus olhos são quase os de uma pessoa real: claros, mas não mais transparentes. Ele passaria facilmente por um humano na rua.

— Não quero ser um monstro — diz ele. — Mas não temos a menor ideia do tipo de situação com que estamos lidando, e, até entendermos tudo, o melhor é ficar quieto e ter cautela. Não quero que você se machuque. Chegará o momento de você ir para a Terra, mas não é agora. Entende o que estou dizendo?

Faço que sim com a cabeça. Meu rosto está rígido, e não consigo pensar em nada para dizer.

Ele apanha sua maleta de armas e se levanta.

— Tenho que ir — diz. — Mas, no minuto em que eu terminar, nós vamos resolver essa situação... Prometo.

Ele sai do escritório, então se vira como se fosse dizer outra coisa. Parece alguém muito justo e correto, mesmo rodeado de moscas. Ele levanta a mão num gesto gentil, impotente, antes de se virar, seguir pela galeria e sair do museu.

Então, estou sozinha, sentada à mesa de Belzebu. A sala está quieta. Quieta o suficiente para pensar. E o que penso é que minha mãe jamais teria aceitado essa quietude. Ela moldou seu destino quando era mais jovem do que eu. Desafiou Deus e os anjos, mesmo que isso significasse ser banida, e depois escolheu meu pai, mesmo quando essa escolha a confinou a um mundo acidentado, de enxofre. E talvez não seja o que havia sonhado, mas ela o fez mesmo assim.

Eu nunca escolhi minha mãe em detrimento de Belzebu. Nunca confiei mais no julgamento dela do que no dele, mas agora é diferente. Em algum lugar da Terra, Obie está sangrando, e eu não tenho escolha.

Pego um atlas da América do Norte e coloco sobra a mesa. Então, abro o arquivo novamente e pego os papéis sobre Truman Flynn.

ENTRE MUNDOS

O endereço da casa dele é em Cicero, no estado de Illinois. O nome da rua é Sebastian, como o do santo.

Folheio as páginas, mas não há nada no arquivo que me diga alguma coisa sobre Obie. Apenas o nome de Truman e o endereço em Cicero, que o atlas me informa que é um município perto de Chicago.

Partir não é difícil, não há truque nenhum nisso. Já vi Belzebu se preparar centenas de vezes.

Resolvo a questão do dinheiro primeiro: cédulas e cartões, uma pilha de bilhetes para o metrô e um punhado de moedas para dar sorte. Depois, reúno todos os mapas de Chicago e arredores que consigo encontrar. Então, vasculho o museu à procura de roupas.

A galeria é enorme e está organizada por um sistema complexo de catalogação que só Belzebu entende. O primeiro monte de roupas de menina que encontro está num baú de barco a vapor, com um pedaço de fita adesiva na tampa dizendo GRANDE DEPRESSÃO ATÉ A SEGUNDA GUERRA MUNDIAL. Muitos dos vestidos estão ensanguentados ou rasgados, mas no fundo encontro alguns que parecem amarrotados, mas limpos. Todos têm mangas curtas e gola boneca. Eu os pego e os levo de volta até a mesa.

No fundo do guarda-roupa marcado como LEI SECA, encontro um casaco feminino preto e um par de luvas de couro dentro de uma caixa de chapéu. Guardo tudo numa bolsa preta com alças duplas e fivelas de prata.

Então, percorro a galeria em busca de sapatos. Finalmente, numa prateleira acima dos violões, deparo com uma caixa de papelão surrada etiquetada ALTAMONT, 1969. Dentro há uma variedade de jaquetas de couro e folhetos de papel, alguns canivetes e um par de botas de motociclista, pretas e foscas.

Com mãos vacilantes, abro a gaveta inferior da mesa e tiro o catálogo do terminal, que tem quase dez centímetros de espessura. Sento-me na cadeira de Belzebu com o catálogo aberto sobre o mata-borrão, tentando definir meu itinerário. Memorizo primeiro os portões, depois a complexa teia de corredores além deles. A porta em si estará identificada, e eu devo sair direto em Cicero. De lá, é só uma questão de quarteirões até o endereço da rua Sebastian. A rota parece bastante simples, e, se eu me perder no caminho, posso consultar o mapa.

—Você consegue fazer isso? — pergunto a mim mesma em voz alta, olhando para o monte de roupas e utensílios guardados aleatoriamente na bolsa.

— Sim — respondo, sabendo que não há outra resposta.

* * *

Quando entro no terminal, é como se eu fosse invisível. Tenho um casaco negro comprido e um par de botas com fivelas nos tornozelos. Um vestido xadrez e um suéter listrado. Tenho uma bolsa preta cheia de dinheiro e de informações. Tenho duas noções de comportamento: uma para demônios, outra para anjos. Passo a língua sobre um par de dentes de metal e não sei o que sou.

No portão giratório, pressiono a mão no painel de controle e digo: "Truman Flynn." Há um ruído suave, e a porta se destrava.

ENTRE MUNDOS

Quando passo por ela, o corredor se abre à frente, vazio, numa série de voltas e reviravoltas. Dirijo-me ao que leva à parte leste de Illinois e Chicago e examino fileiras de portas descombinadas até chegar a uma pequena de madeira onde está escrito CICERO. Ao meu toque, ela sibila e se abre como um segredo, e eu me vou.

SEGUNDA PARTE

TERRA

4 DIAS 0 HORAS 3 MINUTOS

7 DE MARÇO

Truman Flynn despertou.

Sua cabeça estava pesada, e ele sentia um gosto ruim, metálico, na boca. Por um segundo, não soube onde estava nem se ainda continuava sonhando. Então, a buzina de um carro soou lá fora e ele se sentou, aliviado por se encontrar na própria cama.

Seu coração estava batendo forte. Quando apertou as pálpebras com a palma das mãos, viu formas vermelhas tremeluzentes, resquícios de seu sonho.

Não fora um de seus pesadelos, com uma banheira cheia de sangue ou um quarto de hospital. Não fora com uma igreja decrépita e sombria. Nem com um funeral cheio de corvos. Dessa vez, ele havia sonhado com a garota.

Ela não era ninguém que ele conhecesse do trabalho nem da escola; era mais como uma fantasia — o tipo de garota que só existe se você fechar os olhos e desejar um gênio da lâmpada, uma princesa de contos de fadas que aparecesse para salvar você de sua vida. Os cabelos dela eram negros, e seu rosto, muito pálido. Atrás dela não havia nada além de uma extensão imensa e reluzente de metal polido.

Em seus sonhos, ela nunca falava. Mesmo quando ele lhe implorava, desesperado para ouvir sua voz, ela só se sentava ao lado dele e segurava sua mão.

Entretanto, dessa vez tinha sido diferente. Quando seus olhos se encontraram, ela tinha sorrido: um sorriso amplo, deslumbrante. Ela tinha dito o nome dele, mas nada mais.

Truman se desvencilhou das cobertas e passou os pés pela beira da cama, inclinando-se para a frente com os cotovelos apoiados nos joelhos. Ele achava que era sexta-feira. Não tinha certeza. A escola estava fechada para o feriado da Páscoa e, sem a rotina dos sinais e dos deveres de casa por fazer, os dias haviam começado a se confundir. Seus ouvidos zuniam, e ele sentia uma ressaca catastrófica. Começou a se levantar, mas o quarto girou lentamente e ele se sentou de novo.

Então, a voz falou do canto do quarto, baixa e paciente. Agradável, a não ser pelo fato de vir de dentro de seu armário aberto.

— Venha aqui. Preciso mostrar uma coisa para você.

Truman gelou. A janela de seu quarto dava para o leste, e a persiana estava aberta, inundando o carpete puído com a luz fraca do sol, mas, lá no canto, o armário era um retângulo de escuridão.

— Não vamos perder tempo — disse a voz. — Tenho uma coisa para mostrar a você e é importante.

Truman cruzou os braços sobre o peito, já sabendo que não queria ver.

— Levante dessa cama e venha aqui *agora mesmo*. Preciso que você veja isto.

Ele pressionou as costas contra a parede, balançando a cabeça. Já sabia o que o homem nas sombras queria lhe mostrar. No sonho, sua mãe ainda estaria em seu leito de hospital, rodeada por tubos e monitores. O quarto seria pequeno e frio demais, exatamente como quando ela estava na UTI do hospital Monte Sinai. Quase podia sentir o aroma de antisséptico e o cheiro ácido e cáustico de doença. Podia imaginar o rosto dela — terrivelmente, dolorosamente magro — e sabia que, quando ela abrisse os olhos, as córneas teriam um tom amarelo doentio e desbotado.

Ele encolheu os joelhos e apertou a palma das mãos com força contra as pálpebras.

— Já estou acordado — disse em voz alta. — Não estou sonhando, portanto dê o fora do meu quarto.

— Tem certeza disso?

— Tenho *certeza*. — A voz de Truman estava rouca, e, assim que ele disse aquilo, começou a duvidar de si mesmo.

O homem apenas deu uma risada baixa e feia, que se elevou e depois diminuiu até desaparecer completamente quando a porta do armário se fechou. O quarto ficou em silêncio.

Então, um caminhão roncou lá fora e Truman despertou, repentina e violentamente. Ele se debateu, chutando os lençóis, tentando se desvencilhar.

Suas mãos tremiam, e toda vez que ele piscava podia ver a garota de cabelos pretos exibindo aquele sorriso prateado, sussurrando seu nome; mas estava tudo misturado à voz do armário, e ele precisava, mais do que qualquer coisa, abafar aquela risada lenta.

Ele rolou para fora da cama e cruzou o quarto até a escrivaninha, onde vasculhou as gavetas até encontrar uma lata de um energético forte fechada. Estava em temperatura ambiente e tinha gosto de xarope para tosse, mas continha mais ingredientes ativos do que qualquer outra bebida energética encontrada na loja de conveniência.

Durante o último ano, tinha ficado muito bom em evitar o sono. Usava artifícios como banhos gelados, cigarros, pílulas de cafeína e café preto. Na escola, vivia de nicotina e adrenalina, tomando energéticos guardados em seu armário ou fumando atrás das lixeiras, entre uma aula e outra. Só que o efeito era limitado. Em algum momento, você *precisava* dormir.

Ele bebeu o energético, estremecendo com o gosto. Então, vestiu-se. Começou a encher a máquina de lavar roupas para que seu padrasto, Charlie, não tivesse que fazê-lo depois. Arrumou a cama, escovou os dentes e penteou os cabelos — todas as coisinhas que uma pessoa fazia quando não era louca. Não se aproximou do armário.

Na cozinha, Truman encontrou Charlie sentado à mesa, de camiseta, comendo macarrão frio de um pote de plástico. Ele havia descido o macacão até a cintura e estava lendo o jornal. Truman se espremeu para passar por sua cadeira, e eles acenaram com a cabeça um para o outro. Charlie trabalhava no turno da noite na Spofford Metals e normalmente não chegava em casa antes das oito ou nove da manhã, e, a essa altura, Truman geralmente já tinha ido para a escola. A vida deles era mais ou menos adjacente, mas raramente se encontrava.

— Olha só — disse Charlie, pousando o jornal sem erguer os olhos. — Você não deveria estar na escola? Pensei que já tivéssemos conversado sobre isso.

— São as férias de primavera. — Truman colocou um filtro novo na cafeteira. — Já faz uns cinco dias.

— Aham. — Charlie assentiu vagamente, curvando-se sobre seu macarrão. — Algum plano interessante?

— Na verdade, não. Talvez eu vá até a biblioteca mais tarde... tenho um trabalho de biologia.

ENTRE MUNDOS

Ambos sabiam que era mentira, mas nenhum dos dois disse nada. Era o tipo de mentira que apenas facilitava a vida deles.

Truman tomou seu café e comeu um pouco de cereal seco, dizendo a si mesmo que não ligava para o modo como ele e Charlie se ignoravam mutuamente. Quando o padrasto terminou de jantar e deixou Truman sentado sozinho na cozinha, ele já quase acreditava naquilo.

Serviu outra xícara de café e a tomou, apesar de estar começando a se sentir desagradavelmente aceso. Então, saiu do apartamento.

Lá fora, na escadaria, apoiou as costas na parede, tentando decidir o que fazer. Podia ser responsável pelo menos uma vez na vida e, de fato, ir até a biblioteca; isso, porém, poderia ser uma má ideia. Lá fazia silêncio e era quente; e, se ele se sentasse a uma das mesas de estudo, iria cair no sono. Pressionou o rosto contra a parede. O cimento estava gelado, e o choque do frio ajudou a clarear sua mente. Estava tão cansado que o mundo inteiro começava a parecer surreal.

Quando sua vizinha Alexa entrou pela porta da escadaria, ele levou um susto. Ela carregava uma sacola de papel de supermercado em cada braço e seus cabelos haviam escapado das fivelas de plástico, caindo desordenadamente sobre os olhos. Ela era jovem demais para ir fazer compras sozinha — tinha 12, talvez 13 anos —, mas as crianças no complexo de apartamentos Avalon eram todas assim, fazendo tarefas domésticas e criando a si mesmas e também seus irmãos.

— Oi, Lexi — disse Truman, afastando-se da parede. Ele estendeu a mão para pegar uma de suas sacolas. — O que está rolando?

Ela deu de ombros e desviou o olhar, deixando-o pegar as compras.

— Detesto quando você me chama de Lexi. — Mas estava sorrindo para o chão, com as bochechas rosadas e os olhos baixos.

Ele estendeu a mão livre e torceu o nariz dela.

— Só estou enchendo seu saco. Falando sério, suas férias estão sendo boas?

Alexa assentiu, ainda olhando para o outro lado, sobre o ombro dele, talvez, ou acima de sua cabeça. Ela parecia prestes a sair flutuando, ancorada apenas pela sacola de compras que apertava junto ao peito.

Quando Truman foi em direção à escada, ela o seguiu, e eles subiram lado a lado, sem conversar.

No patamar do quarto andar, o garoto segurou a porta da escadaria aberta para ela, que passou por ele, depois se virou e o encarou. Sua expressão estava séria.

— Você estava bêbado ontem à noite?

A pergunta o pegou de surpresa, e ele não respondeu de imediato, simplesmente seguiu pelo corredor até o apartamento dela, pensando no que deveria dizer. Alexa era uma menina estranha, mas esperta. Ela notava as coisas. Passava quase todo o tempo pela escadaria ou no saguão, mas não o atormentava nem o seguia, e ele sempre podia confiar que ela não fosse contar nada a Charlie ou à mãe dela.

— Não — respondeu, finalmente. — Quer dizer, posso ter me embriagado um pouco depois que saí do trabalho, mas não estava *bêbado*. Por quê?

Eles já estavam à porta de Alexa, e ela se esforçava para tirar as chaves do bolso do casaco.

— Eu estava lá no estacionamento — disse ela, sem olhar para ele. — Achei que tivesse visto você chegar.

— Que nada — disse ele, sentindo-se cansado e culpado.

Não culpado o bastante para parar de fazê-lo, no entanto. Ficar bêbado era bom. Era necessário, porque, quando estava bêbado, não sonhava. Só que, ultimamente, era necessária uma quantidade muito grande de álcool para derrubá-lo, e, até mesmo um apagão total só durava até o amanhecer, provocando cenas horríveis como a dessa manhã.

Ele se encostou à parede, olhando para ela.

— Pode ter sido um dos caras do quinto andar ou algo assim. Enfim, o que você estava fazendo lá fora tão tarde assim?

— Nada. — Ela enterrou a ponta do tênis no carpete. — Procurando você. Só pensei... é bobagem, mas achei que alguma coisa tivesse acontecido com você.

De repente, a garganta de Truman se apertou, e ele sorriu, sem jeito.

— Eu? Estou bem.

Ela não respondeu, apenas ficou olhando. Ele tentou imaginar o que ela devia estar vendo e não devia ser nada bom. As sombras em volta de seus olhos eram tão escuras que parecia que alguém o havia espancado.

— Estou bem — disse ele novamente, e dessa vez o rosto dela se abriu em um sorriso.

— Está bem. Eu só estava sendo boba.

Mas havia uma expressão em seus olhos que o fez se lembrar do inverno passado, da água vermelha ensopando o carpete do corredor. Uma lembrança que ele passava cada minuto de cada dia tentando esquecer.

CAPÍTULO SETE

CICERO

Quando atravesso a portinha de madeira, tudo é tão claro que, por um momento, mal posso ver as formas. Então a cegueira diminui, e o mundo tremula, entrando em foco.

Estou parada sob uma ponte. O céu acima é azul, mas é muito mais claro do que eu havia imaginado que fosse. Aos meus pés, o pavimento está repleto de garrafas vazias e guimbas de cigarro. Posso sentir o ar no meu rosto, incômodo e estranho. Está frio. E eu gosto.

Abaixo-me para tocar o chão, e minhas mãos retornam ásperas e sujas de algo preto. Uma parte nova e faminta de mim quer ficar sob a ponte para sempre, respirando o ar, sentindo o frio no rosto. Mas agora o tempo existe. E acho que não tenho muito.

Pego meu mapa, abrindo-o contra um dos pilares de cimento que sustentam a ponte e corro o dedo pelas linhas que, supostamente, representam estradas, tentando encontrar Cicero. Traço as ruas, as interseções quase regulares. A simples vastidão do mundo já é eletrizante.

Estou procurando pela rua Sebastian quando ouço passos sorrateiros atrás de mim.

— Ei — diz alguém bem perto. — O que você está fazendo aqui embaixo?

Quando me viro para olhar, um homem de idade indefinida está parado na sombra de um dos pilares. Suas roupas são imundas, e sua barba, pesada e emaranhada.

— Está perdida? — pergunta ele.

— Talvez. — Viro-me para olhá-lo, fechando o mapa ruidosamente. — Você pode me dizer como chegar até Cicero?

Ele se aproxima mais, abrindo os lábios e revelando dentes amarelos e tortos. Os filmes não conseguem transmitir a forma como tudo na Terra tem cheiro. Ele exala uma desagradável combinação de coisas para as quais não tenho nomes, e todas são fortes, ácidas e intensas.

— Vou fazer melhor que isso — diz ele. — Posso mostrar para você.

Ele me faz recuar até a sombra da ponte e, quando o sigo, ele tira algo do bolso. É preto, do comprimento da minha mão e decorado com imagens da mesma flor vermelha que se repete infinitamente, interligadas por um emaranhado de trepadeiras.

— O que é isto? — pergunto, inclinando-me mais perto.

Seu pulso gira e, de repente, a coisa se abre com um clique e vejo que é uma faca. Ele a aponta para mim.

— É linda — digo.

Então, ele levanta a lâmina até meu queixo, sem oferecê-la.

— Passa a grana.

Vejo a faca tremer, flores vermelhas se mexendo no punho. Elas se contorcem e remexem conforme as mãos dele tremem, fazendo com que seja mais difícil identificar seu gênero.

— Você é surda? — Sua voz agora é tensa, cheia de pânico. — Passa a porra do dinheiro.

— Não — digo, chegando mais perto.

A princípio, não tenho muita certeza do que estou prestes a fazer, só sei que ele está perto demais, e minhas mãos estão formigando. Então, ele salta sobre mim e, conforme o faz, estendo a mão, pressionando a ponta dos dedos na sua garganta.

No instante em que o toco, uma luz vermelha explode por trás das minhas pálpebras e sinto um cheiro estranho, inebriante e doce. É o cheiro de carne queimada.

Ele solta um grito curto e chocado, que depois cessa, e ele escapa, com minhas digitais fumegando na lateral de seu pescoço. A faca cai de sua mão, retinindo no pavimento, e eu me abaixo para pegá-la. Quando volto a ficar de pé, ele já se foi, o som de seus passos ainda ecoa sob a ponte.

Petra me advertiu sobre os perigos da Terra: acidentes de trânsito e contos da carochinha. Mas essas coisas só parecem acontecer com as pessoas que não são cuidadosas, e eu acabei de queimar um homem ao tocá-lo. Acima, a ponte começa a tremer, fazendo um barulho tão alto que o sinto no chão. Vibra através da sola das minhas botas e, num estacionamento no outro lado da rua, os carros se lançam numa cacofonia de buzinas altas e ritmadas, cada qual em seu próprio tempo e tom.

Um trem retumba acima, sacolejando e ribombando nos trilhos, e, pela primeira vez, entendo que sou a coisa mais perigosa aqui.

* * *

ENTRE MUNDOS

Existe um monte de ruas em Cicero, o que torna tudo mais complicado, mas não impossível. O mapa as mostra dispostas em quadrados uniformes — nada como as espirais caóticas de Pandemonium.

Estou a seis quarteirões da rua Sebastian quando noto pela primeira vez a dor em meu peito. Ecoa na minha caixa torácica, me fazendo respirar depressa demais. Acho que começou embaixo da ponte, logo depois do meu encontro com o ladrão. Quanto mais eu ando, pior parece ficar.

Nos degraus de um edifício público, três garotos magrelos passam um cigarro entre si. A fumaça me lembra de casa e tenho uma ideia estranha, vinda não sei de onde, de que quero pôr aquilo na boca. A dor no meu peito é terrível agora, e, com ela, existe o fantasma de algo mais, algo como o vazio. Eu me pego trincando os dentes e me pergunto se é a isso que as pessoas se referem quando dizem sentir fome.

Ando mais depressa, procurando entre as lojas por um lugar que sirva comida. No meio do quarteirão, encontro uma lojinha com um letreiro em neon no formato de um sanduíche. Quando abro a porta, ouço uma sineta distante tilintar. Lá dentro, a loja está aquecida. O cheiro é sublime e, após respirar fundo algumas vezes, a dor já não é tão forte.

O garoto atrás do balcão tem a pele escura, dourada, e usa luvas de plástico transparentes nas duas mãos. Acho que devem ser para mantê-lo limpo do mundo.

Eu me aproximo, e ele sorri. Seus dentes são muito brancos.

— Quero a melhor coisa que você tiver para comer, por favor — digo.

Seu sorriso se abre ainda mais, o que faz covinhas aparecerem nos cantos da sua boca.

— Melhor? Isso não varia de pessoa para pessoa?

Dou de ombros.

— Sei lá. Do que você gosta mais?

— Num sanduíche? Gosto de presunto, salame, pimentão, muçarela, talvez vinagre, sal e pimenta. Um pouco de tempero, sabe?

Seu sotaque é diferente do meu, mais baço e cantado, e, a princípio, acho que ele está dizendo Salomé, que uma vez pediu para seu pai a cabeça de João Batista numa bandeja. Repito a palavra, tentando pronunciar como ele:

— Salame, como é?

Ele me passa, por cima do balcão de vidro, um pedacinho de carne de aspecto marmorizado, segurando-o entre os dedos enluvados de plástico.

— Experimente e veja.

Mas, quando estendo a mão para pegar, ele para e recolhe a mão.

— Nossa... você precisa lavar as mãos. — Ele dá um sorriso amplo, balançando a cabeça. — Estão imundas!

Olho as palmas, que estão pretas e gordurosas desde que encostei no chão.

— Vá — diz ele novamente, indicando que eu passe pelo balcão e siga por um corredorzinho até o banheiro.

Lá dentro, o piso é de azulejo, sujo de pegadas. Há alguns cubículos com privada numa das paredes e duas pias de porcelana lascada com um espelho comprido sobre elas na outra.

Analiso meu reflexo com interesse, tentando ver a garota que sou na Terra. A garota que alguém achou que fosse uma boa ideia roubar. Claro que sim... claro que ele pensou que seria fácil tirar alguma coisa de mim. Ainda pareço uma princesa boba em sua penteadeira, cabelos compridos, rosto puro. As mãos, sujas.

Coloco-as sob a torneira, ensaboando e esfregando até que a sujeira desça pelo ralo. Então, abro minha bolsa.

A navalha está no alto, acomodada entre os mapas e as roupas. Pego-a e desdobro a lâmina. Não me corto, embora pense nisso, em como poderia ser bom saber do que meu sangue é capaz. Como, talvez, eu devesse ter deixado o homem embaixo da ponte tentar, porque, pelo menos, eu saberia qual é a minha proteção. Examino o fio da navalha e penso na possibilidade de descobrir.

Mas estou aqui no banheiro de um restaurante e algumas proteções são dramáticas o bastante para corroer o chão, ou, possivelmente, destruir prédios inteiros. O garoto lá fora parece amigável e não quero fazer nada que possa vandalizar sua loja.

Em vez disso, seguro melhor a navalha e pego um punhado de cabelos. Em pé em cima da bolsa de viagem, me inclino sobre a pia até que meu nariz quase toca o vidro. Meu reflexo corta meu cabelo e, na minha mão, sinto-o cair. As pontas cortadas fazem cócegas e raspam meu pescoço, e já me sinto ousada e um pouco assustadora, o tipo de garota que ninguém pensaria em roubar.

Quando minha mãe fala, é num sussurro ameaçador e diretamente no meu ouvido.

— Daphne.

Seu reflexo me olha logo acima do meu ombro, e a visão dela me dá um susto tão grande que quase caio.

A navalha escorrega da minha mão, caindo na pia, mas, quando giro para encará-la, não há ninguém atrás de mim. Viro-me novamente para o reflexo dela, sem fôlego.

— O que você está fazendo aqui?

É uma pergunta estúpida, no entanto. Eu devia esperar que ela me encontrasse... É o que ela faz. Apenas nunca vi por este lado do espelho.

— Você já descobriu alguma coisa? — diz ela, encarando-me com intensos olhos cinza. — Você sabe o que aconteceu com o seu irmão?

Balanço a cabeça, obrigando-me a sustentar seu olhar.

— Ainda não... acabei de chegar aqui, mas estou indo falar com alguém que o conhece. Você viu alguma coisa no relógio de sol?

— Nada além de uma menina boba estragando os próprios cabelos. Você precisa se apressar.

— Eu vou, mas primeiro preciso comer — sussurro, me sentindo culpada pela forma como minha respiração se acelera ao lembrar o pedaço de salame que ainda me espera lá na loja, na mão coberta de plástico do garoto. — Estou a caminho, só preciso pegar um sanduíche.

Lilith dá um sorriso, mas é frio e rígido.

— Você pode se alimentar com sal, pão e carne. Ainda assim não será suficiente. Seria melhor se procurasse por um ajuste.

E então, sem qualquer aviso, ela desaparece. Estou sozinha num banheiro, parada diante de um espelho sujo. A pia está cheia dos cabelos que eu cortei.

Limpo as mechas soltas da navalha e a guardo novamente na bolsa, olhando no espelho além da minha imagem para o lugar em que Lilith apareceu e depois sumiu. É estranho ouvi-la falar sobre o ajuste da forma como minhas irmãs falam, como se fosse necessário. Não acredito muito nisso.

Lá fora, na rua, estava quase desesperada de fome, mas agora a dor se reduziu a um pulsar surdo e me sinto quase calma. Apenas respirar o ar dentro da loja fez a fome diminuir — ao menos um pouco —, então deve haver outras formas de saciá-la. Se eu voltar ao restaurante e comprar um sanduíche, talvez seja suficiente para preencher esse vazio.

Quando saio do banheiro, o garoto está esperando no balcão, ainda segurando o pedaço de salame.

— O que você fez com seus cabelos? — pergunta ele, me olhando em dúvida. — Você tinha muito mais há um minuto.

— Sim, mas agora minhas mãos estão limpas. — Estendo a mão para o salame, e ele me deixa pegá-lo.

A carne é gordurosa, cheia de pontos brancos e, quando a coloco na boca, sinto vários sabores: ácido, oleoso, picante.

Compro um sanduíche com sal extra e um pouco de tudo. Enquanto o prepara, o garoto me explica sobre as carnes, a diferença entre a curada e a defumada. Sobre linguiças e presunto, e como o queijo é feito espremendo a água do leite num pano. Quando lhe pergunto sobre as luvas, ele apenas ri e diz que são por higiene.

— Para que você não se suje?

— Não, para que eu não suje as coisas. — Ele embrulha meu sanduíche em papel branco e o passa para mim sobre o balcão.

—Você é muito gentil — digo a ele. — Como foi que se tornou tão gentil?

Ele dá um sorriso sincero pela primeira vez, e a diferença é difícil de explicar, embora seja fácil de reconhecer.

— É meu trabalho, sabe? Só um trabalho.

A resposta me faz pensar em Obie, sempre tão preocupado com seu trabalho, mas sem nunca sorrir ao falar sobre ele. Não posso dizer com certeza, mas acho que não me importaria em ter um emprego no Departamento de Boas Obras. Pelo menos teria a garantia de não ficar como as minhas irmãs.

Agora, pego meu sanduíche, contando os dólares para o garoto atrás do balcão.

—Você faz bem o seu trabalho — digo a ele, porque parece algo que as pessoas devam ouvir, e não me lembro de jamais alguém ter dito isso a Obie, embora seja verdade.

— Que nada — diz o garoto, balançando a cabeça, sorrindo como se eu fosse a coisa mais estranha que ele já viu na vida. —Você não é daqui. — Não é uma pergunta.

— Não — digo a ele, entregando o dinheiro. — Não sou.

CAPÍTULO OITO

RUA SEBASTIAN

Na minha bolsa, trago uma pasta que contém o endereço de Truman Connor Flynn. Tenho uma lembrança dele: seus olhos ardorosos, angustiados, sua mão tentando segurar a minha. De como foi profundamente chocante quando ele me tocou, e tão real. A lembrança é vívida, mas estranhamente transparente, como se já houvesse começado a se dissipar. Pergunto-me se sequer irei reconhecê-lo quando o vir novamente.

Sigo por mais quatro quarteirões antes de chegar a um prédio caindo aos pedaços com uma placa na frente que diz APARTAMENTOS AVALON. Um menino está batendo uma bola de borracha dura na parede, sua respiração parece fumaça no ar frio. Quando me aproximo da porta dupla, a calçada é irregular sob minhas botas.

Ao lado da entrada há um painel cheio de botões, com letras e números, mas, se existe um código, eu não o conheço. Aperto alguns aleatoriamente, mas nada acontece. Após um instante, o menino para de bater a bola para me observar.

— Está quebrado — me diz. — Não dá para abrir de dentro. Apenas empurre.

Quando viro a maçaneta, a porta cede, rangendo contra meu peso. Ela se abre para uma escadaria com um número 1 grande pintado na parede. Segundo o arquivo de Obie, Truman mora no apartamento 403, e, portanto, começo a subir. A escada cheira a umidade e está quase tão fria quanto o ar lá fora. O ruído das minhas botas parece ensurdecedor.

Chego ao quarto andar e encontro três meninas sentadas no chão. Todas usam tênis e saias extremamente curtas. Elas desviam o olhar quando me aproximo e recolhem os pés para me dar passagem.

O apartamento 403 fica no fim do corredor. Bato à porta com animação e, como ninguém aparece, bato com mais força. Pressiono o ouvido contra a porta, e posso ouvir sons abafados lá dentro, mas passam-se vários minutos de barulhos de arrastar e bater até que um homem baixo e encorpado atenda, piscando com força à luz do corredor.

— Posso falar com Truman Flynn, por favor?

Os olhos do homem se apertam em fendas, e seus cabelos parecem levemente espetados.

— Ele não está.

Com as mãos entrelaçadas diante do corpo, sorrio sem mostrar os dentes.

— Você sabe me dizer quando ele vai voltar?

— Meu doce — diz ele, fechando os olhos e suspirando profundamente antes de responder —, não faço a menor ideia.

Agradeço a ele por seu tempo e saio do prédio, tentando disfarçar minha decepção, tentando pensar no que fazer a seguir. Estou lá fora, quase na calçada, quando uma das meninas magrinhas de pernas à mostra e tênis vem correndo atrás de mim.

ENTRE MUNDOS

— Ei — chama ela. — Ei!

Seus cabelos são escorridos e estão emaranhados, batendo em seus ombros conforme ela pula os degraus da entrada. Eu paro e espero até que me alcance. Ela está usando um blusão esportivo com zíper na frente e apertado em volta dos ombros. Para diante de mim, parecendo tensa e sem fôlego.

— Quem é você? — pergunta, me encarando. — Foi um dos irmãos Macklin que pediu a você que viesse aqui? Quer dizer, você não conhece o Victor nem nenhum daqueles caras, né?

— Não — digo. — Deveria?

A menina apenas se aproxima mais, olhando-me diretamente no rosto.

— Qual é o seu nome?

— Daphne. E o seu?

— Alexa. — Ela agita a mão, desconsiderando a si mesma, ainda me fitando com seus olhos lodosos. — De onde você conhece o Tru? É amiga dele ou coisa parecida?

— Nem sequer o conheço.

Isso faz Alexa levantar as sobrancelhas, e ela olha para mim com profunda desconfiança.

— O que você quer com ele, então?

— Estou procurando meu irmão. Acho que Truman pode saber de alguma coisa.

— Ah. — Ela se inclina para a frente, cutucando uma ferida em seu joelho. Então, suspira e se endireita. — Está bem, olha... Eu aposto que sei aonde ele foi, mas você não pode contar para o Charlie.

— Charlie?

— É, o pai dele. Padrasto. Não é nada de importante, mas o Charlie não gosta que ele vá tão longe assim.

— E aonde é que ele foi?

Alexa dá de ombros, parecendo se desculpar.

— Quando o vi esta manhã, ele disse que poderia ir até a casa do Dio mais tarde.

Seu rosto é tão limpo que parece espelhar. Posso ver uma afeição suave, rodopiante, em seus olhos quando ela fala sobre ele. É doce e firme, a um mundo de distância dos desejos febris de Myra e Deirdre. Deve ser a isso que se referem nos filmes quando dizem que alguém tem uma "paixonite".

— Poderia? — pergunto, tentando definir como isso pode ser útil. *Poderia* é incerto. *Poderia* não me serve de muita coisa.

Alexa suspira novamente, erguendo as mãos e deixando-as cair novamente.

— Ele quis dizer que iria, iria à casa de Dio. *Desmond*, digo.

— O que é Desmond?

— Uma pessoa, um cara. Desmond Wan. Ele morou muito tempo aqui. Ele e o Tru eram tipo melhores amigos. — Ela agora está falando mais depressa, como se as palavras fossem uma bomba dentro do seu peito. Ela tem de soltá-las antes que explodam. — Daí o Dio entrou na faculdade... na Northwestern... quer dizer, é *loucura*. Eles deram uma bolsa de estudos enorme para ele e tal. Então, agora não nos vemos muito, a não ser quando ele vem para casa visitar a avó. O Tru vai muito lá. Eles ainda vão, tipo, à balada juntos e...

Só consigo decifrar metade do que ela está me dizendo e levanto a mão para fazê-la parar.

— Obrigada. Você pode me dizer aonde ir?

— Você não pode voltar aqui mais tarde?

— Preciso falar com ele agora, o mais rápido possível.

Alexa me observa de forma astuta, seu olhar varrendo minha bolsa preta e minhas botas, analisando meu rosto.

— Seu irmão está metido em problemas?

— Eu acho que sim.

Ela assente e, agora, seus olhos brilham à luz do sol, nítidos e brilhantes.

— Garotos — sussurra ela, olhando para o chão. — Eles às vezes são tão burros. — Então Alexa mergulha a mão no bolso do suéter e tira um celular velho, tilintando de penduricalhos plásticos. — Você tem alguma coisa com que escrever?

Quando lhe ofereço um mapa do metrô e uma esferográfica, ela os pega. Caneta na mão, inclina-se, copiando alguma coisa do celular, apoiando o papel na coxa.

— O endereço do Dio — diz, devolvendo o mapa para mim. Há o nome de uma rua anotado na margem, e ela desenhou um círculo desleixado em volta de um cruzamento. — É meio longe. Mas acho que é essa a ideia, né? Ficar longe, digo... apenas... sumir.

Ela se afasta, sacudindo o telefone sem muito entusiasmo, observando enquanto estudo o mapa. Sua expressão é complicada e alguma coisa em sua doçura e tristeza me faz pensar em Petra.

Estendo-lhe a mão porque ela não deveria estar ali. Ela é muito mais limpa do que aquele lugar.

— Você poderia vir comigo.

Ela me olha como se estivesse considerando a possibilidade, os olhos fixos no meu rosto. Então, estende a mão e, cuidadosamente, aperta a minha.

— Não posso — diz ela. Seu toque é leve e cálido, e ela enterra os dedos na palma da minha mão. — Não é assim que funciona.

Entendo o que ela quer dizer. Posso estar muito longe de Pandemonium, mas meu lar ainda está comigo, um par de olhos que me segue, medindo meu progresso, esperando para ver se vou falhar. Assinto e deixo-a ir, muito embora pareça a coisa errada a fazer.

Viro-me na direção do trem, estudando o endereço no mapa, mas, quando começo a me afastar, ela me pega pela manga.

— Ei, se você vir o Tru, diga a ele... só diga a ele para tomar cuidado.

— Pode deixar — digo.

Estou quase do outro lado da rua quando ela me chama novamente.

— Ei — grita ela, parada de forma tristonha nos degraus da entrada dos Apartamentos Avalon. — Espero que você encontre o seu irmão.

Levanto a mão para mostrar que ouvi e que lhe agradeço pela preocupação.

Eu também espero encontrá-lo.

3 DIAS 7 HORAS 53 MINUTOS

7 DE MARÇO

A cozinha de Dio era pequena, mas clara, com superfícies de fórmica verde e piso de linóleo novo em folha. Era agradavelmente diferente de Cicero e do complexo de apartamentos Avalon.

Truman estava à mesa, tomando o uísque barato e de má qualidade de Dio, e já o vinha fazendo havia algum tempo. Sua cabeça estava dormente e pesada. A maior parte da festa estava acontecendo lá na sala.

Diante dele, Johnny Atwell cantarolava junto com o estéreo, batucando com as mãos no tampo da mesa.

— Enfiando o pé na jaca, hein?

Truman assentiu, mas estava pensando na voz do armário, pensando que só ficaria tranquilo quando tivesse certeza de que não estava perdendo o juízo. Em algum lugar às suas costas, uma garota estava rindo, um som agudo, tenso, que fazia sua pele doer.

Johnny lhe serviu outra dose, e Truman bebeu, fechando os olhos conforme o calor conhecido se espalhava em sua garganta. Tudo parecia estar vindo rapidamente em sua direção, o mundo todo convergindo para o ponto em que ele estava sentado, com os cotovelos apoiados na mesa. Ele piscou devagar e parou de prender a respiração.

A bebida estava começando a fazer efeito quando Dio irrompeu na cozinha, pequeno e ágil. Ele bateu forte entre as omoplatas de Johnny, dando um sorriso um pouco exagerado.

— Ei, é o grande John! O que está rolando, amigão?

Para Truman, ele disse num sussurro ríspido:

— Cara, achei que já tivesse pedido que não trouxesse mais seus amigos aqui.

Ele se referia a Johnny, claro, mas também a Claire Weaver, que era namorada ocasional de Truman. Ou talvez Victor Macklin, embora Victor fosse assustadoramente imprevisível e tivesse, recentemente, prometido quebrar a cara de Truman por causa de um mal-entendido envolvendo uma garrafa de vodca surrupiada e vinte e cinco dólares. Dio se referia a todos eles, a todos os vagabundos trágicos que bebiam com Truman, que matavam aula com ele ou que lhe conseguiam álcool.

E Truman entendia aquilo... Entendia mesmo. Podia ver sua vida como Dio a via, assistir à catástrofe de fora. Sabia o que parecia, mas Dio estava errado sobre Claire e Johnny. Eles não eram seus amigos. Só eram perturbados o bastante para andar com ele, e Dio era o único amigo de verdade que ele já tivera.

Os dois se encararam, sem falar. Os cabelos de Dio eram compridos, abaixo dos ombros, e seus olhos tinham a forma amendoada e estreita de um deus de pedra num livro de história. Sua expressão era irritada e impotente.

Truman, de repente, sentiu saudade dele, ainda que estivessem no mesmo cômodo. O barulhento e irrequieto Dio, dois andares abaixo. Eles haviam passado anos, talvez a vida inteira, fumando na calçada, e agora Dio tinha ido embora. Para outro lugar. Estava tudo errado. Ele sentiu seu maxilar se enrijecer e se obrigou a parar de trincar os dentes.

— Esqueça — disse Dio, balançando a cabeça e estendendo a mão para o ombro de Truman. — Apenas vá com calma, tá? Não vá fazer *aquilo*.

Truman afastou a mão de Dio e se levantou, lutando contra um surto de raiva e, sob ela, vergonha.

—Aquilo o quê?

— Aquilo de beber como doido e depois desmaiar. Não esta noite, ok?

Racionalmente, Truman sabia que Dio só estava falando com ele daquele jeito por preocupação. Mas algo na aflição do amigo fez com que se sentisse ainda pior.

Mesmo numa casa cheia de universitários, álcool e barulho, ele estava completamente sozinho. Não havia espaço no mundo de Dio para ninguém do velho bairro. Principalmente para um garoto que ainda estava no ensino médio e que jamais aspiraria a nada tão ambicioso quanto uma faculdade, quanto menos de Direito.

Na mesa, Johnny estava lhe oferecendo outra dose. Truman não queria, mas mesmo assim aceitou.

Ele sorriu, sustentando o olhar de Dio.

— Ei, não se estresse. Estou bem. — Sentiu a mistura conhecida de solidão e alívio avassalador quando o rosto de Dio se relaxou. — Ficarei bem.

Sua própria voz soava calorosa e calma, o que tornou tudo pior. *Bem* era a maior mentira de todas.

Ele se virou para longe de Dio e ficou imóvel antes de soltar a respiração num único suspiro estrangulado.

— Merda.

Claire havia entrado na cozinha e estava parada junto à bancada, usando uma blusa rosa-choque. Tinha os dedos entrelaçados de um jeito que parecia a ponto de implorar.

Ele a olhou do outro lado da cozinha e ela devolveu o olhar. Truman sabia que ela esperava um beijo, mas sua cabeça estava girando e as vezes em que eles haviam ficado juntos não tinham sido boas. De repente, Truman quis lhe dizer que sentia muito, mas não faria diferença alguma. Era a única coisa na qual ela jamais iria acreditar.

Claire se afastou da bancada e veio na direção dele, seus passos decididos no linóleo. Em sua visão alterada, ela se movia quadro a quadro, aproximando-se em flashes. Então, estava bem à sua frente, as mãos puxando seu suéter, deslizando por baixo dele. Quando seus dedos passaram sobre a barriga, ele recuou.

Era doloroso estar tão perto de alguém. Ele podia vê-la com clareza demais: olhos carregados de maquiagem, lábios levemente abertos. Ela era magra e parecia faminta, com os cabelos descoloridos com cloro e perfume demais. A garota se pôs na ponta dos pés e seu beijo tinha gosto açucarado e de cera. Quando ele se afastou, ela não o deteve.

Dio olhava da porta. Tinha uma expressão tensa, pesarosa, que Truman não podia suportar. Era um olhar que dizia: *Truman Flynn, você é deplorável.*

Truman pegou a garrafa e derramou bebida em seu copo. Tudo tinha parado de se mover, exceto ele. Claire ainda estava parada exatamente onde ele a tinha deixado, os braços pendendo ao lado do corpo. Sua boca estava se mexendo, e ele esperava que ela não fosse chorar. Já podia até ver: a maquiagem do olho borrada, lágrimas e soluços sofridos e entrecortados. Mas ela não chorou. Apenas olhou para ele, o lábio inferior cintilante e trêmulo. Ele tomou a dose de bebida e se serviu de mais uma.

— Tru — disse Dio numa voz baixa e ansiosa —, pega *leve*. Você é maluco, cara.

E Truman riu, porque era verdade e porque Dio tinha dito aquilo em voz alta. Por um segundo, fez com que ele se sentisse realmente solitário, e, então, virou a bebida e não sentiu nadinha. A geladeira ressuscitou, zumbindo em harmonia com sua pulsação.

A noite seria longa, estendendo-se, engolfando Truman como água suja. Ele fumou um cigarro após outro, e o filtro em sua boca o impedia de rilhar os dentes.

Quando Johnny lhe passou mais uma dose, ele a virou, tossiu, mas não pôde realmente sentir o líquido em sua garganta. Johnny estava rindo, resmungando alguma coisa pelo canto da boca. Então, ele se inclinou adiante, cheio de expectativa. Truman não conseguiu decifrar a pergunta e deu de ombros. Percebeu que suas mãos estavam tremendo e deixou cair o cigarro no fundo do copo.

Johnny o observou, aproximando-se.

— Ei, Tru, você parece estar a ponto de vomitar.

Truman respirou fundo e tentou responder, dizer que ficaria bem, mas sua voz ficou presa na garganta. Ele fechou a boca.

— Jesus — disse Johnny, sacudindo a cabeça. — Vá logo para o *banheiro*.

E pareceu uma boa ideia, pareceu ótimo. Ele não conseguia parar de tremer.

Claire logo apareceu bem do seu lado, puxando-o pelo cotovelo.

— Tru — disse ela. — Tru, você está bem? Quer que eu vá com você? — Sua voz era aguda demais para ser gentil, e ela puxava a manga da camisa dele de forma frenética, carente. Aquilo o enojou.

Ele se afastou da bancada, se afastou do contato de Claire. Para longe da cozinha, do linóleo, da luz ofuscante.

Passou por uma porta e depois por outra. Na sala, a música era uma mistura dissonante de baixos e gritos. Corpos se moviam, acotovelando-se, chocando-se contra ele. Precisou empurrar para abrir caminho, mas ninguém pareceu se importar. Ele cambaleou até o corredor dos fundos e pressionou o rosto contra a parede, respirando de forma ofegante. Johnny tinha razão. O banheiro. Ele se sentia nauseado e com muito calor. Sob o suéter, sua camiseta grudava às suas costas.

O corredor era escuro e cheio de portas. Ele cobriu o rosto com uma das mãos e tentou pensar. Estava zonzo e o estéreo estava alto demais. O carpete estava ensopado de cerveja.

Ali no corredor, parada diante dele, havia uma garota gorducha com cabelos cor de caramelo e expressão entediada. Ela estava encostada à parede ao lado da porta do banheiro, que estava fechada.

— Você está esperando? — perguntou ele, engrolando, tentando impedir que as palavras saíssem todas juntas. Ele estendeu a mão para a parede e tombou com mais força do que desejava.

A garota ergueu os olhos para ele.

— Ei — disse ela. — Ei, você está bem?

Ele sacudiu a cabeça e esfregou a mão desajeitadamente sobre os olhos.

— Olha, quer ir primeiro?

Ele assentiu e tentou lhe agradecer. Pôde sentir que sufocava e cobriu a boca.

Quando a porta se abriu, ele não esperou, passando correndo pela garota que saía. Tateando às suas costas em busca da maçaneta, trancou a porta e se encostou contra ela. Estava suando pela camisa, acalorado e tremendo.

Na luz amarela, pôde ver seu reflexo acima da pia, chocado e esquelético. Um garoto de aparência consumida, com o rosto brilhante, olhos desesperados e deslumbrados. No espelho, ele não se parecia mais consigo mesmo. Não se parecia com ninguém. O tubo fluorescente no teto se escureceu. Ele sentiu a cabeça se chocar contra o chão, mas não doeu nem um pouco.

CAPÍTULO NOVE

A FESTA

O endereço que Alexa me deu fica numa rua no extremo norte, e demoro um pouco para decifrar o cronograma do trem. Tenho que tomar a Linha Azul e, então, mudar para a Linha Vermelha, que segue por um trilho elevado de onde se vê Chicago inteira. Pela janela, a cidade assoma como cinco ou dez Pandemonium, mas sem o esplendor lustroso de casa. Tudo está coberto de sujeira.

Minha parada fica num bairro limpo e quieto, com árvores, muito mais bonito que o de Truman. O ar vindo do lago é nebuloso e frio. Tem cheiro de minerais.

Nos degraus de entrada da casa de Dio Wan, faço uma pausa e toco minha boca, testando a forma do meu sorriso. Parece errado sob meus dedos — amplo demais, rígido demais. Claramente, preciso de mais prática.

A casa em si é estreita, com um lanço curto de escada de concreto que leva até a porta. Ninguém atende quando bato. Lá dentro, vozes se sobrepõem, e, quando bato de novo e ninguém sai, giro a maçaneta e entro.

A entrada está cheia de fumaça e pessoas. Para atravessar a multidão, preciso tocá-las. Não posso evitar. Os ombros e peitos e costas me pressionam, mas ninguém se afasta quando me aproximo. Ninguém parece sequer remotamente incomodado com a minha presença. Poderiam me derrubar e, ainda assim, mal perceberiam que estou aqui.

— Ei — grita uma garota acima da batida constante da música. Ela está usando uma calça chocantemente verde e uma bandana larga de um tecido que parece plástico na testa. — Viu, adorei suas botas! São *vintage*? São *vintage*, não são? Onde você encontrou?

— Altamont — digo, tentando manter as coisas simples.

Perto de nós, uma garota de blusa cor-de-rosa e unhas postiças atravessa a multidão e se acotovela para abrir caminho.

— Morgan — grita ela. — Procurei você por toda parte. — Seus cabelos parecem brancos na luz que vem do fim do corredor.

— Olá — digo, virando-me para encará-la. — Você conhece um garoto chamado Truman Flynn?

Ela só olha para mim em silêncio. Seus olhos são claros e gélidos.

— O quê? — grita a garota da bandana de plástico.

Pergunto de novo, dessa vez gritando, e parece estranho falar tão alto.

Ela coloca a mão em concha na boca, inclinando-se para o meu ouvido.

— Você diz o Tru? Meio alto?

— Sim, acho que sim. Você o conhece?

— *Todo mundo* conhece o Tru — diz a garota de cabelos brancos numa voz dura e fria.

— Você sabe onde eu poderia encontrá-lo? — Tento meu sorriso, mas a sensação é estranha, e a aparência também deve ser porque, agora, ambas recuam como se quisessem se achatar contra a parede.

— Uau — diz a garota de cabelos brancos. — Onde você revestiu os dentes? Deve ter custado uma fortuna.

Olho para ela, tentando decifrar sua pergunta.

— O que quer dizer revestir?

— Hã... Você está dizendo que eles são definitivos? Sinto muito, mas é totalmente nojento. — Mas ela não parece sentir coisa nenhuma. Parece escandalizada e um pouquinho contente. Parece satisfeita. — E o que você tem para falar com o Truman, de qualquer forma? Quer dizer, talvez ninguém tenha lhe contado, mas você não é o tipo dele.

Levo a mão à boca para garantir que meus dentes não estejam à mostra.

— Por quê? Que tipo?

Ela dá de ombros, olhando além de mim.

— Ele não curte muito esse estilo gótico.

— Dos visigodos?

— Por que você é tão esquisita?

A garota da bandana de plástico se coloca entre nós.

— Claire, deixa disso, tá? — Então ela se vira para mim num tom que sugere pena. — Olha, eu o vi há uns vinte minutos, mas ele estava meio mal. Não parecia bem, sabe?

Quero dizer a ela que a aparência dele não vem ao caso. Que ele tampouco parecia bem na última vez em que o vi.

— Por favor, preciso falar com ele.

— Boa sorte. Eu procuraria no banheiro. Ele está bêbado pra caramba.

Faço que sim com a cabeça e penetro mais na multidão. Quando me viro para olhar para a garota de cabelos brancos, ela dá um

ENTRE MUNDOS

sorriso seco, que não parece mais real do que o meu. Pergunto-me se ela também precisa praticar.

Truman Flynn é um pedaço de papel no bolso do meu casaco. É uma memória de água e perda, a mão escorregando da minha, sem conseguir segurar.

É estranho estar na mesma casa que ele. Saber que está aqui, em algum lugar, nesta amplidão de cômodos escuros e barulhentos. Gostaria que ele fosse uma estrela. Então, poderia brilhar através das aberturas nas paredes, reluzindo entre os assoalhos e sob as portas. Se ele fosse uma estrela, eu poderia seguir a luz. Mas não há nada. O tempo, que não existia antes, passa voando por mim como uma lufada de vento. E Obie está em algum lugar do mundo. Desaparecido.

A casa parece não ter mais fim. No canto de um cômodo grande e barulhento, um garoto com a cabeça raspada e uma jaqueta cheia de fivelas está apertando o corpo de uma garota contra a parede, passando a boca pelo pescoço dela.

— Com licença. — Chamo-o com um tapinha no ombro. — Olá, será que você poderia me ajudar?

Ele se vira e há um instante — noto com clareza — em que sua irritação se transforma em simples confusão.

— Você pode me dizer onde fica o banheiro?

Ele inclina a cabeça na direção de uma porta do outro lado do cômodo, mas não diz nada. Então, ele se vira e ocupa a boca com a garota novamente.

Isto é o mundo, digo a mim mesma quando ele começa a apalpar o seio dela ali mesmo, perto da mesa da televisão. Este é o mundo real.

Entro num corredor escuro. Há latas de cerveja no chão, espalhadas pelo carpete, uma porta fechada e, em pé ao lado dela, uma menina. Ela parece simpática e sólida, como um brinquedo bonito. Seus cabelos estão presos em duas tranças curtas de tom amarelo-claro, e ela está parada com os braços cruzados, como em expectativa.

Aponto para a porta fechada.

— É o banheiro?

Quando ela assente, bato na madeira com a palma da mão, mas não há resposta.

— Você sabe quem está aí?

A garota sacode a cabeça e dá de ombros.

— Um cara. Eu estava esperando, mas ele parecia estar mal, então deixei passar na frente. Já faz um tempo que ele está aí, uns cinco ou dez minutos, acho.

Quero perguntar por que ela não está preocupada por ninguém responder. Seu sorriso é amplo e honesto. Talvez isso não seja o tipo de coisa que preocupe as pessoas.

Bato de novo, mais forte.

— Você acha que ele está bem?

— Está. Só está enjoado, só isso. Mas eu estou quase descendo a rua até o Maratona, se ele não sair logo.

— Maratona? — penso em gregos, descalços ou com sandálias de couro, correndo por uma costa árida, o mar azul cintilando a distância.

Como se pudesse ver minha divagação, a garota sorri.

— Você sabe, o Maratona. O posto de gasolina. Quer vir também?

— Obrigada, mas vou esperar.

Ela dá de ombros, e eu a vejo passar pela porta e entrar na sala de estar, desaparecendo em meio à multidão.

Assim que ela se vai, tento abrir a porta, e descubro que está trancada. A maçaneta gira solta por um segundo, então para e não se move mais.

Eu a examino, mas não encontro nenhum buraco para chave, apenas uma abertura pequena e redonda. Nos filmes, grampos de cabelo abrem portas, quando você não tem a chave, então procuro por um na minha bolsa. Enfio-o na maçaneta e viro para um lado e para outro, mas nada acontece e não sei bem o que fazer.

A maçaneta é de metal, no entanto. Metal pode derreter, e, esta tarde, queimei um homem embaixo de uma ponte simplesmente porque era o que minhas mãos sabiam fazer.

Fecho os olhos até tudo ficar vermelho — vermelho como a luz que brilha e se derrama acima do Poço. Na minha cabeça, há um som como o rugir da fornalha, ar soprando para dentro e para fora. Há um grampo na minha mão. Tudo pode ficar extremamente quente. Uma fina espiral de fumaça se ergue da maçaneta conforme o gancho começa a amolecer. Quando giro a maçaneta de novo, a porta se abre devagar.

CAPÍTULO DEZ

O GAROTO NO BANHEIRO

Ele é mais magro do que me lembro, as omoplatas apontam sob o suéter surrado como se fossem asas. Está deitado de lado no chão do banheiro.

— Truman Flynn? — Ele não se move. Ponho-me de joelhos a seu lado e toco em seu ombro. — Truman, acorde.

A luz brilha de um tubo que zumbe sobre a pia. Tudo o mais é silêncio.

A pele em volta de seus olhos parece roxa, como se todo o sangue de seu corpo houvesse se acumulado sob as pálpebras em hematomas escuros e venenosos. Lá fora, no corredor, a festa continua retumbando como o bater de um coração.

Eu o agarro pela frente do suéter e o faço se levantar do chão. Obie disse que iria tomar conta de Truman, mas ele parece pior do que da última vez em que o vi. A palidez faz parecer que seu rosto é de cera e me assusta. Sua boca parece delicada, mas está muito azulada e ferida. É estranho, mas ver algo danificado é, de certa forma, pior quando você sabe que um dia já foi belo.

— Truman, me escute. Você precisa acordar.

Suas mãos estão se movendo no linóleo, abrindo e fechando em espasmos frágeis. Ele se solta de mim e tenta se sentar, então escorrega para o lado.

ENTRE MUNDOS

Consigo ampará-lo, mas só um pouco.

O topo de sua cabeça atinge meu queixo, e grito sem querer, soltando-o para cobrir a boca com a mão, mas não estou sangrando.

— Daphne. — A voz é clara e, de repente, ecoa no banheiro, vinda de toda parte. Lilith se reflete no espelho acima da pia, olhando para mim com olhos brilhantes. — Você está perdendo tempo. Esse garoto está totalmente inconsciente.

— Ele só está doente — digo a ela. — Está descordado agora.

— Então, deixe-o para lá. Quero que você vá até o apartamento onde seu irmão estava morando. Você precisa ir a este lugar. — Seu reflexo some, sendo substituído pela imagem de uma porta com moldura escura e recortada, e uma placa retangular amarela que diz simplesmente ESTELLA.

Olho fixamente para o espelho, tentando entender o que estou vendo.

— Não sei onde fica isso.

— Nem eu — diz Lilith, reaparecendo acima de mim. — É por isso que preciso que você descubra. — Ela diz aquilo com objetividade, como se o mundo não fosse cheio de portas.

— Não posso encontrar um lugar se não sei nem onde procurar. Truman pode estar inconsciente, mas pelo menos não é só uma hipótese. Ele está bem aqui, conheceu Obie e é provável que conheça a cidade. Deve ser capaz de conseguir me dar alguma informação.

— Bem, então o desperte e o faça falar.

— Como? — Minha voz é atipicamente aguda, e minha garganta se aperta de frustração. Truman está curvado no chão, parcialmente no meu colo, e o latejar no meu queixo já está mais fraco. — Como posso ajudá-lo? Ele não consegue nem erguer a cabeça.

No espelho, o sorriso de Lilith parece brutal. Seus olhos estão fixos no meu rosto, tão intensos que nem tenho certeza se ela me vê.

— Se você pensar o suficiente, tenho certeza de que vai descobrir. Mas não acho que vá gostar da resposta.

Viro as costas para ela, e, quando olho novamente, minha mãe se foi e minha respiração está acelerada. Puxo uma toalha puída que estava pendurada ao lado da pia e enxugo o rosto de Truman. Seus olhos estão semiabertos, de um estranho azul-claro que é quase incolor.

— Ai, Deus — sussurra ele quando esfrego seu rosto com a toalha. Sua voz é baixa, prendendo-se na garganta, e seu peito ofega.

Toco em seu rosto, em seus cabelos úmidos, tentando descobrir a forma como as pessoas se tocam na Terra. Lágrimas escorrem por seu rosto em rios límpidos e perfeitos, caindo na palma das minhas mãos.

— Você está chorando — sussurro, e minha voz parece espantada. — Por que está chorando?

Mas ele não responde.

Então, do corredor, ouço o ruído de passos se aproximando, marcados e propositados mesmo em meio à música. A porta do banheiro se abre, e Moloch paira acima de nós, correndo a mão por seus cabelos coloridos e despenteados.

Ele enfia os polegares sob os suspensórios e suspira.

— Você só *pode* estar brincando.

— O que você está fazendo aqui? — pergunto, segurando Truman com mais força.

Moloch entra e fecha a porta atrás de si.

— Eu poderia perguntar a mesma coisa. Acabei de ter um pequeno atraso no terminal porque, *aparentemente*, alguém já tinha passado usando o nome do meu serviço. Agora, estou aqui para fazer a coleta.

— Mas ele não está morto.

— A bem da verdade, ele deveria estar morto há vinte minutos. O que você fez?

— Nada, só disse a ele para acordar. Só isso.

O olhar que ele me dirige é mordaz. Então, mergulha a mão no bolso do casaco e tira um pedaço de arame.

— Felizmente, isso pode ser resolvido rapidinho.

Agarro Truman, colocando-me sobre ele.

— Não! O que você vai fazer?

Moloch enrola cuidadosamente cada extremo do arame em uma das mãos.

— Alguém está prestes a morrer asfixiado.

Aperto mais Truman, agarrando seu suéter e olhando para Moloch.

— Você não pode levá-lo! — Meu tom é tão agudo que estou quase implorando. A sensação é estranha para mim.

Moloch ri, balançando a cabeça.

— Garanto a você que posso. Olha, não vou nem cortá-lo, prometo. O que vou fazer é sufocá-lo só um pouquinho... com muito cuidado... e então estará tudo terminado. — Ele pega Truman pelo ombro e começa a tirá-lo dos meus braços de forma implacável.

— Enfim, para que você quer esse palhaço? O cara não consegue nem cuidar de si mesmo.

— Não preciso que ele cuide de si mesmo, preciso que me ajude a encontrar Obie. — Minha voz ecoa no banheiro minúsculo, ricocheteando nos azulejos, e Moloch me olha como se houvessem brotado asas em mim.

Então, ele guarda o arame de novo no bolso e se senta encostado à parede. Nós nos encaramos em silêncio.

Finalmente, ele passa a mão pelos cabelos e diz:

— Você se importa de me dizer que diabo está acontecendo? Tipo, o que é essa confusão toda sobre Obie, por que você está aqui, por que *ele* não está morto?

— Alguma coisa aconteceu com meu irmão — digo, detestando o desânimo na minha voz. — Preciso encontrá-lo, mas não sei aonde ir, e agora você está aqui para colher a única pessoa que pode saber onde ele está.

— Veja você, e eu achando que só tinha vindo colher um fracassado miserável que já deveria ter levado um ano atrás. Daphne, o cara é um lixo. Detesto ter de lhe dizer, mas seu estado normal é caído no chão, e nem *assim* ele conseguiria lhe ajudar a encontrar a gravidade.

— Você não tem certeza disso.

Moloch suspira e enfia a mão em sua bota, tirando uma faquinha prateada. Então, antes que eu possa impedi-lo, ele se inclina na minha direção e pressiona a ponta da lâmina no polegar de Truman. O sangue forma uma gota grande, brilhante. Moloch apanha a gota com a faca, então levanta a lâmina e a leva até a boca.

— O que você está fazendo? Vai tomar o sangue dele?

Moloch para com a faca a um centímetro da língua.

— Não vou tomar, vou experimentar. Agora fique quieta e me deixe ter a oportunidade de dizer "eu avisei".

Observo enquanto Moloch lambe o sangue da faca, fechando os olhos e inclinando a cabeça para um lado como se estivesse ouvindo alguma coisa.

— Você consegue dizer o que tem nele?

Ele balança a cabeça.

— Não o que *tem*, exatamente. É mais como a história: onde esteve, o que tocou. Tudo carrega seu passado, inclusive o sangue. — Ele sorri para a faca. — Não é um talento muito másculo, né? Aposto que você pensava que um osseiro pelo menos derretesse carne humana ou torturasse santos, certo?

Ele parece tão envergonhado que balanço a cabeça, embora em casa o talento da psicometria não seja considerado muito impressionante.

— Você descobriu alguma coisa?

— Ele vem bebendo demais ultimamente... nenhuma surpresa aí. Mas não se drogou. Tem um caso de amor com a cafeína, não se alimenta muito bem e, cerca de um ano atrás, perdeu muito sangue, mas já sabíamos disso. — Moloch toca a lâmina com a língua de novo. Sua expressão é impassível. — Ele está um caos, Daphne. Apenas deixe-me levá-lo.

Não respondo, mas aperto a mão de Truman, sacudindo a cabeça.

— Talvez não estejamos nos entendendo — diz Moloch, levantando a faca. — Você acha que está lhe fazendo um favor, mas ele imploraria por isso. Se ele estivesse bem o bastante para falar, iria implorar.

— Mentiroso — digo. — As pessoas querem viver. — Nos filmes, elas fogem de assassinos enlouquecidos, monstros espaciais, ondas gigantescas e vulcões só para sobreviver até a hora em que os créditos finais começam a aparecer na tela.

Os lábios de Truman parecem azulados. Ele não vai fugir para lugar nenhum.

Quando Moloch fala, sua voz é estranhamente triste.

— Olha, isso não é um acontecimento isolado. Não é como um acidente de carro, um tiroteio ou um incêndio. Você percebe como ele está infeliz? Isso não acontece da noite para o dia. Ele está *sempre* à beira da morte.

Toco no rosto de Truman, que é morno sob minha mão.

— Mas ele não está morto ainda.

Moloch se inclina mais perto, olhando-me no rosto.

— Não adianta nada você salvar a vida dele agora. Se fizer isso esta noite, vai precisar continuar salvando-o volta e meia.

— É muito difícil fazer isso? Salvar vidas?

Ele sorri, mas o sorriso é curto e irritado.

— Não tenho como saber. Olha, você não leva jeito para ser salvadora. E esse garoto, ele também não presta para muita coisa. Tem certeza de que não tem mais ninguém que possa ajudá-la?

Balanço a cabeça. Tem a imagem de Estella e a da porta, mas não sei o que significam. Minha mãe pode ver claramente e enxergar longe, mas não entende de mapas nem distâncias. Mesmo que ela pudesse me dizer como encontrar a porta, poderia não ser suficiente, e Truman, de fato, esteve com Obie quando partiu de Pandemonium.

Olho novamente para Moloch, sentindo que aquilo parece a inevitável.

— Tem que ser ele.

Moloch suspira e desliza a faca para dentro da bota novamente.

— Está bem, então. Mas esteja avisada: isso ainda não terminou. Eu sou só o cara da foice. É ele que está obcecado em se matar. — Ele se levanta, enterrando as mãos nos bolsos. Sai do banheiro sem olhar para trás.

Na pia, deixo a água correr o mais fria possível e molho a toalha de mão. Então me agacho sobre Truman e digo:

— Está na hora de acordar.

Quando torço a toalha sobre seu rosto, nada acontece por um instante, e então ele respira fundo numa arfada grande e rouca, os olhos se arregalando conforme a água escorre por seu pescoço e têmporas, para dentro dos ouvidos.

— Não — murmura ele, olhando para cima, piscando contra a água —, me deixe em paz.

Olho em seus olhos, que são mais translúcidos do que parece possível, mas azuis, azuis mesmo assim.

— Não posso deixá-lo.

— Pode, sim. Vá para casa.

— Não posso ir para casa — digo, sabendo que é verdade. Não há nada para mim lá.

A cidade nunca foi suficiente, nem mesmo antes de Obie partir. Eu simplesmente não sabia disso. E agora meu irmão está perdido, o mundo é imenso e eu não faço ideia de como começar a procurar por ele. Quero praguejar como eles fazem na TV, mas, de repente, não consigo pensar em nada além de "maldição", e não me parece muito adequado.

Agarro o suéter de Truman e o puxo.

— Eu sei que você não se sente bem, mas preciso que se levante.

A princípio, ele não se move. Então, puxo com mais força, e ele rola no chão e se apoia nas mãos e nos joelhos.

— Levante-se — digo.

Truman solta um gemido baixo e treme num espasmo convulsivo.

Minhas pernas doem por estar ajoelhada.

— Levante-se — digo novamente.

Embora ele demore muito tempo e seu corpo todo esteja tremendo, dessa vez ele se levanta.

3 DIAS 6 HORAS 2 MINUTOS

8 DE MARÇO

O banheiro parecia se abrir a partir do centro da visão de Truman. Ele tentou se reequilibrar e cambaleou de lado, agarrando o canto da pia.

— Ótimo — disse a garota, de algum lugar perto de seu ombro. — Isso é ótimo. Agora, vamos.

Por um segundo, Truman teve certeza de que estava apenas tendo um sonho com ela, e sonhando também que o banheiro tremulava e saía de foco. Afinal, ele já havia sonhado uma porção de vezes com ela.

Quando se soltou da pia e abaixou os olhos para ela, foi difícil focalizar em alguma coisa além do brilho escuro de seus olhos. Ela o espiou sob a franja de cabelos pretos e estendeu a mão para o seu braço. Seu toque foi eletrizante.

Tinha que ser um sonho, porque a luz vinda do tubo fluorescente acima da pia era azul demais, ele não podia sentir as mãos e garotas tão bonitas e brancas assim podiam existir em algum tipo de realidade alterada, mas não apareciam no banheiro de Dio na vida real.

Então ela puxou seu pulso com força, ele se lançou adiante e considerou a possibilidade de que ela podia existir, afinal.

Ela o conduziu para fora do banheiro e em direção à parte da frente da casa. Na sala de estar, a multidão era mais densa, enxameando ao seu redor. O ar cheirava a suor e havia barulho demais.

De repente, Claire estava bem a seu lado, agarrando seu braço.

— Truman!

Sua voz parecia entrecortada, cheia de fraturas e ecos, e ele se virou desajeitadamente. Ela era uma mancha cor-de-rosa, cintilando nas beiradas, e ele ficou zonzo com o som de sua própria pulsação.

O ombro de alguém o atingiu no peito, fazendo-o perder o fôlego. Por um segundo, tudo pareceu rosa-choque e, em seguida, sumiu.

Claire puxou seu braço com força, arrancando-o da garota de cabelos pretos.

— Aonde você pensa que vai? — gritou sua namorada, parecendo furiosa e distante.

Ele tentou responder, mas sua garganta estava seca demais, e as palavras se perderam no barulho da multidão. Ele fechou os olhos, e a sensação de simplesmente se isolar de tudo foi boa. Ele queria ficar assim, ali no escuro, queria que a casa e a festa e o mundo inteiro desaparecessem, mas estava muito zonzo. Tudo parecia se inclinar, ele cambaleou e abriu novamente os olhos.

Estava agora no hall de entrada. Claire tinha sumido, e a multidão parecia se fechar a seu redor. Então, a garota de cabelos pretos o pegou novamente pelo braço, arrastando-o para a porta.

— Vamos — disse ela. — Nós vamos embora agora.

ENTRE MUNDOS

No degrau da frente, ele tropeçou e quase caiu. Seu sangue parecia lento e denso nas veias.

— Cuidado. — A garota apertou sua mão, olhando para ele por cima do ombro. Seus olhos eram enormes, escuros e estranhos. — Há um degrau.

O vento gelado atingiu Truman e vergastou suas roupas, açoitando seus cabelos. Ele soltou um ruído baixo na garganta, mas a garota estava sorrindo. Quando os lábios dela se abriram, alguma coisa lançou um brilho prateado, ofuscante sob a luz da rua. O frio fazia com que fosse mais difícil respirar e ele segurou o braço dela para não cair. Inclinou-se para a frente, tentando se equilibrar e, quando suas pernas se transformaram em borracha e cederam, ele caiu com força na calçada.

— Levante-se — disse ela.

Sua voz era clara e firme, não era um pedido, não era uma sugestão. Ele sentiu seus músculos se retesarem, seu corpo se endireitando, embora tivesse certeza de que nunca iria conseguir ficar em pé sozinho. Ele cambaleava e tremia, instável.

Estava de pé novamente.

CAPÍTULO ONZE

NEVE

O trem da Linha Vermelha chega rugindo à estação, acompanhada por um vento intenso. Há papéis voando por toda parte, imundos da sujeira da cidade. Quando a composição para, as portas se abrem com uma arfada e as pessoas saem em grupos de duas ou três.

Truman está sentado com as costas curvadas contra a parede da estação do trem elevado, com a cabeça inclinada para trás e a boca meio aberta. Seus olhos estão fechados, mas posso ver que ele ainda está respirando.

— Este é o nosso trem — digo a ele, olhando para seu rosto. Os olhos continuam semicerrados, e as pálpebras ainda exibem uma cor forte de hematoma. — Já chegou, então você precisa se levantar.

Como ele não responde, agarro seu suéter e puxo até ele se levantar. Ele precisa se apoiar na parede para fazê-lo, mantendo as costas encostadas ali. Cada pedaço de seu corpo parece doer.

Mantenho minha mão em seu braço, e ele passa pelas portas abertas e se deixa cair no banco vazio mais próximo.

Eu me acomodo a seu lado e tento decifrar os passageiros do trem noturno. Há rapazes e garotas com os cabelos tão picotados e coloridos que parecem a plumagem de pássaros tropicais. Do outro lado de Truman, está um homem de pele escura e enrugada,

118

de macacão azul-claro. Suas mãos estão rachadas nos nós dos dedos e há alguma coisa preta sob suas unhas. Mesmo quando olho para ele durante minutos seguidos, ele não olha na minha direção.

Na rua Jackson, fazemos baldeação para a Linha Azul. No assento ao meu lado, Truman sofre calafrios, segurando os cotovelos. Não consigo pensar em nada que possa ajudá-lo. Ele balança para a frente e para trás, emitindo um ruído baixo na garganta, e seguro sua mão.

— Precisamos descer do trem — diz ele numa voz densa e rouca.
— Na próxima parada, preciso descer.

— Não, a nossa parada ainda não é aqui. Mais duas estações.

Ele balança a cabeça, mal abrindo os olhos, e puxa a mão.

— Preciso descer agora.

— Eu li o guia de trens. Vi o mapa. A sua parada é só daqui a duas estações.

— Preciso descer do trem. — Ele está inclinado para a frente, os cotovelos apoiados nos joelhos e a cabeça abaixada. — Estou me sentindo muito mal.

Toco nele e sinto os ossos nas suas costas, a forma da coluna vertebral apontando pelo suéter.

— Por favor — diz ele novamente, erguendo os olhos. Seus lábios têm uma cor fria cinza-azulada.

Quando o trem se detém na estação seguinte, tento ajudá-lo, mas ele já está de pé, cambaleando para as portas automáticas.

Dou um sorriso educado para a menina que sai do caminho de Truman a fim de deixá-lo passar e para as demais pessoas no vagão. O sorriso parece falso, mas, dessa vez, ninguém comenta sobre meus dentes. Quando desço na plataforma, é um alívio estar longe daqueles olhares. As portas se fecham atrás de mim com um sussurro e vou até Truman Flynn.

Encontro-o no escuro, ao lado do abrigo da estação. As lâmpadas acima dele explodiram, deixando cacos de vidro que rangem sob as minhas botas e cintilam com o reflexo da luz da rua. Ele está de pé, mas mal consegue se aguentar, as mãos estão apoiadas na parede do abrigo, a cabeça, caída. Paro ali com a bolsa esbarrando nas canelas, as mãos dentro dos bolsos do casaco, e espero ele terminar de vomitar.

Eu faria uma careta para mostrar desdém ou nojo, algo que Moloch também faria, mas não sei como mover a boca. Tudo parece errado e não sei agir como se estivesse acima daquilo. O trem se afasta rugindo, a plataforma vibra com força, o abrigo chocalha. Há cacos de vidro por toda parte.

— Você pode ajudá-lo — diz minha mãe aos meus pés numa centena de vozes altas e claras. Ela ecoa dos cacos sob as minhas botas, reverbera nos reflexos irregulares de si mesma. — Tudo que precisa fazer é roubar esta noite dele. Ele se sentirá melhor e você também precisa do ajuste.

— Não posso simplesmente suprimir uma noite inteira de alguém. Isso pertence a *ele*.

A horda de minúsculas Lilith sorri maliciosamente para mim.

— E, obviamente, é uma experiência a se guardar com carinho. Ele não precisa disso, você, sim. Não me diga que não está com fome.

Ela tem razão. A sensação de vazio está aqui, não insuportável, mas aumentando. Desvio o olhar, balançando a cabeça.

— Não vou fazer isso.

— Suas irmãs nunca foram tão enjoadas — diz ela, cintilando no vidro espalhado, já começando a desaparecer. — Leve-o para casa, então, e deixe-o dormir. De manhã, faça-o contar o que sabe.

Avanço para a sombra sob as lâmpadas quebradas, onde Truman ainda está encurvado com as mãos apoiadas no abrigo. Eu o toco, pousando a mão em suas costas, e ele apoia a cabeça na parede.

— Quem é você? — murmura, a boca próxima do cimento. — Por que está aqui?

Não digo nada, só o pego pelo cotovelo e o levo para baixo da luz.

— Quem é você? — pergunta ele novamente, com mais insistência.

— Daphne.

Ele não para de pigarrear, como se, ao tirar algo da garganta, pudesse finalmente falar. Dizer tudo.

— Não vou machucar você — digo a ele, mas é só um sussurro. —Vai ficar tudo bem.

Ele olha em volta, piscando, mas não conseguindo focar a visão.

— Jesus, onde nós estamos?

— Na plataforma errada — respondo. — Precisamos pegar o trem de novo.

Ele esfrega o rosto com a mão, balançando a cabeça.

— Não posso.

— Você precisa dormir. Vou levá-lo para casa.

— Não de trem. Não dá. — Ele diz isso num sussurro, áspero.

— Por favor.

Fico parada no alto da escada da plataforma, olhando para as ruas escuras mais além. Quando fecho os olhos, o mapa é uma teia colorida na minha cabeça, estrelas mostrando onde estamos, de onde viemos, aonde eu quero ir. A casa dele é bem perto, só oito quarteirões. Se ele estivesse bem, poderíamos facilmente ir caminhando, mas ele está instável demais e, mesmo para descer a escada, é um sacrifício. Tenho que passar o braço em torno da sua cintura para que não tropece.

Ao chegar lá embaixo, solto-o e ficamos frente a frente sob a luz da rua. Quando endireito meu casaco, uma coisa pequena e branca começa a cair, pairando à nossa frente. A princípio, penso que devem ser minúsculos fragmentos de cinza.

Os flocos continuam caindo, pousando no meu rosto onde pinicam, quentes, e depois viram água. E, num rompante de alegria, percebo que sei o que é aquilo. Pela primeira vez na vida, estou vendo neve.

Eu me viro devagar, levantando as mãos e deixando os flocos se espalharem por meu rosto e ficarem presos em meus cabelos.

— Olha — digo a Truman, apontando para o céu. — Está nevando.

Ele apenas estremece mais e não levanta os olhos. Sua cabeça está abaixada e ele se abraça com mais força, os braços cruzados sobre o corpo.

ENTRE MUNDOS

— Você está com frio. — Tiro meu casaco, pensando em oferecê-lo a ele, mas meus ombros são estreitos, e ele é muito maior do que eu. — Tome, pode usar meu suéter.

Quando puxo o casaco de Freddy Krueger pela cabeça, o ar atinge meus braços nus. O casaco serve muito melhor nele do que em mim, nem precisa enrolar as mangas por cima das mãos.

— Melhor assim? — pergunto.

Ele faz que sim com a cabeça, mas sua respiração é instável. Forma nuvens em volta de sua boca e de seu nariz.

Seguimos caminho pela rua escura, com meu braço em volta da cintura dele, como vi as Lilim fazerem com alguns osseiros, mas isso é diferente. Não tem a ver com necessidade ou desejo e, a cada passo ele se inclina para a frente, tropeçando nos próprios pés. Tento segurá-lo o melhor que posso, mas ele é pesado e várias vezes cai com força na calçada. Quando finalmente chegamos à rua Sebastian, suas mãos estão sangrando.

* * *

No quarto andar, Truman remexe o bolso de seu jeans, e, como não consegue enfiar a chave na fechadura, faço isso para ele. Eu o segurava pelo braço, mas, uma vez lá dentro, ele se solta e eu o sigo pelo corredor. O quarto dele é pequeno, com uma janela e uma estante de livros praticamente vazia. Há uma cama estreita com um encaroçado encostado à parede, e Truman se deixa cair nela, suspirando e rolando de costas.

— Você pode me ajudar? — sussurra ele. Sua voz é arrastada. — Preciso tirar a camisa.

— Por que precisa de ajuda?

Ele começa a rir, um som engasgado, inexplicável.

— Não consigo... não consigo mexer os braços.

Eu o ajudo a tirar os suéteres pela cabeça, primeiro o meu, igual ao do Freddy Krueger, depois o cinza dele. Estão quentes por dentro, por causa do calor de seu corpo. Quando me sento a seu lado, o colchão range sob meu peso, e ele cobre os olhos com a mão. Abaixo, a linha de sua boca é suave, linda e terrivelmente triste.

Eu o observo, afastando seus cabelos da testa, lembrando-me da sensação de seus dedos entrelaçados aos meus. Tentando encontrar o garoto que estendeu a mão para mim no terminal.

Diante do meu toque, ele descobre os olhos e olha para cima.

— Eu conheço você?

— Não.

— É engraçado. — Ele sorri, só um pouco. — Você parece... conhecida. Se eu não a conheço, por que está fazendo isso com meus cabelos?

Olho para minha mão, acariciando os cabelos dele para longe do rosto sem parar.

— É gostoso. É macio.

Truman ri como se estivesse tentando não tossir.

— Gostoso. É gostoso mesmo. — Ele respira fundo, devagar. — Por favor, não pare.

Então, continuo tocando-o, sentindo a suavidade de seus cabelos, o calor de seu corpo. Pressiono os dedos em sua têmpora e encontro o murmúrio de sua pulsação.

— Por que você está cuidando de mim? — pergunta ele, com os olhos fechados.

Não sei como responder. Não sou o tipo de pessoa que devesse estar cuidando de ninguém. Até a pergunta parece errada, então deixo minha mão cair e me levanto.

— Fique aqui. Preciso limpar seu rosto.

Ele concorda sem abrir os olhos.

Atravesso o corredor até um banheiro apertado. Ao lado da pia, há uma toalhinha, que molho sob a torneira. Não olho para o espelho, caso minha mãe apareça com mais ideias a respeito do que eu deveria estar fazendo para ajudar Truman.

Quando volto ao quarto, ele ainda está deitado onde o deixei. Limpo seu rosto com a maior leveza possível, mas sua respiração nem sequer se altera. As palmas de suas mãos estão em carne viva por causa de todas as quedas e, quando as toco, parecem quentes. Seu rosto parece melhor depois de limpo, e o vazio dentro de mim ressoa na minha caixa torácica como se fosse uma coisa viva.

Detesto aquela sensação vazia, mas, mais que isso, detesto o jeito como minha mãe sorri presunçosamente, como se isso já fosse de esperar. Como se não existisse nenhuma forma de controlar aquilo. A fome ecoa dentro de mim, e preciso provar, para mim mesma e para minha mãe, que posso resistir à atração da tristeza dele.

Abaixando-me, pressiono a boca contra a de Truman.

Sinto seus lábios rachados contra os meus, mas quentes, e me aproximo mais. A fome enche minha garganta, e posso quase sentir o gosto complexo da tristeza dele. Respiro-a de seus lábios e, ao fazê-lo, sei, sem a menor sombra de dúvida, que poderia beber tudo se me permitisse, tirá-la dele como se fosse veneno. Mas não tenho o direito de tirar.

Ele suspira no sono, eu me afasto rapidamente e apago a luz. No escuro, deito-me ao lado dele por cima dos cobertores, virando-me de lado e juntando as mãos sob a bochecha como se rezasse. Fecho os olhos, algo que raramente faço.

Tão perto de Truman, posso ouvi-lo respirar.

CAPÍTULO DOZE

RAMIFICAÇÕES

Lá fora, a luz está ficando mais forte. Na rua, a neve derreteu e ficou encardida, espalhada pelos pneus dos carros que passam. Estou na janela e vejo o sol se equilibrando no horizonte. Dessa distância, parece comestível. Ele se eleva, se transforma numa tangerina e, depois, num pedaço de doce que ilumina tudo. Truman ainda está na cama. Está dormindo há horas, e me pergunto se deveria acordá-lo. Parece pálido à luz da manhã, e não quero incomodá-lo, mas estou ficando com fome.

Nos bolsos de sua calça jeans, há uma variedade de coisas. Um pacote de balas de menta pela metade, chaves pressas a um elo de metal, um isqueiro azul de plástico, um recibo amassado da compra de café e cigarro, uma nota de um dólar e dois alfinetes de segurança.

Como as balas de menta, cujo gosto é avassalador e não contribui quase nada para satisfazer minha fome. Então me sento na beira da cama, rolando o acendedor do isqueiro com o polegar e vendo a chama surgir, depois desaparecer novamente assim que solto. Quando toco o metal com a parte interna do meu braço, a forma como a luz se reflete para fora do vidro é dolorosa. A pele fica vermelha e empola, então quase imediatamente se recupera, voltando a se fechar. Está perfeita de novo.

Ao meu lado, Truman começa a resmungar, choramingando contra o colchão. Pego suas mãos, primeiro uma e depois a outra, com as palmas viradas para cima. Tem alguma coisa errada com a esquerda. Mesmo quando forço os dedos para que se abram, eles não se endireitam. Ficam curvados, como se ele estivesse sempre segurando alguma coisa.

Seus pulsos estão riscados por vergões que se sobrepõem e se conectam. É como se alguém houvesse desenhado ramificações na parte interna dos braços, esculpindo-as cuidadosamente em sua pele.

Toco as ramificações, fazendo-o suspirar e tossir, mas ele não acorda.

Pergunto-me o que eu faria se ele morresse aqui, agora. E aí? Aí eu pegaria a minha bolsa e deixaria o quarto. Encontraria um hotel onde ficar e outra pessoa que conhecesse meu irmão. Levei seis horas para encontrar um garoto. Posso encontrar outra pessoa se precisar, alguém mais resistente, menos problemático. Encontrarei alguém melhor, como Moloch disse, e tudo que terei deixado para trás serão um corpo e vinte e quatro horas do meu tempo.

Truman parece estranhamente em paz, deitado de bruços no colchão, e não quero abandoná-lo.

— Não vá morrer — sussurro com a boca perto de seu ouvido.

— Não vou. — Sua voz é rouca e um pouco surpreendente, abafada na cama.

Ele respira e começa a tossir, então se senta, levando uma das mãos à têmpora, sentindo um caroço arroxeado no ponto onde sua cabeça bateu no chão do banheiro de Dio.

Ficamos sentados na confusão de cobertas, olhando um para o outro, mas sem dizer nada.

— Ei — diz ele finalmente, apertando os olhos contra a luz do sol. — O que você está fazendo aqui?

— Eu trouxe você para casa. Estava nevando e fiquei aqui. Tudo bem?

Ele me olha com olhos cansados e faz que sim com a cabeça, não como se estivesse concordando, mas como se fosse a única coisa a fazer porque não há nada a dizer. Então, põe os pés para fora da cama.

— Hã... Vou tomar um banho — diz ele, parecendo sem jeito.

— Está bem.

Ele se levanta devagar, como se estivesse se orientando, antes de cambalear pelo corredor até o banheiro. Ouço a porta se fechar, e então o chuveiro é ligado.

Olho para o cobertor desordenado, o sulco no travesseiro. Quando coloco a mão na depressão, está morna. Se eu estivesse em casa, uma garota como Petra já teria aparecido para alisar as dobras. Endireito o lençol, aliso as cobertas, mas continuam parecendo desarrumados e irregulares.

Do lado de fora do apartamento, escuto o som de alguém tentando abrir a porta da frente e, depois, o som de passos pesados e de chaves tilintando. Eu me levanto.

No corredor, o homem que eu conhecera ontem está parado na entrada, as botas deixando poças no capacho. Charlie, assim Alexa o havia chamado. Quando ele se vira e me vê, seus olhos se arregalam, mas nada mais se altera.

— Oi — diz ele, que tinha começado a tirar o casaco, mas para nesse momento, com os braços estendidos desajeitadamente para trás. Parece estar esperando por alguma coisa.

— Eu trouxe o Truman para casa — digo a ele.

— Encontrou-o, hein?

Assinto.

— Ele está no banho.

— Mas está bem?

— Até que sim.

Charlie solta a respiração. Então, tira o casaco e o pendura num gancho. Balança a cabeça para o lado.

— Olha, você quer café, ou comer alguma coisa, talvez?

Aceito, tentando não parecer ansiosa demais. A única coisa que comi desde ontem foi o pacote de balas de menta de Truman, e estou faminta.

A cozinha é pequena e encardida, com o linóleo se soltando do chão em todos os cantos. Charlie fica de costas para mim, abre a torneira, verifica armários e gavetas. Ele coloca água num objeto de plástico em cima da bancada e aperta alguns botões até que um cheiro gostoso se espalha pelo ar. Depois, entrega meu café numa caneca de cerâmica e coloca uma embalagem de leite diante de mim, mas continua sem dizer nada.

O café é quente e aveludado, com um sabor que lembra algo que foi queimado até ficar limpo. Faz me lembrar de casa.

— Posso preparar alguma coisa, se você quiser — diz ele, reclinando-se na cadeira. — Você gosta de ovos?

— Sim — digo, mas não sei se é verdade.

ENTRE MUNDOS

Ele remexe na geladeira e começa a alinhar coisas em cima do fogão. Reconheço a caixa de ovos da televisão e isso me faz sorrir. Ovos são meus produtos favoritos.

Charlie quebra três numa tigela e bate apressadamente com um garfo. Então ele se apoia na bancada, olhando para o teto e não para mim.

— Então, o que aconteceu ontem à noite?

— Ele quase morreu.

Charlie nem sequer parece surpreso. Apenas assente e se vira, acionando um botão no fogão. Na parede, acima da porta, há um crucifixo de madeira ocupado por um salvador de metal. Jesus é como o chamam.

Mantenho os olhos baixos enquanto Charlie cozinha. Quero observá-lo usando o fogão, mas ele está fazendo tanto barulho que não parece correto ficar olhando. Fito meu café até que ele coloca um prato na minha frente. Nele, há duas fatias de pão torrado e uma massa amarela. Ele se senta de frente para mim, e eu começo a comer.

— Os ovos estão bons? — pergunta ele depois que comi várias garfadas.

— Estão ótimos.

Ele sorri do outro lado da mesa como se alguma coisa estivesse acontecendo dentro dele. Está com a barba por fazer, os pelos brilhando de forma avermelhada ao longo de seu queixo conforme o sol se levanta, iluminando a cozinha pela janela sobre a pia.

— Eu tentei — diz ele, de repente. — Sei que não parece. Mas tentei tanto com ele.

Ouve-se a porta do banheiro se abrindo, e, de repente, Charlie está cutucando as unhas, propositadamente para não olhar na direção do corredor.

Quando Truman aparece na porta, eles não se cumprimentam. Ele não entra totalmente na cozinha, apenas fica ali parado, com as mãos nos bolsos. Parece bem esta manhã, desperto e alerta, e sua cor está muito melhor. Seus cabelos estão úmidos e limpos, caindo sobre a testa de um jeito que me faz querer afastá-los com a mão.

Eu me levanto, alisando automaticamente a frente do vestido, embora seja ridículo pensar em decoro quando estou olhando para um garoto que não faz nada além de tremer, oscilar e se destruir de formas inúteis.

— Você quer tomar café da manhã? — diz Charlie finalmente, ainda olhando para a mesa. — Posso preparar uns ovos para você, se quiser.

— Obrigado. Não estou... — Truman engole em seco, a voz diminuindo.

Ele começa a cair lentamente. Então, está sentado no chão, com a cabeça pendendo entre os joelhos e respirando com dificuldade, como se houvesse corrido.

Charlie afasta a cadeira.

— Você quer me dizer quando foi a última vez que comeu alguma coisa além de cereal? — Seus olhos são cálidos, gentis e tristes.

Truman fica sentado à porta, respirando fundo e apertando o rosto com as mãos.

— Olha, eu estou bem. Está tudo bem.

Quando tenta ficar de pé, precisa apoiar a mão na parede para se equilibrar. Atravesso a cozinha e coloco a mão na curva de seu cotovelo. A pele está fria e escorregadia. Ele não protesta, e eu o levo de volta pelo corredor.

Em seu quarto, Truman se afasta de mim e se deita no colchão. Ele rola na cama de forma que suas costas ficam viradas para mim e encolhe os joelhos. Pela camiseta, suas omoplatas parecem algo esculpido por Rodin ou Bernini.

— Você está dormindo? — pergunto, tentando não falar muito alto, mas não consigo evitar.

O quarto parece oco com o silêncio de Truman. Ele não responde. Se está respirando, não posso ouvir.

— Você está bem? — Dou um passo na sua direção e, como ele não se move, toco-o gentilmente no braço. Sua pele está morna, e ele se encolhe.

Acaricio seus cabelos da forma que fiz antes. Ainda estão úmidos. Seu cheiro é diferente agora. Limpo, como água.

— Você poderia não fazer isso? — sussurra ele.

— Ontem à noite você gostou. Pediu que eu não parasse.

— É, ontem à noite eu estava destroçado. Agora estou pedindo que pare.

Afasto a mão. Seus olhos estão fechados e sua boca parece rígida, como se estivesse mordendo alguma coisa para se impedir de gritar. É difícil saber como tocá-lo. Seus ossos parecem tão delicados sob a pele.

— Qual é o problema? Você não quer falar comigo?

Ele rola na cama, olhando no meu rosto.

— Nem sei quem você é.

— Sou a Daphne.

E ele sorri para mim pela primeira vez desde que acordou, um sorriso triste e cansado.

— Isso não me diz nada, está bem?

— Tenho um irmão. O nome dele é Obie.

— Obie. — Os olhos de Truman ficam subitamente inexpressivos. Distantes. — Do hospital?

— Não sei. Provavelmente. Você sabe me dizer onde ele está? — De repente, fico desesperada por qualquer informação que ele possa me dar, mesmo alguma lembrança pequena, espontânea, qualquer historiazinha.

Truman suspira e se ergue num cotovelo.

— Olha, não vejo Obie há mais de um ano, está bem?

E, por um momento, só olho para ele, porque um ano é um longo tempo. Eu entendo isso. Um ano é muito tempo e uma parte de mim ainda tem certeza de ter visto Obie recentemente — uma semana ou um mês atrás. Mas isso foi em Pandemonium, e lá até os séculos passam voando como se não fossem nada. Aqui o tempo importa, e um número infinito de coisas ruins pode acontecer no espaço de um único ano.

— Por favor — digo, tentando fazer Truman entender o quanto isso é importante. — Você tem que me ajudar. Acho que aconteceu algo terrível com ele.

Ele balança a cabeça, parecendo impotente — quase se desculpando. Seus olhos são de um azul gélido e claro, como água corrente, e é nesse momento que tenho certeza de tê-lo realmente encontrado. Ontem à noite, era outra pessoa, confusa e sem reação. Este é o garoto que me olhou no terminal. O garoto que estendeu a mão para mim.

Só que agora sou eu que estendo a mão. Viro seu braço para expor a parte interna de seu pulso, traçando as ramificações com os dedos, mas ele o puxa e se recusa a olhar para mim.

— O que elas significam? — pergunto. — Significam alguma coisa?

— São cicatrizes — diz ele baixinho, diz para a parede. — Não significam nada.

— Você vai me contar sobre o hospital?

Mas Truman se enrijece e fica imóvel, olhando para a janela além de mim.

— Vá embora.

— Mas...

— Saia do meu quarto. — Ele diz aquilo numa voz impassível, comedida, sem olhar para mim. Então rola na cama, virando de costas para mim de novo, e não diz mais nada.

Quero protestar ou pelo menos lhe perguntar o que foi que eu fiz, mas minha língua parece presa. Quero fazê-lo retirar o que disse, mas não sei como. Nenhum de nós diz nada e o tempo se alonga.

Depois de muito esperar, eu me levanto, sacudindo as dobras da minha saia, e vou em direção à porta.

2 DIAS 22 HORAS 25 MINUTOS

8 DE MARÇO

Truman virou o rosto para a parede, ouvindo os passos dela se afastando pelo corredor, para longe do seu quarto. Então, rolou de costas, com um braço caído sobre o rosto. Toda a dormência e o estupor pesado e enjoado haviam passado, e agora ele se sentia apenas vazio. A luz do sol era clara e fria, ferindo seus olhos. Ele se sentia incrivelmente cansado.

Com os olhos fechados, teve um breve vislumbre da garota — Daphne — parada numa estação de trem vazia, olhando para ele. Havia uma lembrança mais clara de seus dedos passando pelos cabelos dele. Dos dedos dela na parte interna de seus pulsos, percorrendo o traçado das linhas, explorando-as. De como ela não havia olhado para ele com horror nem pena, e não havia recuado. Simplesmente acompanhara as linhas com os dedos. Ele fechou os olhos, engolindo em seco contra a dor na garganta.

Como você conseguiu essas cicatrizes?

A voz dela era um sussurro urgente, repetindo-se na sua cabeça e ele pensa em Obie porque não consegue evitar.

O pronto-socorro, o hospital — tudo parecia embaçado. Ele sabia que houvera gelatina todos os dias, mas não podia se lembrar exatamente do sabor. Sabia que os lençóis eram azuis, mas não podia afirmar se eram da cor do céu ou de sabão em pó.

ENTRE MUNDOS

A primeira noite na UTI era uma memória pouco coerente. Mas, de vez em quando, partes dela voltavam em detalhes agonizantes. Naquela noite, ele tinha sonhado com corredores escuros e com uma versão cadavérica de si mesmo, com lábios azulados. Ele sorria para ele mesmo. No sonho, fechara os olhos, com medo. E foi então que o homem da sombra aparecera pela primeira vez, só que Truman ainda não entendia as consequências — não entendia que ele iria voltar e arrancá-lo da cama ou sussurrar do armário. De agora em diante, eles iriam vasculhar a lata de lixo onde se escondiam os maiores temores de Truman quase todas as noites.

— Olhe — o homem sussurrou com gentileza, segurando o queixo de Truman com a mão, virando-o na direção de seu próprio cadáver em decomposição. — Abra os olhos e olhe para si mesmo. Este é você, sem disfarce. Este é seu coração negro, asqueroso.

Truman tinha despertado tremendo, nauseado com a medicação analgésica.

Obie entrara no quarto, parecendo amarrotado e amistoso em seu uniforme verde-pastel. Quando vira Truman sentado com as cobertas jogadas de lado e as mãos estendidas desajeitadamente à frente, o olhar de Obie era de preocupação.

— Ei, o que foi? Algum problema?

Mas Truman estava abalado demais para responder, tremendo tanto que seus dentes chacoalhavam, e, toda vez que fechava os olhos, via seu corpo sorridente — apodrecido, coberto por uma camada fina de musgo de cemitério. Vermes se retorcendo no lugar onde seus olhos deveriam estar.

Obie era paciente. Ele se sentou na cama enquanto Truman estremecia e tentava não pensar no sonho. Quando vinte minutos se passaram e Truman não conseguia parar de tremer, Obie preparou uma seringa e a espetou no tubo do soro.

— O que você está fazendo? — sussurrou Truman. Era a primeira coisa que ele dizia desde que despertara do sonho, e sua voz estava seca e rouca.

Obie pairou sobre ele, pronto para pressionar o êmbolo.

— Só vou lhe dar alguma coisa para ajudar a dormir. Vai fazer você apagar. Você não vai nem sentir.

Por um segundo, Truman pôde apenas sacudir a cabeça, lutando para fazer a voz sair.

— Não — sussurrou. — Por favor, não me dê isso. Não me faça dormir.

Outro atendente lhe teria dado o sedativo mesmo assim — mais fácil drogá-lo, apagá-lo —, mas Obie apenas assentiu. Ele tirou a seringa do soro sem fazer nenhuma pergunta.

Então ele se sentou na beira da cama e começou a falar. Fazia aquilo com facilidade, inclinando-se para a frente, com os cotovelos apoiados nos joelhos, contando a Truman histórias fantásticas e estranhas sobre astronomia, botânica e Deus, até que o céu clareou, e Truman pôde finalmente fechar os olhos.

**

Na primeira vez que Truman quase morrera, ele estava sob a responsabilidade de Obie, que havia supervisionado os tubos e monitores, administrado a medicação e trocado os curativos.

ENTRE MUNDOS

Agora, tudo era diferente. Truman estava em seu próprio quarto. Seus lençóis cheiravam a mofo e fumaça de cigarro e houvera a garota de cabelos pretos que se ajoelhara sobre ele no banheiro de Dio, estendendo-lhe as mãos. Quando fechava os olhos, a pressão dos dedos dela ainda estava ali, explorando sua pele, encontrando todas as coisas que ele precisava esquecer.

Truman se levantou.

Seus ouvidos zumbiam, e ele via estrelinhas pelos cantos dos olhos. Traços brilhantes passavam toda vez que ele virava a cabeça. O quarto brilhava de fadiga.

Ele vestiu um de seus suéteres escolares e alisou os cabelos. Havia um frasco de aspirinas no armário do banheiro, e ele engoliu duas, bebendo água diretamente da torneira. Depois de alguns minutos, começou a sentir a cabeça um pouco melhor.

Na cozinha, Charlie estava sozinho na bancada, comendo ovos mexidos. Ele pigarreou e tomou um gole do café do copo que estava do lado de seu cotovelo.

— Parece que você teve uma noite e tanto. Não quer descansar um pouco, tomar café da manhã? Talvez tentar dormir?

Truman balançou a cabeça e abriu a geladeira.

— Não estou cansado.

Charlie deu de ombros e se inclinou sobre o prato.

— Você que sabe.

Truman assentiu, olhando para um prato com sobras de pizza, e para uma embalagem de leite pela metade. Então, fechou a geladeira de novo. Esperou que Charlie explodisse, atirasse a caneca de café ou jogasse a comida no chão, que fizesse alguma coisa. Até gritar iria aliviar um pouco o nó no peito de Truman, mas Charlie apenas raspou o resto dos ovos com o garfo e enfiou na boca.

Por um minuto, nenhum dos dois disse nada e, então, Charlie falou novamente:

— Então, aquela menina foi embora, mesmo?

— Daphne? Sim.

— Ela era estranha. O que ela queria?

— Tem um cara que eu conheci há algum tempo, ela é irmã dele. Ela só queria saber se eu o tinha visto.

Ele não mencionou o hospital. Não mencionou o inverno passado, mas a temperatura na cozinha pareceu mudar mesmo assim. Truman se deteve na ponta da mesa e esperou que Charlie notasse, mas o padrasto apenas colocou o prato na pia e saiu da cozinha sem olhar para ele.

— A não ser que você precise de alguma coisa — disse ele conforme saía —, vou tomar um banho e ir para a cama.

Truman assentiu, fechando os punhos de forma que suas unhas se enterraram nas palmas. Viu Charlie se afastar pelo corredor até o banheiro, querendo que ele o castigasse, ou o abraçasse, ou fizesse qualquer coisa para mostrar que havia notado que Truman estivera ausente. Charlie fechou a porta do banheiro, e o apartamento ficou repentinamente tão silencioso que parecia zumbir. Então, ouviu-se o chuveiro, os canos estalaram, e Truman soltou a respiração.

Abriu a geladeira de novo e pegou meio litro de Gatorade. Bebeu no gargalo em goles grandes, parando quando começou a se sentir enjoado. Então, sentou-se à mesa e descansou a cabeça nos braços.

ENTRE MUNDOS

Antes da morte da mãe de Truman, Charlie era diferente. Ele ria o tempo todo, passando o braço pelo pescoço de Truman ou despenteando seus cabelos. Tinham saído juntos às vezes, ido a jogos ou ao cinema. Charlie tinha sido como um pai. Mas essa não era toda a verdade. Antes da morte de sua mãe, *ambos* tinham sido diferentes. Mesmo depois, Charlie tinha se saído bem, pelo menos por um tempo. Foi quando aconteceu outra coisa — a navalha, a banheira e o hospital. A partir daí, tudo havia mudado.

Truman se lembrava dos meses entre sua mãe e a outra coisa como um sonho longo e contínuo. Na cama, à noite, ele se encolhia, e a saudade era tão grande e crua que era quase uma dor física. Às vezes, já eram três da manhã quando finalmente conseguia dormir. Às vezes, o sol já era uma fatia alaranjada brilhando no horizonte. O álcool ajudava. Ele o misturava com outras coisas, suco de fruta ou refrigerante de morango ou refresco em pó de cereja. Todos tinham gosto de xarope para tosse.

Charlie tinha um estoque de uísque decente no armário sobre a geladeira, mas quase nunca tomava. Truman se servia, completando as garrafas com água até que o que restasse nem sequer tivesse mais a cor certa. Havia festas nos fins de semana, e, se Truman estivesse desesperado, podia contar geralmente com Dio para conseguir alguma coisa. Essa era a vantagem de estar de luto. As pessoas se derramavam em solidariedade. Faziam coisas por você sem nem levar em conta se era ou não o certo.

Na escola, os professores ainda o chamavam, mas ele parara de tentar responder às perguntas sobre colonialismo ou equações. A voz deles vinha de longe, e todas as tarefas pareciam sem sentido e difíceis demais. O nó em sua garganta que o impedia de falar não se parecia com a amargura nem a desobediência. Era apenas a outra face da sensação de que tudo no mundo se movia menos ele. Até respirar começara a parecer uma tarefa muito cansativa.

Em janeiro, ele tivera a ideia pela primeira vez.

Em fevereiro, tinha se tornado um plano.

A banheira parecia a melhor forma, mas havia algo horrível em ser encontrado nu. Ele tinha ficado só com a camiseta de baixo e a calça jeans. Espalhara toalhas pelo chão em volta da banheira, caso fizessem muita sujeira quando tirassem o corpo dele dali. Ele não queria que a coisa toda fosse mais difícil do que o necessário para Charlie.

A perda de sangue era ao mesmo tempo assustadora e sutil. A luz acima começou a centelhar, e as linhas do ambiente se tornaram imagens borradas. Truman se acomodara na água e fechara os olhos. E foi onde Charlie o encontrou, apenas vinte minutos depois, mas o coração de Truman já estava mais lento, como uma borboleta frágil, agitando-se em seu peito, falhando, prestes a parar.

A porta do banheiro era frágil e estreita. Fechava-se com uma trava corrediça, e, como não se abria, Charlie chutou o painel abaixo da maçaneta até que a trava cedeu e os parafusos se soltaram da parede de gesso.

Truman não se lembrava do barulho que a porta fizera ao bater contra a parede. Não se lembrava de Charlie arrastando-o para fora da banheira, apertando tanto os pulsos de Truman que, depois, surgiram hematomas. O banheiro estava inundado, e ambos estavam cor-de-rosa da água sangrenta.

ENTRE MUNDOS

Ele se lembrava da luz no teto e de seu sonho com a menina dos cabelos pretos. Todo o resto só se encaixou mais tarde, quando ele estava deitado no quarto do hospital, juntando as peças com o intuito de saber o que o tinha salvado.

Alexa estava de saída para comprar cereal. Ela tinha ouvido Charlie gritando, pedindo a ajuda de alguém, o que a fez voltar a seu apartamento e chamar a emergência. Truman sempre pensava a respeito daquilo. Do que a tinha feito correr diretamente para o telefone, de como fizera a ligação em vez de acordar sua mãe ou correr escada abaixo para chamar o zelador, mas nunca lhe perguntara sobre o assunto. Era apenas mais um elo na vaga cadeia de acontecimentos que havia salvado sua vida.

Todos aqueles mínimos lances de sorte.

CAPÍTULO TREZE

MANHÃ

Quando saio do prédio de apartamentos de Truman, Moloch está parado na escada. Está de costas para mim com as mãos nos bolsos. Ele olha para a vizinhança coberta de neve como se ela o ofendesse.

— Você está me seguindo? — pergunto, segurando melhor a bolsa. — Porque está perdendo tempo. Não vou devolver Truman.

Moloch corre os dedos pelos cabelos e se vira para me encarar. Estou esperando outro de seus sorrisos astutos e irritantes, mas sua expressão é contida. À luz do dia, ele parece mais jovem e mais inseguro do que na noite anterior.

— Olha, só achei que alguém devia avisá-la. As coisas ficaram meio feias.

Observo a rua vazia, o estacionamento do complexo de apartamentos Avalon. Tudo está exatamente como ontem, porém mais branco.

— Eu acho a neve tão bonita.

Isso o faz rir, mas da forma mais áspera e curta, e então ele para.

— Não estou falando do tempo. Só que você... você não pode ficar perambulando por aí desse jeito.

— Não estou perambulando — digo. — Estou sendo cuidadosa. Truman é a última pessoa que se sabe que viu meu irmão.

Moloch respira fundo, soltando o ar entre os dentes irregulares.

— E como você está avançando com isso?

— Não muito bem. Ele me mandou embora. Mandou sair de seu quarto, na verdade.

— Então agradeça aos infernos pela sorte que tem. Sinceramente, esse garoto é um problema por si só. Ele não precisa de você por perto.

Desvio os olhos, observando a janela do quarto de Truman. Ela me olha de volta sem interesse, sem cortinas e coberta de sujeira.

— Acho que ele vai morrer, se eu o deixar sozinho.

Espero que Moloch faça pouco caso daquilo, mas ele apenas dá de ombros.

— Mais objetivamente, então, você não precisa *dele*. — Então, ele enterra as mãos nos bolsos e olha para mim. — Acho que você deveria ir embora de Chicago.

— Do que você está falando? Não posso ir embora *agora*... não antes de encontrar Obie.

— Daphne, você precisa me escutar. — A voz de Moloch é baixa. Urgente. — Uma equipe de coleta encontrou uma das meninas congelada e sem sangue, a um quarteirão da estação de trem elevado da rua Garfield, hoje de manhã. Cena horrível. Estou saindo da cidade esta noite e você também deveria ir.

Fico parada nos degraus, muda, balançando a cabeça.

— Como algo assim pode ter acontecido? Lilith não disse nada a respeito disso, ontem à noite. Ela me mostrou uma porta que preciso encontrar. Existe algum jeito de você me ajudar a procurá-la?

Os olhos de Moloch se desviam para a rua e, depois se voltam para mim.

— Se você acha que vou ficar por aqui, está louca. Tenho mais um trabalho local esta noite e depois vou dar o fora da cidade. Se você precisar de conselhos sábios ou de humor mordaz até lá, pode me encontrar no West Side. — Ele gesticula na direção do trem. — Caso contrário, fui; e você deveria ir também.

— Onde fica o West Side?

Por um momento, ele apenas me encara. Então, pega um bloco de papel adesivo amarelo e uma caneta. Escreve alguma coisa no papel de cima, arranca-o e gruda na minha lapela.

— Tem um clube decente em North Lawndale à noite. Se você precisar de mim, aqui está o endereço. Agora me diga que vai sair daqui.

Tiro o papel do casaco e balanço a cabeça.

— Não posso, não antes de encontrar o apartamento de Obie e dar uma olhada.

Moloch suspira. Então ele pega o papel novamente e escreve outro endereço.

— Olhe, este é um hotel. Assim, pelo menos, eu sei que você tem um lugar para ficar. — Ele coloca o papel na minha mão, parecendo sério. — Por favor, tome cuidado.

Depois se vira sem mais uma palavra e se afasta pela rua Sebastian.

ENTRE MUNDOS

* * *

O hotel na lista de Moloch fica ao norte, um prédio alto, cadavérico, chamado Arlington.

A mulher na recepção me dá uma chave, que abre a porta de um quartinho imundo no sexto andar. Há uma cama estreita, um banheiro minúsculo, cortinas puídas nas quais se contorcem estampas de rosas. O papel de parede está descascando em tiras.

No banheiro, o chuveiro fica sobre uma banheira em um box apertado, e há um par de toalhas ásperas. Sou obrigada a admitir que, depois do meu primeiro dia na Terra, não estou cheirando nada bem. Desabotoo a parte de cima do vestido com alguma dificuldade e o tiro pela cabeça.

Quando entro no chuveiro, a água é surpreendentemente deliciosa, caindo sobre mim numa cascata morna. Meus cabelos ficam encharcados e, quando a água atinge meu couro cabeludo, sinto como se fossem minúsculos e gloriosos pontos de luz. Pego o sabonete pousado no canto da banheira. A embalagem está amassada no chão, e o sabonete desliza sob meus dedos, cobrindo-os com uma película escorregadia.

Eu o seguro e o passo sobre a pele, nos braços, nas costelas, na clavícula, no rosto. Tem o cheiro forte de algo que não reconheço. Quando o aproximo mais para sentir, tenho uma sensação vibrante no nariz e no fundo da garganta. O sabonete faz bolhas em minha pele, e o chuveiro as lava, a espuma escorrendo por minhas pernas e meus tornozelos até se juntar em meus pés e desaparecer. Em casa tudo estava sempre limpo e nunca precisei pensar no assunto. Aqui, limpeza é algo em que temos que trabalhar.

Quando viro o misturador, o jato acima de mim se interrompe.

Há um gorgolejo baixo conforme o resto da água escoa pelo ralo. Então, fico ali parada, pingando e, de repente, com muito frio.

Quando finalmente coloco o vestido, estou tremendo um pouco. Vou até o quarto principal para encontrar meu suéter. Há uma televisão surrada sobre a cômoda, presa por parafusos. A silhueta refletida na superfície escura não é a minha.

— O que você está fazendo aí? — diz a minha mãe, a voz dura. Há um reflexo no televisor e não consigo ver bem suas feições. — Você precisa vir para casa.

Fico parada no meio do quarto, as mãos meio erguidas para enxugar os cabelos com a toalha.

— Mas ainda estou procurando Obie. Ontem à noite você disse que tínhamos de encontrar Estella e a porta.

— Isso foi ontem à noite. A cidade não é mais segura.

— Eu sei. Moloch me disse. Ele disse que eu não deveria ficar perambulando por aí e eu não estou... Estou sendo cuidadosa, mas ainda não posso ir embora.

— É claro que pode. — Seu tom é absolutamente rígido. — Isso não é uma brincadeira.

— Não posso simplesmente esquecer Obie — digo para a televisão escura. — E você não pode simplesmente mudar de ideia!

Minha voz é pesarosa e aguda demais, mas não me importo. Ontem ela me mostrou a porta, me deu Estella. Nós éramos

ENTRE MUNDOS

conspiradoras. Tínhamos uma missão. Agora, ela está me mandando ir embora, desistir de meu irmão e voltar para Pandemonium como se nada houvesse acontecido.

— Onde eu estava com a cabeça ao mandar uma criança? — diz ela. — Foi uma péssima ideia.

Não digo a ela que não sou criança. Não lhe digo que, às vezes, as coisas que valem a pena envolvem riscos.

— Se você não me ajudar, vou encontrar a porta sozinha. E, se não conseguir decifrar sozinha, talvez Truman saiba o que é Estella.

Lilith ri de forma mal-humorada.

— Não conte com isso. Ele tem outras coisas com que se preocupar no momento.

— Do que você está falando? Ele está bem. Eu o deixei dormindo em seu quarto.

Sua silhueta não é muito visível, está meio virada de lado.

— E tenho certeza de que você saberia melhor do que eu.

A forma como ela diz aquilo me gela. Sem parar para pensar, enfio os pés nas botas e visto o suéter pela cabeça.

— Espere — grita ela. — Não se atreva a sair correndo!

Jogo a toalha molhada em cima da televisão para abafar a voz de Lilith e então pego o casaco.

CAPÍTULO CATORZE

PÁSSAROS

Na estação de trem de Cicero, há neve por toda parte, misturada com a sujeira da cidade. Começo a ir em direção aos Apartamentos Avalon, quase correndo; mas, quando chego ao cruzamento, há um coro de guinchos sobre a minha cabeça e paro para olhar. Um bando de corvos se juntou acima, voando ruidosamente de uma viela entre dois prédios. Eles voam à minha volta num círculo amplo, batendo as asas e grasnando. Um passa por mim, perturbadoramente próximo e, em seu olho redondo, vejo um reflexo da minha mãe. Eu me afasto, meio sufocada pela tempestade de penas. A ponta de uma asa bate com força em meu rosto.

O voo deles é ruidoso e frenético, conduzindo-me para longe da rua Sebastian. Afasto-os com as mãos, tentando passar por seu círculo barulhento.

— Parem... Parem com isso.

— Volte — diz a voz da minha mãe em meio ao torvelinho escuro de penas. — Vá para casa.

Então, quando os corvos ficam mais ruidosos e o círculo se aperta, percebo que eles não estão me afastando do apartamento de Truman e sim da viela. Puxo o casaco sobre a cabeça e luto para abrir caminho entre eles.

ENTRE MUNDOS

O vento sopra pelo espaço estreito entre os prédios, levantando lixo e nuvens cintilantes de neve. Entro correndo na viela e, então, boquiaberta e rodeada de corvos, deixo o casaco cair.

Truman está parado no beco sem saída, sob a escada de incêndio, encurralado por três garotos de ombros rígidos e jaquetas puídas. Dois deles estão segurando tacos de madeira e, enquanto observo, o terceiro agarra Truman pelo suéter e o empurra contra a parede.

— O que vocês estão fazendo com ele? — pergunto, e minha voz parece vir de fora de mim.

O garoto mais próximo se vira e me encara.

— Que diabo essa menina está fazendo aqui?

— Daphne. — A voz de Truman é tensa. — Você precisa ir embora. Agora mesmo.

Os corvos se dispersam num bando desordenado e, então, estou sozinha ali, na boca da viela.

— Eles vão machucar você.

Ele respira fundo.

— Eu sei.

Os garotos estão olhando para mim, retesando os ombros para parecerem maiores.

— Bem, se eu for embora não vou conseguir impedi-los. Por que vocês estão fazendo isso? — pergunto para o que segura Truman contra a parede.

Ele olha por cima do ombro.

— Vendi quarenta paus de bebida para esse idiota na semana passada. Ele disse que me pagaria depois, e adivinha só?... Não pagou. Agora eu quero o meu dinheiro. — Ele o agarra mais forte, apertando a garganta de Truman com uma mão perebenta. Seus olhos são duros e sem profundidade.

—Vinte e cinco — diz Truman, parecendo bravo e resignado. — São vinte e cinco dólares e você sabe.

Analiso os dois: o garoto de ombros largos e Truman contra a parede, com uma mão na garganta e nenhum motivo para mentir. O valor em si é irrelevante. Se ele devesse quarenta, eu pagaria quarenta, mas não tenho paciência para mentiras. Com excepcional cuidado, tiro o maço de dinheiro do bolso e conto: duas notas de dez dólares e uma de cinco.

Ofereço o dinheiro e fico cada vez mais inquieta quando ninguém o pega.

—Aqui está — digo, agitando as notas.—Aqui está seu dinheiro. Agora me dê o Truman.

Mas o garoto apenas me encara, de olho no resto da minha grana. Como ele não desvia os olhos, passo o elástico em volta do maço de dinheiro e o guardo novamente no bolso.

— Nossa, nossa, nossa... Olha só isso — diz ele. — Será que você não quer dividir um pouco com a gente?

Mas a pergunta é absurda. Não quero. Ofereço o dinheiro que Truman lhe deve, balançando a cabeça.

—Você não pode simplesmente tomar o que não lhe pertence. É inaceitável.

— Daphne — diz Truman. Ele parece claramente preocupado. — Eles vão machucar você também. Você não sabe disso? Eles vão acabar com você também.

ENTRE MUNDOS

Mas os garotos ficam apenas ali parados, olhando com espanto, e estou pensando no isqueiro e na forma como minha pele se fechou novamente.

O garoto que estava mais próximo mudou de lugar, colocando-se entre mim e a entrada da viela. Não está exatamente bloqueando meu caminho, mas é como se pretendesse fazê-lo. Ele diz:

— Talvez você queira repensar. Vai ser punida de outra forma se você não pagar o pedágio.

Por um momento, só consigo balançar a cabeça. Posso ser nova neste mundo, e catastroficamente inexperiente, mas não sou burra. Não há pedágio nenhum. Não pode haver punição, não há justificativa além do fato de ele querer tomar algo que não lhe pertence.

Quando ele se move, é com uma ferocidade incomum, como se eu fosse um cervo que ele estivesse caçando, algo delicado que quisesse quebrar por diversão. Ele me pega pelo cotovelo, e o choque do toque faz meu corpo inteiro se sentir ultrajado. Minhas mãos entram em movimento por vontade própria, encontrando os bolsos do meu casaco. A navalha tem a ponta reta, mas a faca do ladrão é feita para penetrar de forma fácil entre as costelas. Dou meia-volta, me afastando, e, por um momento, é só isso que pretendo fazer, mas, de repente, ele está encolhido contra a parede e os outros garotos estão recuando à minha volta.

Seguro a ponta da faca contra o peito dele, já furando o tecido pesado de sua jaqueta, quando Truman me pega pelo pulso.

— Pare.

— Por quê? Ele não é seu amigo. Acho que você nem sequer gosta dele.

Truman olha para o outro garoto, cujos olhos estão brancos em volta das íris.

— Mas também não o odeio.

Como aquilo parece razoável, abaixo a faca e a fecho com cuidado. Estendo a mão para ele, para o garoto que Truman não odeia, e dou um tapinha em seu rosto. Sua pele é áspera, e ele se encolhe diante da minha mão, mas não fala nada e não emite som algum.

— Só fiz isso porque você estava prestes a cometer um erro terrível — digo a ele. — Só o detive porque você não iria deter a si mesmo.

Digo isso como uma explicação, um pedido de desculpas, mas ele se encolhe contra a parede, um ponto de sangue aparecendo em sua jaqueta, muito brilhante, mas também pequeno. Uma quantidade ínfima.

— Está tudo bem — digo a ele finalmente, entregando-lhe o dinheiro, uma nota de cinco e duas de dez. — Vá para casa.

Eles saem correndo. Um olha para trás, mas os outros só parecem interessados em se distanciar de nós.

— Meu Deus — diz Truman quando ficamos sozinhos. — Você é maluca, sabe disso?

— Não sou maluca. Só estou garantindo que você não morra. — Em voz alta, a frase parece mais feia do que eu teria imaginado. Sem a orientação de minha mãe, estou sozinha. Preciso que ele me ajude e não posso ignorar a sensação de que ele precisa que eu o ajude também. Ele parece esgotado, como se o confronto sob a escada de incêndio houvesse cobrado um preço alto dele.

ENTRE MUNDOS

—Você gostaria de almoçar? — pergunto. —Vamos almoçar.

— Não tenho dinheiro.

Sorrio e toco no bolso que contém o maço de notas.

— Mas eu tenho. Por favor — digo, colocando todos os significados que aquele pedido pode conter. É algo que quero tanto que pareço quase trágica. — Só estou tentando manter você em segurança.

O olhar que ele me dirige é duro, ferido e complicado. Então, seu rosto relaxa, e ele levanta as mãos, da maneira que as pessoas fazem quando querem mostrar que estão desarmadas. Quando começo a andar, ele me segue.

Nenhum de nós diz nada por vários quarteirões. Estamos parados na esquina, esperando o sinal abrir, quando Truman se vira, olhando para alguma coisa acima da minha cabeça.

— O que você fez lá na viela — diz ele, olhando para além de mim — foi loucura.

— É loucura impedir que eles batessem em você?

— Você foi tão rápida. Como se soubesse exatamente o que estava fazendo. Já esfaqueou muitos caras antes?

— Não, só aquele. E não o *esfaqueei*, na verdade... só furei um pouquinho.

Quero explicar as horas que passei com Belzebu, vendo-o se preparar, mas não acho que Truman iria entender. É difícil explicar que isso é algo normal, enfiar facas nas pessoas. Que, no lugar de onde eu venho, as pessoas fazem isso o tempo todo. É difícil porque, de repente, parece algo horrível de se fazer.

As luzes mudam, o tráfego anda. Tento não pensar em como sou ruim. Durante toda a minha vida, sempre entendi a natureza do mundo de onde venho, mas nunca pensei que pudesse ser maligna até este momento.

2 DIAS 18 HORAS 22 MINUTOS

8 DE MARÇO

A lanchonete era um festival de azulejos e cromos, e todas as garçonetes usavam avental de babados.

Truman se encurvou sobre o prato, amassando as batatas até virarem uma pasta. Diante dele, Daphne devorava bacon como se não comesse havia anos. Ele estava profundamente sem fome.

— Quem eram eles? — perguntou ela, de repente, mergulhando seu último pedaço de bacon na gema de ovo e enfiando-o na boca. — Aqueles garotos... Quem eram?

Truman não olhou para ela. Pegou o saleiro e o pimenteiro. Eram feitos de vidro chanfrado, com tampas rosqueadas de metal. Seu peso era reconfortante.

— Ninguém.

Daphne se inclinou para a frente, apoiando os cotovelos na mesa. Ele podia senti-la encarando-o.

— Olha — disse ele, mantendo a cabeça abaixada. — Conheço aqueles caras há um tempão. Eu podia ter resolvido tudo.

— Não podia, não. Você não poderia pagar, e eles dariam uma surra em você.

Ele deu de ombros, tentando manter o rosto sob controle.

— E daí?

Ela pousou o garfo, a expressão digna de uma princesa.

— Daí que não faz sentido apanhar por vinte e cinco dólares.

Truman a encarou de volta. Seu olhar era estável, mas suas mãos estavam trêmulas, e ele fez o pimenteiro girar na base.

Ela se aproximou mais, analisando seu rosto.

— Ou eram quarenta?

— Talvez. É, pode ser que fossem quarenta. E *daí*?

Ela tomou o saleiro dele e colocou um pouco de sal na mão.

— Era dinheiro que você devia a eles. Por que você iria mentir sobre isso? Você *queria* que eles batessem em você?

— Não — respondeu, mas sua voz soou defensiva, até mesmo aos ouvidos dele.

— Truman, você precisa parar de criar situações de perigo. — Ela se reclinou novamente na cadeira e lambeu o sal da palma da mão. — O mundo, afinal, *é* perigoso de verdade. Por que você está me olhando desse jeito?

— Você está comendo sal.

Ela terminou o que tinha na mão e colocou mais.

— É bom. Eu gosto.

— Seu irmão me disse, uma vez, que o sal era uma das substâncias divinas do mundo. — Truman sorriu, embora falar sobre Obie fizesse sua garganta doer. — Ele vivia me contando coisas sobre história, filosofia e tal quando eu... Bem, depois.

— Depois do quê?

Ele apanhou sua torrada e a deixou no prato de novo.

— Nada. Só depois. — Sua voz parecia vazia, e ele olhou fixamente para as próprias mãos.

ENTRE MUNDOS

— Posso vê-las? — perguntou ela.

— Ver o quê?

— Suas cicatrizes.

Após um segundo, Truman assentiu e virou as palmas das mãos para cima. Daphne estendeu o braço sobre a mesa e pegou seu pulso. Então, afastou a manga de seu suéter e começou a percorrer o traço das cicatrizes com a ponta dos dedos. Quando ela o tocou, Truman sentiu uma onda de exaustão, alívio e também que, se ela continuasse fazendo aquilo, ele podia chorar. Puxou o braço.

— Como foram feitas? — perguntou ela, e sua voz era baixa, quase terna. Ocorreu a ele que, se ela continuasse olhando-o daquele jeito, não iria precisar contar nada. Ela simplesmente veria a verdade, toda aquela história feia, bem no seu rosto.

— Eu me cortei. — As palavras doeram em sua garganta, mas sua voz era estável e calma, como se não houvesse nada dentro dele.

— Por quê? O que fez você querer... — Ela hesitou. Seu sorriso não mudou, mas seu olhar ficou mais ciente e um pouco triste. — Você querer se cortar?

— Minha mãe morreu. Eu fiquei péssimo. Não conseguia dormir, não conseguia comer, e Charlie é legal, mas ele não é meu pai nem nada. Depois que ela morreu, eu fiquei... Eu não tinha mais ninguém. — Ele agora sorria, um mentiroso com um sorriso de estrela de cinema, mas o sorriso não a estava enganando. A garganta dele doía tanto que ele tinha medo de se engasgar, então apertou o pimenteiro com força até esbranquiçar as juntas dos dedos.

Solenemente, Daphne lhe ofereceu o saleiro e ele pegou, segurando um em cada mão, olhando para baixo.

— Mas você fez aquilo porque queria morrer também.

— É, foi por isso que eu fiz. Agora, podemos parar de falar sobre isso?

Ela se inclinou sobre a mesa, olhando para ele por cima de sua torrada. Ele a encarou de volta e parou de tentar encantá-la. O sorriso não importava, a voz calorosa e tranquila não importava. O olhar dela era gentil e estável. Ela estava olhando dentro dele.

Quando ela falou, sua voz era quase um sussurro.

— Sinto muito. Não vamos mais falar sobre isso. Você terminou de comer?

Ele olhou para seu prato. Dois ovos de gema mole, duas fatias de bacon, batatas douradas. Só o que comera fora a torrada.

— Sim.

Daphne assentiu, deixou uma nota de vinte dólares na mesa e se levantou.

Lá fora, ela alisou a frente de seu casaco e começou a ajustar os botões.

— Tem uma coisa que eu preciso perguntar.

Truman passou a mão sobre os olhos.

— Olha, já disse, eu sinto muito, mas não sei o que aconteceu com o seu irmão.

— Não é isso. Você sabe me dizer o que é Estella?

— Não tenho certeza se entendi do que você está falando. Você quer dizer Estella, uma pessoa?

— Não. — Ela olhou para o céu, parecendo ansiosa. — É um lugar, com uma placa amarela, e há uma porta, onde meu irmão morava.

Truman começou a dizer que não fazia a menor ideia, mas então algo lhe ocorreu:

— Ei, é meio estranho, mas, na cidade, algumas das placas com o nome das ruas mais antigas não são verdes, são amarelas. Você quer dizer que ele mora na avenida Estella?

Ela afastou o olhar e balançou a cabeça.

— Ele não me contou essas coisas. Enfim, acho que ele nem está mais lá, mas talvez possamos encontrar alguma coisa que ele tenha deixado para trás. Uma pista.

Truman suspirou, resistindo à vontade de apertar as pálpebras.

— Uma *pista*? Daphne, ele não é nenhum espião... é um auxiliar de hospital. Por que iria simplesmente desaparecer?

Ela parou diante dele com as mãos entrelaçadas na frente do casaco e o queixo erguido como se tivesse acabado de ser chamada para ler em voz alta na classe.

— Por favor, preciso explicar uma coisa, e você tem que escutar com muita atenção.

Ele viu sua expressão grave e começou a rir.

— Não pode ser tão confuso assim.

— Apenas *escute* — disse ela. Sua voz estava mais aguda que o normal, e Truman ficou surpreso ao perceber que ela estava nervosa.

— Meu pai... você provavelmente já ouviu falar dele... seu nome é Lúcifer. Ele é muito famoso.

Truman riu mais ainda, balançando a cabeça. Tirou um pacote de cigarros do bolso do jeans, procurando o isqueiro enquanto segurava o cigarro no canto da boca.

— Tudo bem — disse ela, ao lado dele. Quando ele se virou, ela olhava ansiosamente para seu rosto, com o olhar calmo e franco. Seus cílios eram tão escuros que quase pareciam carvão. — Entendo perfeitamente se você não acreditar em mim.

Mas, de uma forma estranha, ele acreditava nela. Talvez não que ela fosse a filha do diabo em si, mas Obie fora incomum, e agora aqui estava ela. E ela era bastante incomum também.

— Olha, vou lhe mostrar — disse ela, estendendo a mão. — Primeiro me passe um cigarro.

Truman ergueu as sobrancelhas e lhe entregou um. O maço estava quase vazio.

Ele ofereceu o isqueiro, mas ela balançou a cabeça, indicando que queria fazer aquilo sozinha. Colocando o cigarro na boca, ela mordeu o filtro e pôs a mão em concha em volta do isqueiro.

— Você já fumou alguma vez? — perguntou ele, observando-a acender a ponta do cigarro e depois apagar a chama, parecendo levemente surpresa.

— Não. — Ela enfiou novamente o cigarro agora aceso no canto da boca e inalou abruptamente.

— Bem, vá devagar, então. Você não vai gostar, porque, se continuar tragando desse jeito, vai ficar enjoada.

Daphne inclinou a cabeça e lançou-lhe um olhar perplexo. Ela não estava tossindo. Seus olhos não estavam lacrimejando. Na verdade, ela parecia uma garota perfeitamente normal, fumando um cigarro como se fosse algo que fizesse todos os dias.

Exceto pelo fato de não soltar a fumaça.

ENTRE MUNDOS

Tinha de ser um truque da luz. Ou a brisa estava vindo de uma direção estranha, ou ela estava só fingindo para brincar com ele. Não estava segurando a fumaça dentro dos pulmões, porque aquilo era uma impossibilidade física.

— Está bem — disse ela. — Agora preciso mostrar uma coisa. Está olhando?

Truman estreitou os olhos e fixou-os nela.

— Espere, isso já não é a coisa?

Daphne balançou a cabeça e enrolou a manga de seu casaco. Então, com o cigarro preso entre os dentes, ela acendeu novamente o isqueiro. Enquanto Truman observava, segurou a chama de encontro a seu pulso e a manteve ali até a pele começar a empolar.

— Ai, meu Deus! — Ele agarrou o braço dela, afastando-o da mão que segurava o isqueiro. — Qual é seu *problema*?

Ela arregalou os olhos, e o cigarro caiu de sua boca.

— Nada. Está vendo?

Ela estendeu o pulso, e ele o examinou, pronto para recuar ante a visão da carne queimada. Mas ela tinha razão: não havia nada. Ele ficou parado no meio da calçada, segurando a mão dela nas suas e olhando para o pulso sem marcas.

— Como você fez isso?

Ela sorriu finalmente, seus dentes metálicos cintilando ao sol.

— Sou um demônio. Isso faz com que eu seja durável.

Truman se inclinou mais, passando os dedos na parte interna do braço dela. A pele era macia e morna, sem qualquer interrupção na textura, então seu coração começou, de repente, a bater depressa demais. Um longo tempo já havia se passado desde que sentira vontade de tocar em alguém, incluindo Claire. Os cabelos de Daphne tinham cheiro de sabonete e de algo leve de verão. Flores, talvez.

Ele deixou a mão dela cair e deu um passo para trás, tentando afastar a sensação de ter passado por aquilo antes, ter segurado sua mão e soltado.

— Você queria ir à avenida Estella, certo?

Ela abaixou a manga e assentiu.

— Venha — disse ele, indo em direção ao trem. — Eu levo você.

CAPÍTULO QUINZE

O GLOBO DE NEVE

A avenida Estella é apenas uma rua estreita que passa entre duas ruas movimentadas, e caminhamos por ela, procurando pela porta de batente decorado.

Imagino que a busca possa levar o dia todo, mas depois de percorrermos três quarteirões, já a encontramos, junto a um prédio baixo de tijolos, com uma série de prédios mais altos ao redor.

Ao lado, há um painel numerado como o de Avalon, mas, diferente do outro, é um painel em perfeita ordem. Ao lado dos botões, há uma lista de nomes, mas todos são sobrenomes, e não sei qual escolher.

Estou pensando no assunto quando Truman se adianta.

— Aqui — diz ele, apontando para uma etiqueta de papel escrita a caneta preta. — O. Adams, é ele.

Aperto o botão ao lado da etiqueta, mas não fico surpresa quando ninguém atende. Tento abrir a porta decorada, mas ela não cede.

— Isso é ridículo — digo, inclinando-me para a frente do prédio e considerando usar um grampo de cabelo para derreter a fechadura. — Por que todo mundo aqui tranca tudo, o tempo inteiro?

Truman me dirige um olhar sardônico e, então, começa a apertar todós os botões no painel, um por um, até que, finalmente, uma voz de mulher estala pelo interfone. Ela parece ranzinza e muito velha.

— Alô? Alô? Quem está aí?

Abro a boca a fim de perguntar se ela pode me deixar entrar para procurar Obie, mas, antes que possa dizer alguma coisa, Truman levanta a mão.

— Tenho um pacote para o 224B — diz ele, confirmando o número do apartamento do botão que acaba de apertar. Ele fala de forma agradavelmente oficial, e parece mais velho, de alguma maneira.

Por um momento, nada acontece. Então, ouve-se um som estridente e a porta do edifício se destranca com um clique. Entramos na recepção e somos invadidos por aromas de produtos de limpeza e comidas não identificáveis.

— Isso não é desonesto? — digo, olhando em volta do saguão. — Você a enganou.

— Você queria entrar, fiz você entrar.

— Mas ela não vai ficar decepcionada que não haja nenhum pacote para ela?

Diante disso, a expressão de Truman se suaviza e, por um instante, penso que ele pode até mesmo estar arrependido; mas então ele dá de ombros e começa a subir a escada até o andar de Obie.

Depois do incidente com o isqueiro, ele parece ter aceitado minha malignidade, ao menos num nível superficial. Fica de guarda atrás de mim enquanto derreto a maçaneta, mas não diz nada. Então, empurro a porta e entramos no apartamento do meu irmão.

ENTRE MUNDOS

O lugar está úmido, frio e muito escuro. Até o cheiro é de abandonado.

Truman passa por mim, apalpando a parede até encontrar o interruptor. Imediatamente, a sala é inundada por uma fraca luz amarela.

Estamos num apartamento pequeno com cozinha americana. Um vão se abre entre um balcão e os armários de teto na sala de estar, que está mobiliada com um sofá puído e uma poltrona combinando, mas sem lâmpadas, tapetes ou quinquilharias. Na cozinha, todos os armários estão abertos, vazios.

Sob a luz do teto, Truman parece cauteloso e pensativo.

— A eletricidade ainda está ligada — diz ele. — Se Obie se foi, não faz mais que alguns meses. Se tivesse sido há mais tempo teriam cortado a eletricidade.

A sala de estar vazia é estranhamente perturbadora, ainda cheia de móveis, mas sem bagunça nem decorações, nem nada dos ornamentos da vida cotidiana. O apartamento de Truman e Charlie, por mais singelo que fosse, ainda assim tinha uma variedade de coisas, uma sensação de ser habitado.

Percorro o apartamento, procurando evidências de uma luta ou até mesmo provas de que meu irmão tenha passado o último ano vivendo naqueles cômodos. De que tenha pelo menos estado ali.

O quarto é escuro e apertado, ocupado na maior parte por uma cama de casal sem cobertores ou lençóis e uma cômoda com as gavetas abertas. Os armários estão todos vazios, à exceção de umas poucas coisinhas: um botão aqui, uma meia perdida ali.

Truman se detém para investigar o pequeno nicho ao lado da cozinha, olhando dentro de uma lixeira de plástico cheia de garrafas de vidro e latas de alumínio. Ele pega uma garrafa vazia de refrigerante.

— Quem quer que tenha morado aqui, parece ter se mudado às pressas. Nem sequer tirou o lixo reciclável.

Reviramos as almofadas do sofá, procurando alguma pista sob elas, mas encontramos apenas clipes de papel, alfinetes e moedas perdidas. No banheiro, a bancada está vazia, e as cortinas do chuveiro pendem tortas, parcialmente arrancadas das argolas. Revistamos os armários e gavetas, mas a busca é inútil. Quando finalmente abro o armário sobre a pia, Truman já está indo embora.

Espero encontrar mais uma prateleira vazia, mas a porta espelhada se abre revelando um globo de neve. Está ali sozinho, no meio do armário, cintilando de leve sob a luz fosforescente. Por um momento, penso ver o reflexo da minha mãe distorcido em sua superfície, mas então ela desaparece.

Pego o globo e o examino. A bailarina ainda está sob a árvore, com o rosto sereno e os braços levantados. Quando o sacudo, a nuvem de flocos cai sobre ela como sempre. Só que agora tem alguma coisa numa pequena abertura irregular na base da árvore, escondida entre as raízes. Só posso ver que é liso e metálico.

Viro o globo de ponta-cabeça, tentando fazer a coisa se soltar. A neve cai, juntando-se na curva da esfera, mas o que quer que esteja escondido continua preso em segurança sob as raízes da árvore.

Segurando o globo de cabeça para baixo, noto algo aderido à base, preso ao círculo de feltro que cobre a parte inferior. Descolo-o e o examino, mas é apenas uma tira estreita de papel. A palavra *Asher* e o número 206 estão escritos a lápis, numa caligrafia delicada e feminina que não é de Obie.

A escrita é graciosa e precisa. Vou para mais perto da luz, analisando-a: a curva delicada do r, o *A* reto e resoluto, o número 2 cuidadosamente traçado. Essas poucas marcas de lápis são reveladoras e, de certa forma, vitais: são a única evidência do amor clandestino de Obie, Elizabeth. A mulher pela qual meu irmão deixou o Inferno.

Dobro as pontas da fita adesiva, então guardo o papel no bolso e entrego o globo a Truman.

— Você sabe o que é isso? Essa coisa sob a árvore?

Truman estreita os olhos para olhar entre o emaranhado de raízes.

— Não posso ver muito bem. Parece um colar, talvez?

— Como faço para tirá-lo daí?

Ele me devolve o globo.

— Acho que vai ter de quebrá-lo.

Seguro o globo de neve, sentindo seu peso, ciente de que isso é algo que Obie me deu. Pode ser que eu nunca mais tenha um objeto que me faça lembrar tanto dele, pode ser que nunca mais o veja e não quero quebrá-lo, mas o domo está vedado e terei que fazê-lo para retirar o que está lá dentro. Quando bato com o globo na quina da bancada, água e vidro se espalham por toda parte, e Truman dá um pulo para trás, parecendo espantado. Ele para à porta do minúsculo banheiro, olhando para mim. Então, começa a rir.

— Eu não quis dizer neste exato segundo.

— Havia alguma maneira especial de fazê-lo?

— Bem, para começo de conversa, eu provavelmente teria feito isso dentro da pia.

Eu me agacho e procuro entre os cacos de vidro e fragmentos de resina. A bailarina está no chão a alguns passos dali, quebrada na base. Tem vidro por tudo que é lado, e puxo a manga do suéter por cima da mão para procurar com cuidado, atenta a qualquer amuleto ou berloque que estivesse escondido sob a árvore.

Quando o tiro do meio dos cacos, no entanto, sinto uma leve onda de decepção. É uma chave. Nem sequer uma chave antiga e grandiosa, só um pedaço de metal cortado em matriz, niquelado e desinteressante.

— Você sabe que tipo de chave é esta? — pergunto, mostrando-a para Truman.

Ele balança a cabeça, mas não a toma da minha mão.

— Parece que é de uma porta, mas isso não nos diz muito. É mais uma daquelas coisas que vamos ter de andar para cima e para baixo nas ruas, procurando por um lugar onde você nunca esteve?

Balanço a cabeça e seco a chave com a manga.

— Acho que meu primo pode me dizer de onde é.

— Só de olhar? — Truman está com as sobrancelhas levantadas. Parece cético.

Mas o que Moloch é capaz de fazer é um pouco mais complicado que isso. Com apenas uma gota de sangue na ponta de uma

ENTRE MUNDOS

faca, ele me contou todos os segredos do sangue de Truman, toda sua história.

— Não, não de olhar. Mas ele é muito bom em descobrir de onde as coisas vêm.

Tento dizer aquilo com leveza, mas minha voz é mais aguda que o normal, e as palavras saem estridentes e rápidas demais para parecerem casuais. Por alguma razão, encontrar essa chave que foi tão cuidadosamente escondida é mais assustador do que não encontrar nada. No apartamento, o vazio é algo sólido.

Truman fica parado olhando para mim. Ele curva os ombros e seu maxilar fica subitamente tenso.

— Daphne, o que está acontecendo?

Levanto as mãos, acenando com a chave e me sentindo impotente.

— Meu irmão foi levado. Ele não tinha o direito de estar aqui, e acho que alguém descobriu. Só existe uma pessoa que conheço que odeie demônios o suficiente para caçá-los, mas nem sequer sei como encontrá-la. Ele é um arcanjo.

Truman não responde de imediato. Fechando os olhos, ele passa as mãos pelos cabelos. Então, abaixa a cabeça, e eu me ajoelho no chão do minúsculo banheiro, olhando para cima.

Finalmente, ele abre os olhos e solta o ar num suspiro demorado.

— Hã... — Ele pigarreia e começa novamente. — Está bem, isso é ruim. Quer dizer, eu não deveria... Acho que não posso mais ficar aqui.

— Do que você está falando? Você parecia bem antes, quando lhe contei quem eu era. Você nem se importou que eu fosse um demônio.

Truman se endireita, ainda apertando o maxilar.

— É, bem, isso foi antes que estivéssemos procurando por alguém sequestrado por um arcanjo. Anjos são *sagrados*, Daphne. São bons e são *corretos*. Sua função geral é proteger o mundo das coisas ruins.

Ele fica ali, olhando para baixo, na minha direção. É um olhar demorado, penetrante, e, embora sua expressão seja gentil, não consigo pensar em nada para dizer. Então, sem aviso, ele se vira e percorre o apartamento, saindo pela porta da frente.

Por um momento, apenas fico ajoelhada no chão do banheiro de Obie, rodeada pelos cacos de vidro. Então, guardo a chave no bolso e me levanto, seguindo-o pelas escadas e descendo até a calçada. Ele já está na metade do quarteirão, e eu me apresso o suficiente para acompanhá-lo sem chegar muito perto.

Passamos por bares lotados, um restaurante chinês, um salão de manicure que já fechou por hoje, ou talvez para sempre. Truman não parece ter um destino particular em mente. Só está caminhando.

Quando ele finalmente para, está respirando com dificuldade. Encosta-se à parede de uma oficina de eletrônicos escura e fecha os olhos. Após um momento, deixa-se escorregar até sentar na calçada, cobrindo a cabeça com as mãos.

Sento a seu lado, nossos ombros estão próximos, mas não se tocam. Sinto o cimento frio através do meu vestido.

ENTRE MUNDOS

— Você quase morreu — digo, vendo os sinais de trânsito mudarem de cor no cruzamento. — Foi o meu irmão que trouxe você de volta. Ele salvou a sua vida.

Truman afasta as mãos do rosto. O olhar que ele dirige a mim é angustiado.

— Eu sei. Você acha que eu não *sei* disso?

— Então me ajude — digo. — Por favor, Truman. Conheço um monte de demônios terríveis, mas Obie não é um deles. Você *sabe* que ele é bom. Ele precisa de nós, você não pode simplesmente ir embora.

Truman enrijece o maxilar e olha acima dos telhados.

— *Posso*, sim, sabe? Escapar é a coisa mais fácil do mundo. É talvez o que eu sei fazer de melhor.

— Bem, você já pensou que talvez seja hora de se tornar bom em outra coisa?

Truman se curva para a frente, balançando a cabeça.

— Inacreditável — resmunga ele.

Mas eu sei que, depois do truque do isqueiro, adquiri credibilidade, então não digo nada.

Ficamos sentados na calçada sem conversar. O tempo passa. Uma van com um logotipo verde de floricultura passa ruidosamente, e eu me levanto.

— Vou encontrar meu primo num clube. Você vem comigo ou não?

Ele age como se não houvesse escutado. Dou meia-volta e começo a caminhar na direção da estação de trem.

Estou quase na esquina quando escuto seus passos. Não diminuo a velocidade, mas tampouco a acelero. Após um minuto, ele me alcança, com os ombros caídos e as mãos nos bolsos.

— Está bem, mas não é por achar que eu vá ser de muita ajuda — diz ele. — Você precisa de alguém que a impeça de sair por aí esfaqueando as pessoas.

— Bem, pelo menos você escolheu uma coisa nova em que ficar bom.

— Uau. — A voz dele é baixa, e não olho em sua direção, mas ele parece estar sorrindo. — *Você* está cheia de amor para dar esta noite.

Amor. A palavra faz com que eu me sinta incomodada, como se algo se movesse sob a minha pele. Não estou cheia de amor nenhum, mas não lhe digo isso. Amor é para pessoas com alguma dose de humanidade. É para os outros.

Olho rapidamente para ele e fico surpresa ao ver como Truman parece solene e nostálgico. Sob a luz dos postes, seu perfil é reto e bonito, estranhamente familiar. De repente, tenho uma sensação irritante de que o conheço, e não é daqui, nem das Coletas, nem do chão do terminal. Conheço a expressão em seu rosto, o ângulo de sua cabeça, a forma como ele olha distraidamente a distância, vendo além do cruzamento à nossa frente ou da delicatéssen no outro lado da rua.

Não tenho amor nenhum, mas, nesse momento, gostaria de ter.

CAPÍTULO DEZESSEIS

O CLUBE PROFETA

— Tem certeza de que é seguro? — pergunta Truman. Ele está encostado à parede e está fumando, já que, ao que parece, ele nunca para de fumar.

Estamos num bairro decrépito no West Side e já é a segunda vez que Truman pergunta. O endereço que Moloch me deu é de um lugar chamado Clube Profeta, mas a única coisa que encontramos ali é a fachada encardida de uma loja, fechada por tapumes e com cara de abandonada. O número foi pintado em declive com tinta spray no compensado de madeira, são traços grossos e malfeitos. Não há nome, placa ou qualquer sinal.

— Tudo bem — digo. — Só preciso descobrir a entrada.

Truman tira o cigarro da boca e olha para mim com olhos semicerrados.

— Que entrada? Está condenado.

Mas me inclino mais perto do muro, examinando o tapume de madeira em busca de alguma senha secreta, e não lhe respondo.

Logo abaixo dos números pintados, alguém rabiscou *Gula* em letras tão pequenas que parecem pontinhos estranhos. Coloco a mão sobre a palavra e fecho os olhos.

— Moderação — sussurro. Nada. — Abstinência, restrição, abnegação, nefalismo. — Não há qualquer reação, e considero a possibilidade de que Moloch estivesse apenas me provocando, me atraindo até uma esquina abandonada só porque acha engraçado me ver sofrer. Mas Moloch não está por ali, e não posso imaginá-lo pregando uma peça sem poder assistir de camarote; além disso, a contrassenha está ali, rabiscada na madeira. Tem que haver uma entrada.

Truman se afasta da parede e apaga o cigarro.

— O que você está fazendo?

— Tentando dizer a palavra certa. — Pressiono as mãos na madeira, apertando os olhos para enxergar as letrinhas irregulares. — Deveria haver um oposto, algo que neutralize a gula.

— Temperança — murmura ele, estendendo a mão além de mim para apoiá-la na tábua.

Ao toque dele, surge uma maçaneta, seguida pelo contorno de uma porta velha.

— Como você fez isso?

Truman dá de ombros e desvia o olhar.

— Gula é um pecado. Todos os pecados capitais têm virtudes correspondentes. — A expressão em meu rosto deve revelar confusão, porque ele levanta as sobrancelhas e resmunga: — Colégio católico.

Quando toco na maçaneta, parece fria e sólida. Lá dentro, o clube é escuro e fumacento. A fumaça paira acima de tudo como se fosse um véu. Um homem magro e rijo, coberto de tatuagens azuis,

ENTRE MUNDOS

controla a porta. Ele me observa com seus olhos claros e, então, dá um sorriso cheio de dentes.

— Que bom ver uma jovem da sua estirpe. Não é sempre que vemos a aristocracia por aqui.

Ele nos conduz a um ambiente amplo e lotado, de teto opressivamente baixo. Por toda a volta há pessoas reunidas em grupos de dois e quatro, bebendo drinques que são servidos numa variedade espantosa de copos.

Num palco pequeno, no canto, uma orquestra de sete integrantes toca rock com um violoncelo e dois violinos. As pessoas se acotovelam, rindo, conversando, dançando. São todas pálidas e parecidas, cópias fantasmagóricas umas das outras. Truman se aproxima mais de mim, olhando para toda aquela gente em volta. A minha gente.

Vou deslizando entre a multidão, varrendo o salão à procura da crista de cabelos vermelhos de Moloch. O lugar parece não conter nada além de preto e branco.

Quando outro empregado tatuado passa por nós com uma bandeja de bebidas, eu o pego pelo braço.

— Com licença, estou procurando meu primo Moloch. Você o viu?

O garçom ergue a bandeja acima da cabeça de duas Lilim risonhas e olha para mim com o semblante entediado.

— Vejo um monte de pessoas.

— Bem, ele não se parece com nenhuma delas. Ele trabalha para a ossaria e tem os cabelos bem vermelhos.

O garçom emite um ruído ambíguo e aponta na direção de uma entrada baixa, meio escondida pela fumaça e pelas pessoas.

— Ele está nos fundos.

Abrimos caminho até a porta, passando por recintos lotados e mesas cheias. O chão é rústico, num leve declive, e não sei bem se o salão foi recortado diretamente no solo ou se apenas está coberto de tanta sujeira que qualquer superfície que pudesse haver abaixo está enterrada há séculos. As paredes e o teto estão pintados num escuro tom marrom-avermelhado e um pouco descascados.

Truman fica perto de mim, seguindo-me até outra sala e, depois, outra além. Pergunto-me até onde o Clube Profeta se estende. Espalha-se indecorosamente, serpenteando sobre si mesmo. No fim de um labirinto de corredores, chegamos a uma sala de teto baixo com um bar comprido e maciço ao longo de uma das paredes.

No canto mais distante, Moloch está sentado a uma mesa de costas para nós e se inclina para uma garota de cabelos pretos compridos, com um decote absurdamente profundo. Ele está sem casaco, e suas mangas estão arregaçadas. Conforme fala, ele gesticula com o que parece ser um cordão de contas. A garota sentada diante dele é Myra.

Vou até eles, abrindo caminho entre a multidão e puxando Truman atrás de mim. Quando paramos atrás dele, Moloch nos olha por cima do ombro. Ele sorri, mas é um sorriso controlado.

— Ora, olá, doçura. Vejo que você trouxe seu Romeu. — Ele inclina um chapéu imaginário para Truman. — Sente-se melhor, então? Parece que a morte não lhe caiu muito bem.

Truman assente, mas não diz nada.

Nós nos acomodamos à mesa, e Myra apanha o cordão de contas, afastando sua cadeira a fim de abrir espaço para mim. Ao lado dela,

ENTRE MUNDOS

finalmente tenho a chance de estudar seu rosto e posso ver que há algo muito errado. Sua boca exibe uma forma estranha à qual não estou acostumada: suave, parecendo perdida.

— Você não vai me apresentar para o seu amigo? — Seu tom é estranhamente tímido. Não combina nada com a avidez presente no olhar que ela dirige a Truman e, depois, volta para mim.

Ele a olha como se nunca houvesse visto uma garota tão escandalosamente bonita, e é provável que não haja mesmo.

— Esta é minha irmã — digo a ele, porque é verdade e porque preciso dizer alguma coisa.

Myra se inclina para a frente, estendendo a mão.

— Encantada — diz ela numa voz trêmula quando ele a pega.

Por um instante, os dedos dela parecem passar além da palma, acariciando a parte interna de seu pulso. Então, voltam para onde deveriam estar, presos num aperto de mão formal e educado. Sua expressão passa de vulnerável para algo mais e volta a ser vulnerável, tudo depressa demais para se ter certeza. Posso ter interpretado mal o movimento da mão dela, estendendo-se para acariciar o pulso cheio de cicatrizes de Truman. Mas estou certa de que não interpretei mal a expressão calculista em seus olhos.

— Qual é o problema? — pergunto, sustentando seu olhar, enquanto estendo a mão e solto cuidadosamente seus dedos dos de Truman.

Ele olha para mim espantado, mas Myra apenas abaixa os olhos, fechando a mão ao redor do cordão de contas.

— A Deirdre se foi.

As palavras são frias, sem entonação, e, por um segundo, não entendo. Então, a compreensão chega, ressaltando a diferença entre foi e foi. Obie se foi — se foi de Pandemonium, se foi de seu apartamento. E isso é grave, mas não insuperável. Significa simplesmente que sua localização é desconhecida e que estou aqui para levá-lo de volta, onde quer que ele esteja.

Deirdre se foi para um lugar de onde não vai voltar mais.

À minha frente, o rosto de Moloch se contorce por um segundo, então volta ao normal. A expressão fugaz é de tristeza, talvez pena, mas uma coisa é certa: eu sei agora quem é a garota que encontraram perto da estação da rua Garfield.

Ao meu lado, Myra remexe as contas, então as coloca na mesa, segurando os cotovelos por um instante, tocando os cabelos em seguida. Suas mãos parecem indecisas, sem alguém em quem se apoiar. Sem Deirdre, ela é apenas uma garota de vestido curto, mexendo nos próprios cabelos. Lembro-me delas sempre juntas, entrando no meu quarto, reorganizando meus suvenires e aterrorizando Petra. Elas pareciam tão vivas e ferozes. Tão permanentes.

— Como ela morreu? — pergunto, e minha voz é fina, como se eu não quisesse saber.

Os lábios de Myra tremem.

— Foi horrível. — Não passa de um sussurro. — Deixaram esta coisa desagradável.

Seus olhos estão úmidos, mas ela sacode as contas para mim com uma intensidade selvagem. Seus pulsos tilintam, cheios de pulseiras, braceletes e com uma correntinha de prata repleta de berloques minúsculos. Quando olho mais de perto, vejo que cada um é um frasco etiquetado com um pecado capital. O da LUXÚRIA está gasto, como se ela tivesse passado muito tempo manuseando-o. Apesar de sua aflição aparente, ela não tira os olhos de Truman, tocando os lábios com a ponta da língua.

Myra solta um suspiro pesado e enrola o cordão de contas em volta do pulso, atando as pontas.

— Peço desculpas pela minha falta de compostura — diz ela para ele, com um sorriso fraco. — É que é tão... triste. Você poderia pedir uma bebida para mim? Se não for muito trabalho?

Truman assente e se levanta.

— Você sabe o que quer?

Myra sorri para ele. Seus cílios são longos e misteriosos. Tremulam contra seu rosto toda vez que ela pisca.

— Um Anjo Branco — diz ela num tom de voz que sugere abismos profundos e secretos e enxofre ardente. — Por favor.

Quando Truman olha para mim, indico Moloch e toco no bolso onde está a chave. Truman parece entender, porque dá meia-volta e vai em direção ao bar.

Na parte da frente do Clube Profeta, a banda toca uma canção que faz lembrar pássaros noturnos, vultos escuros contra um céu mais escuro ainda. A música chega até nós em tons sensuais, pulsantes e rítmicos.

Myra o observa se afastar, sibilando baixinho quando vê como as Lilim e os osseiros o encaram. Então, ela se levanta da cadeira.

— Acho que ele precisa de companhia.

Ela vai atrás de Truman com passos leves e graciosos. Seus quadris se movem como as batidas de um tambor.

— Ele tem um certo charme, admito — diz Moloch baixinho, observando Truman atravessar a multidão em direção ao bar, com Myra atrás. — Vergonhosamente patético.

Assinto, mas não gosto da maneira como os osseiros estão olhando para ele, nem como Myra o segue de perto.

— Vocês dois parecem estar se dando melhor, agora que ele não está em coma. Ou você simplesmente traz todos os garotos moribundos que rouba do seu primo a clubes noturnos de demônios? Imagino que Belzebu ficará encantado ao saber que você anda se metendo em Coletas.

— Ele está *aqui*? — O Clube Profeta parece escuro e sujo demais para o gosto de Belzebu, mas eu escorrego pela cadeira, tentando ficar menos visível, porque, se ele estiver aqui, há uma grande possibilidade de que eu tenha sérios problemas.

Moloch balança a cabeça, dando um sorriso astuto.

— Não se preocupe, ele está catando esterco em algum lugar na Bulgária. E eu não contei a ele que sua protegida favorita está zanzando pela Terra, fazendo escândalo por causa do irmão. — Ele se aproxima mais, fechando as mãos em volta do copo de bebida. — Aliás, como anda a busca? Descobriu alguma coisa?

— Nada de bom. — Pesco a chave no bolso do casaco e a deslizo em sua direção. — Fomos a seu apartamento, mas estava abandonado. Isso foi tudo que encontramos. Estava escondida dentro do meu globo de neve.

Moloch analisa a chave, esfregando os dentes com uma unha cinza.

— Bem, é enigmático.

— Eu esperava que você pudesse ajudar. Você acha que pode me dizer de onde é?

Ele me encara, parecendo obviamente desconcertado.

— Você não pode estar falando sério.

Apenas me endireito na cadeira, dirigindo-lhe o olhar que minha mãe costuma usar quando quer ser obedecida.

Ele revira os olhos e olha rapidamente em volta, então pega a chave. Virando-se cautelosamente para a parede, ele a toca com a língua.

— Foi Obie quem a escondeu no globo de neve?

Moloch nega com a cabeça.

— Ele nunca sequer a tocou, e olha que isso quer dizer muito. Uma quantidade horrível de gente tocou isto aqui.

— Você sabe o que ela abre?

Ele põe a chave na boca novamente, segurando-a ali por mais tempo dessa vez. Então a devolve para mim.

— Depósito Asher. Unidade número 206, ou talvez 209... É difícil ver coisas específicas, às vezes.

— Duzentos e seis — digo, lembrando-me do pedaço de papel.

Moloch dá de ombros.

— Beleza. — Então, ele se vira para olhar onde Truman está parado no bar, com Myra. — Pelo jeito, é melhor você ficar de olho. Sua irmã está atacada esta noite.

Guardo a chave novamente no bolso, tentando não olhar diretamente para onde ela e Truman estão. A boca de Myra está muito próxima da orelha dele, e não posso evitar pensar que segredos ela estará lhe contando. Que promessas obscuras e sedutoras.

— Acho que fui muito bom, me rebaixando para lhe prestar esse esclarecimento — diz Moloch. — Agora, será que você poderia pensar seriamente em ir embora de Chicago?

Seu tom é irreverente, mas por baixo há uma corrente de ansiedade. Eu a reconheço, mas não estou nem perto de encontrar Obie e agora preciso ver o que está escondido no Depósito Asher 206.

— Ainda não. Ainda tenho algumas coisas a fazer.

— Deirdre foi açoitada — diz ele abruptamente, e sua expressão não contém humor nem ironia. — Ela foi espancada até ficar em farrapos e perder todo o sangue. — Cada palavra é tensa, como se estivesse sendo arrancada dele à força.

Compreendo que ele a viu. Quando ele diz que uma equipe de coleta a encontrou, não está dizendo apenas que ouviu, de segunda mão, a notícia de sua morte. Esteve ao lado do corpo dela, e agora aqui estamos nós, sentados diante um do outro, tentando valentemente não nos importar. Penso em Deirdre rindo, arrumando-se, sorrindo. Então, quando a imagem fica caótica e sangrenta, paro de pensar nela. A memória faz com que algo lateje por trás dos meus olhos.

— Ficará tudo bem — digo, porque é nisso que quero acreditar. Mas sei que não é bem assim. Ainda que ocorressem assassinatos em Pandemonium, seria preciso usar muita força e perseverança para espancar uma das Lilim até a morte. Mais força do que a maioria dos demônios possui.

Moloch desvia o olhar. Seu rosto é inexpressivo.

— Você tem uma definição estranha de *tudo bem*.

— Só quero dizer que deve ter sido algum tipo de acidente horrível, ou o resultado de alguma desavença ou algo parecido. Não?

Ele sorri sinistramente e balança a cabeça.

— Acho que sou só um pouquinho menos otimista que você. Talvez ninguém aqui queira admitir, mas tenho quase certeza de que se trata de um trabalho da Terror Negro.

Eu a conheço apenas como o monstro na parede, com dentes afiados e olhos que parecem cometas. Armada de chicotes, facas e garras em forma de navalha. A bebedora de sangue. No entanto, ela sempre me pareceu fantasiosa demais. Embora tivesse crescido vendo seu retrato, nunca realmente acreditei que fosse real.

— O que quer que tenha acontecido — diz Moloch —, Illinois parece ser um lugar um pouco fatal demais no momento. Está na hora de ir embora.

Balanço a cabeça, sentindo-me levemente perdida. O único mapa que tenho é o de Chicago.

— E aonde é que eu iria?

— Venha para o Hotel Passiflore, em Las Vegas. Há uma porta de lançamento no jardim, então você não precisará perder tempo com a viagem nem se preocupar com transportes. É um ótimo lugar para pessoas como nós. Convenci Myra a vir comigo e, francamente, é um pouco suicida ficar por aqui.

— O Passiflore é parecido com o Arlington?

— Não. — Sua expressão é divertida, e ele se reclina na cadeira, sorrindo misteriosamente. — Não, não se parece com o Arlington.

— Se eu quisesse ir para Las Vegas, há alguma palavra ou comando especial que eu deva saber? Quer dizer, tive um pouco de dificuldade com a porta daqui. Truman teve que abri-la para mim.

Moloch me olha com as sobrancelhas erguidas.

— É mesmo?

— Sim, ele estudou em colégio católico.

— Seja como for — diz Moloch secamente —, acho que sua habilidade para abrir portas ocultas tem menos a ver com catolicismo latente e mais com ele ser filho bastardo de alguém com halo. Com sangue assim, ele pode entrar como qualquer outro. Agora, se você quiser entrar no Passiflore, só precisa disto.

Ele tira uma caneta hidrográfica do bolso e a rola sobre a mesa, na minha direção.

Por um momento, não digo nada e fico olhando para a caneta. Então, olho para ele, tentando entender se está zombando de mim.

— O que eu faço com isso?

— Você faz uma porta para si mesma. Só é preciso uma parede virada para o leste e algo com que desenhar. Crie a entrada de sua preferência, bata educadamente e pergunte pelo Hotel Passiflore. Se a sua tragédia ambulante conseguiu fazer vocês dois entrarem aqui, deve conseguir passar para lá também. A viagem provavelmente não vai ser muito agradável, mas não vai matá-lo.

— Ele não pareceu ter nenhum problema para entrar aqui. Você está dizendo que a porta de lançamento é pior?

Moloch me dirige um sorriso complacente.

— Não sou homem de apostar, mas arrisco dizer que a metade humana dele vai achar um pouquinho pior.

2 DIAS 7 HORAS 13 MINUTOS

8 DE MARÇO

Sentaram-se lado a lado no trem, chocando-se um contra o outro conforme o trem balançava.

Truman entrelaçou as mãos por trás da nuca e fixou o olhar à frente.

— Na boa, seu primo é um babaca. Já a sua irmã, ela é... — Ele balançou a cabeça, tentando encontrar as palavras para descrever Myra. — Puta merda.

Daphne olhou para o horizonte em movimento.

— Eu sei.

Sua voz estava distante e Truman recaiu no silêncio. O que ele não disse foi que Myra o havia assustado um pouco. Na verdade, ele estava contente por ter saído de lá.

No bar, ela sentara num banco a seu lado, fingindo não notar que sua perna pressionava a dele. Quando a menina se ofereceu para lhe comprar uma bebida, o primeiro impulso de Truman foi dizer não. A noite anterior ainda estava fresca em sua memória, e ele não queria que Daphne o visse bêbado novamente. Mas sentia-se tenso demais para ficar à vontade, e era só uma bebida. O sorriso de Myra era amplo e convidativo, e Truman achou difícil desviar o olhar. Após um segundo, assentiu.

— Estrada para a Salvação — disse ela ao garçom, levantando a mão. Suas unhas estavam pintadas com um roxo pegajoso e iridescente, tão escuro que quase parecia preto à luz do bar. — E ele parece estar mesmo precisando, não?

— O que é? — perguntou ele a Myra quando o homem deslizou o drinque em sua direção.

O olhar que ela lhe lançou foi astuto.

— Não se preocupe com os detalhes. Digamos apenas que eu poderia ter pedido um Estrada para o Inferno... São basicamente a mesma coisa. A única diferença é que o Salvação vem com um toque de *grenadine*.

O drinque tinha uma cor de mogno, encimada por uma camada de vermelho vivo, enjoativo.

Myra passou um dedo por trás do pescoço de Truman. Seu toque era elétrico, e ele sorveu a bebida para controlar a respiração acelerada. Tinha gosto de água salgada e doce, com alguma coisa de inflamável. Ele nunca estivera num bar antes, nem mesmo para pedir informações ou usar o telefone público. O Clube Profeta era antiquíssimo, e décadas de bebidas alcoólicas haviam sido absorvidas pelo balcão e pelos assoalhos, deixando tudo com um cheiro enjoativo de birita.

Myra suspirou e se aproximou mais dele. Seu drinque era quase preto e emitia uma coluna fina de fumaça. Havia em seu rosto uma fome que ele podia reconhecer. Fazia-o lembrar-se das garotas da escola. Aquelas que se agarravam com ele nas festas sem esperar que ele ligasse depois. Era um olhar incômodo: triste, mas um pouco predatório demais.

ENTRE MUNDOS

Ela se virou para encará-lo e ergueu o copo. A nuvem de fumaça já tinha se dissipado.

— A Deirdre. Vou me lembrar dela enquanto eu for capaz de me lembrar de qualquer coisa.

Ela disse aquilo com um sorriso, mas seus olhos não demonstravam emoção enquanto ela tomava a bebida e, depois, brincava de forma agitada com o cordão de contas em seu pulso. Um pedacinho dele pendia, separado do fio principal, e Truman se moveu para enxergar melhor. Viu que o objeto que Moloch dera a ela era um terço.

— Então — sussurrou ela, soltando as contas e se inclinando de forma a tocar em seu ombro com o peito. — Como você conheceu a minha irmã?

Através da camiseta, ele sentiu o corpo quente dela e ficou imóvel.

— Nós nos conhecemos em uma festa.

— Em uma festa? A Daphne? Que gracinha.

Truman não respondeu. *Gracinha* não era uma palavra que ele costumasse usar para descrever algo. Mas parecia adequada a Daphne.

— E você? — disse ela, inclinando-se para mais perto e manuseando o terço. — Você parece solitário, como se estivesse precisando de um beijo.

Ele sacudiu a cabeça e se afastou um pouco. Queria brigar com ela, lembrar-lhe que sua irmã tinha acabado de morrer e que agora não era o momento de ficar procurando caras em bares, mas até a reação de Daphne à notícia dada por Moloch fora mínima.

E a verdade era que Truman não tinha certeza se entendera a conversa. Ele sabia que eles estavam falando de alguém que morrera — fora assassinado, talvez —, mas os três pareceram estranhamente despreocupados.

— Deixe-me contar um segredo a você. — Os lábios de Myra se moveram devagar, quase tocando o pescoço dele. — Garotas como eu... Nós somos muito boas em fazer as pessoas se sentirem melhor. Encontramos a dor e a eliminamos.

— Por que você está falando comigo, antes de qualquer coisa? Quer dizer, o que você tem a ganhar com isso?

— Talvez nada. Talvez seja só por você. — Seus lábios estavam insuportavelmente cálidos na orelha dele. — Eu sei que você quer se livrar de alguma coisa... de todos os sentimentos, as memórias.

— Até parece que você sabe alguma coisa sobre isso...

Myra sorriu de forma astuciosa. Então, fechou os olhos e moveu a boca pelo pescoço dele, inalando profundamente, como se o estivesse cheirando. — Linóleo. Bebida, mofo, sabão. E água. Sinto cheiro de água e de alguma coisa negra e enjoada por baixo. — Ela abriu os olhos novamente. — Culpa?

Truman fitou a parede de garrafas atrás do bar e não respondeu. Era perturbador pensar que ela podia ver a culpa só de olhar para ele.

— E você cheira um pouco à morte. Não muito, só um pouco. — Ela indicou alguns centímetros com os dedos. — Só este tantinho. — Então, passou a língua pelos lábios e seus olhos se arregalaram com certo fascínio. — Ah, alcoolismo... Isso é ótimo.

— Não sou alcoólatra.

ENTRE MUNDOS

Ela se aproximou mais, passando a ponta da língua pelo lábio inferior, como se estivesse provando o ar perto do rosto dele.

— Bem, ainda não. Não exatamente. Mas está a caminho. Seis meses... um ano, talvez. A Deirdre teria adorado você. Ela sempre teve uma queda pelo vício.

Myra pousou a mão no joelho dele, pressionando a boca contra sua orelha.

— Deixe-me tirar isso de você — sussurrou ela. — Você não quer nada disso. Só vai machucá-lo e continuar machucando. Deixe-me tirar tudo, e você jamais terá de sentir novamente. — Sua respiração era elétrica no pescoço dele.

E, por um momento excruciante, Truman quis dizer sim. A palavra estava ali. Ele podia senti-la se formando em sua boca.

Então, olhou além dela. Daphne ainda estava sentada à mesa do canto, parcialmente nas sombras, com Moloch. Seu rosto estava virado para ele, e ela parecia muito deslocada no clube escuro e sujo. Parecia limpa demais.

A sensação da mão de Myra em sua nuca se transformou, de repente, na mesma de quando Daphne o havia tocado na noite anterior. Segurando-o no banheiro de Dio. Na plataforma de trem. Na rua. Sua mão na testa dele, na parte interna de seus braços. Segurando-o de novo, sempre, independentemente de quão arruinado, complicado e patético ele fosse. Myra estava acariciando seu ombro quando ele se levantou, abruptamente.

Atravessou a pista de dança até o canto, sem olhar para trás.

* * *

Do lado de fora do trem, a cidade passava em flashes, escura, iluminada, escura. Os fantasmas dos arranha-céus se erguiam no horizonte, mas Truman ignorou as formas insubstanciais e se concentrou em seu próprio reflexo.

— Qual é a sua parada? — perguntou Daphne, ainda olhando pela janela.

Ele deu de ombros, sentindo-se desajeitado.

— Ainda vai demorar um pouco. Quer dizer, eu ainda tenho que voltar na direção contrária.

Daphne virou-se para ele com os olhos arregalados e surpresos.

— Você vai comigo?

Ele assentiu.

— Achei melhor você não voltar para o seu hotel sozinha. Achei que seria mais seguro.

A decisão não tinha sido tão consciente assim, no entanto. Eles tinham saído do clube e caminhado pelo bairro em ruínas até a estação de trem, e, em vez de se despedir, ele simplesmente entrara no trem com Daphne, totalmente ciente de estar indo na direção errada.

Talvez fizera aquilo para compensar o fato de quase tê-la abandonado. Tudo o que aprendera na igreja indicava que os anjos fossem a definição da bondade. Não se deveria sequer pensar em ficar contra eles. Mas Obie também era bom, e disso ele tinha certeza absoluta.

A seu lado, Daphne estava quieta, olhando fixamente para as próprias mãos.

— O que aconteceu com Deirdre? — perguntou ele, olhando para o rosto de Daphne. Era difícil saber se a pergunta era ruim... ou se ao menos a incomodava.

Ela levou um segundo para responder, entrelaçando as mãos no colo.

— Ela morreu. Moloch me disse hoje que alguns osseiros encontraram um corpo, mas que ele não sabia de quem era. Acho que eles não puderam identificá-la imediatamente. Ela estava... muito mutilada.

— Ah. — Ele não era exatamente um expert em lidar com o luto; compreendia a tentação de fingir estar acima de tudo de forma tão obstinada e rebelde porque a ideia de enfrentar a situação doía demais, mas a calma de Daphne beirava a catatonia. — Você está bem?

Ela respirou fundo e disse, com uma compostura assustadora:

— Fico dizendo a mim mesma que tudo ficará bem. Que isso foi apenas uma ocorrência inusitada e que, se Obie estivesse morto, eu saberia. Alguém já teria encontrado um corpo. — Ela olhou para ele como se o desafiasse a discordar. — Haveria um corpo.

Truman não discutiu. Ele se inclinou para frente, entrelaçando as mãos e tentando pensar em algo a dizer. A versão de luto de Myra tinha sido dramática e praticamente falsa, enquanto que, sob a calma assustadora, a de Daphne era nítida, desorientada e absolutamente real.

Ele queria estender os braços e abraçá-la. Ela parecia perdida, como se precisasse que alguém lhe dissesse que tudo ficaria bem. Mas Truman não era estúpido. Sabia que as palavras podiam ser inúteis. Sabia que, mesmo quando você queria, mais do que tudo, ouvir alguém dizer que entendia seus sentimentos, aquilo não fazia você se sentir melhor. Não verdadeiramente.

— Quando minha mãe morreu... — Sua voz soou rouca e ele pigarreou, começando novamente: — Quando ela morreu, a única coisa que me ajudava era saber que todos os meus momentos e lembranças com ela... Que eu ainda os tinha. Ninguém poderia tirá-los de mim.

Daphne olhou para ele, e seu rosto estava quase insuportavelmente vulnerável.

— Você vai me contar como ela era?

— O que há para contar? Quer dizer, ela era a minha mãe.

— Ela era uma pessoa, no entanto. As pessoas são diferentes. Ela deve ter sido única, ter tido suas preferências e maneirismos. — Os olhos de Daphne estavam fixos na janela comprida diante deles, fitando o vidro como se estivesse vendo algo além de seu próprio reflexo ondulante.

Truman assentiu, tentando reunir os detalhes que evocariam a imagem da sua mãe, precisa e completa, mas, mesmo antes de falar, sabia que soaria apenas trivial e desinteressante.

— Ela era caixa de banco. Até gostava do emprego, acho. Ela podia ser muito engraçada, às vezes. Gostava de livros sobre a China e o Japão e sobre a Guerra Civil. Fazia panquecas gostosas. — Sua voz falhou, e ele reclinou a cabeça, cobrindo o rosto com as mãos — Jesus, parece tão *besta*.

— Ela amava você?

Ele assentiu contra o vidro da janela.

— Amava, sim. — Sua voz estava rouca e abafada pelas mãos. Ele parecia outra pessoa.

— Como você sabe?

— Ela me disse.

— Muitas vezes?

— O suficiente.

— Você tem sorte.

Ele deixou as mãos caírem e olhou para Daphne.

— A sua mãe não ama você?

— Não — disse ela, e foi quase um sussurro. — Mas Obie me ama. É por isso que tenho que encontrá-lo.

Havia uma expressão magoada em seus olhos, uma dor tão profunda que Truman a sentiu no peito. Após um segundo, ele passou o braço pelo encosto do banco, mas não teve coragem suficiente para tocá-la.

Ela olhou para ele e não disse nada. Se Daphne fosse uma garota normal, ele podia ter passado o braço em volta dela e a puxado para perto ou sorrido com solidariedade, ou até mesmo dito a ela que, com o tempo, a dor da perda iria se atenuar. Mas Daphne não era uma garota normal, e ele podia mentir para um monte de gente, mas não podia mentir para ela. Não iria melhorar, só ficaria diferente.

CAPÍTULO DEZESSETE

O SONHO

As janelas do meu quarto no Arlington estão tão sujas que preciso limpar um círculo no vidro para poder enxergar lá fora. Não sei o que estou procurando. Monstros, talvez. A impiedosa matadora de irmãs. Lá embaixo, a rua está cheia de táxis.

Quando me viro, Truman está parado à porta aberta, olhando para o papel de parede descascado e os móveis empoeirados.

— Você está hospedada em um hotel de *meretrizes*?

Descalço as botas e me sento na cama.

— Não sei. O que é um hotel de meretrizes?

— Não... é nada. — Ele indica com um gesto as cortinas puídas, a colcha e a televisão parafusada. — Só que... não é muito limpo.

A revelação é pertinente, mas não é nenhuma surpresa. Nada em Chicago é muito limpo. O Arlington não é mais sujo que metade dos lugares que vi desde que cheguei à Terra, mas Truman parece relutante em entrar no quarto. Ele fica parado à porta, parecendo desorientado, como se estivesse esperando que alguém lhe dissesse o que fazer, mas eu também não sei o que dizer.

— Está tarde — digo, e como ele continua sem se mover, abaixo os olhos, puxando a colcha. — Talvez você devesse ficar aqui esta noite. Se quiser.

ENTRE MUNDOS

Por um segundo, Truman apenas fica parado, olhando ao redor como se estivesse analisando o carpete e a cama, como se estivesse considerando tudo o que faz com que aquele não seja seu próprio quarto. Então, ele entra e fecha a porta.

— Tenho uma escova de dentes — digo a ele, tentando fazê-lo se sentir em casa. — Você pode pegar emprestada, se quiser.

Ele apenas me olha. Então, sorri de leve, balançando a cabeça.

— Escovas de dentes não são coisas que se emprestem.

— Eu sei. Mas ainda não usei a minha, então está nova. Você pode ficar com ela.

— Obrigado. Na verdade, acho que vou aceitar sua oferta. — Ele passa a mão pelos cabelos, fazendo-os se arrepiarem. — Cara, provavelmente também vou precisar de um pente. Devo estar um caos, não?

A princípio, não sei como responder. Seus cabelos estão despenteados, mas limpos, e algo em seus olhos me faz lembrar neve derretida. Uma geleira ártica degelando. Eu poderia mergulhar neles.

Aquilo parece complicado demais, no entanto, e estou prestes a responder que ele está bem, quando ele olha para a televisão.

— Por que há uma toalha de banho sobre a TV?

— Minha... — começo a dizer *minha mãe*, e então percebo como aquilo parece ridículo. — Nenhum motivo. Estava me incomodando e eu tive que cobri-la. Você quer assistir a alguma coisa?

Ele fica parado ali, passando as mãos pelos cabelos e olhando para a televisão coberta como se estivesse realmente pensando em aceitar o convite. Então, balança a cabeça e dá meia-volta, arrancando o cobertor da cama e pegando um dos travesseiros.

197

— Não sei... Esta noite, não. Estou muito cansado.

Ele deixa o cobertor cair no chão e se senta no carpete, tirando os sapatos. Ao deitar-se, não tira a roupa, apenas se encolhe de lado, movendo-se no chão como se estivesse procurando uma posição mais confortável.

O abajur ao lado da cama emite um círculo lúgubre de luz. Após alguns minutos nos quais Truman não se move, tiro meu vestido e o dobro cuidadosamente, enrolo as meias para que não se separem. Minhas roupas íntimas são frágeis e antiquadas, feitas de seda e renda. Não se parecem com nada que minhas irmãs usariam, mas, mesmo assim me sinto constrangida, parada ali à luz do abajur. A combinação é quase transparente. São esses detalhes que, supostamente, os garotos acham instigantes, mas Truman nem olha. Ele se encolhe, com o cobertor puxado sobre a cabeça. Não está olhando quando apago a luz e me deito na cama, no escuro, de roupas íntimas. Se eu fosse Myra, meu corpo seria como um ímã, inevitável. Ele não usou minha escova de dentes.

Digo a mim mesma que não tem importância. Que somos apenas duas pessoas com a missão de encontrar alguém em perigo. Somos uma equipe de resgate, pura e simplesmente, e o desinteresse de Truman não faz nenhuma diferença. Sob as cobertas, fecho os olhos e pratico respirar. O hábito de adormecer é um que já estou aprendendo.

* * *

ENTRE MUNDOS

O mundo é feito de cromo e, mesmo no escuro, não há estrelas. Abaixo, a cidade se espalha, desolada e completamente negra.

— Você está sonhando — diz minha mãe atrás de mim, e sei que é verdade porque, embora ela possa contar histórias loucas e exageradas, nunca mente.

Estamos no topo do edifício Pináculo, num jardim que não é o dela. É feito de metal e de algo claro e liso que não existe em casa. Parece vidro.

O telhado inteiro está coberto de flores, flores de verdade, e, quando olho para cima, cravos caem em cascatas de um céu que deveria ser cor de laranja ou cinza, mas que apenas se assoma negro.

Quando me viro para encará-la, Lilith está parada diante do retrato de Azrael, que brilha num tom violento de vermelho na parede atrás dela. O brilho é tão forte que, a princípio, não consigo divisar o rosto dela. Então, ela se vira, olhando na direção do terminal, e vejo a linha conhecida de seu perfil.

— Algo está vindo pegar você — diz ela, contemplando a cidade escura. — E você nem sequer tem o bom senso de ter medo.

— O que é? — sussurro, porque sua expressão é pétrea demais para significar algo bom.

Ela abaixa a cabeça, deixando os cabelos caírem adiante como uma cortina sobre um palco, obscurecendo seu rosto.

— Azrael tem estado ocupado, e nenhum de vocês está a salvo, não agora que ele deu rédeas soltas a Terror Negro.

O céu arde, de repente, vermelho como rosas, iluminado por um resplendor muito mais forte que a fornalha. Mergulho as mãos nos bolsos do casaco, e eles estão cheios de flores. Quando tiro as mãos, pétalas soltas aderem a meus dedos. Violetas.

Sacudo-as das mãos e me aproximo mais.

— Ela está aqui em Chicago, não está? Foi ela quem matou Deirdre.

À minha volta, o ar está subitamente pesado, me pressionando. Flores explodem em chamas a meus pés. Estou atravessando o jardim em meio a lufadas de cinzas. O pó se acumula sobre minhas botas, e minha mãe não precisa responder para que eu saiba que é verdade.

— Ela pegou o Obie? Foi isso o que aconteceu com ele? — Mas, se isso tivesse ocorrido, eu não estaria procurando por ele agora. Ele já estaria morto.

Lilith apenas me dá as costas, olhando fixamente para as flores em chamas e para o jardim de vidro.

— Acho que entendo agora o seu talento — diz ela, sorrindo para as camadas de cinzas. — Nunca parei para pensar que talvez só pudesse se manifestar na Terra. Você já o descobriu?

A resposta parece óbvia e assinto.

— Posso queimar coisas ao tocá-las. Derreti algumas maçanetas e queimei um homem embaixo da ponte.

Ela ri, balançando a cabeça.

— Isso? Isso é só um truque barato. Metade da família é capaz de fazer isso. Acho que seu talento verdadeiro é muito mais complexo.

Quero perguntar por que ela é tão mais simpática no sonho, mas a pergunta é estúpida, porque sonhos não são reais. Ela agora estende a mão para mim, a expressão quase ansiosa, e eu recuo, repentinamente apavorada com o que ela vai dizer a seguir.

— Não quero machucá-lo — sussurro, balançando a cabeça, mas, mesmo ao dizer aquilo, não consigo evitar os pensamentos que penetram minha mente. Truman — suas mãos, seus olhos, seus braços, sua boca. Não quero ser essa coisa gananciosa, esfomeada e mercenária, caçando as pessoas que estão machucadas ou desesperadas demais para resistir.

Lilith se aproxima mais, pairando sobre mim, e seu sorriso é desdenhoso.

— Não estou falando sobre querer o ajuste. Você tem de lidar com isso, não se iluda, mas todas as suas irmãs também têm. Isso é algo muito mais excitante, algo que só pode se manifestar fora de Pandemonium. Agora, feche os olhos.

Reluto em desviar o olhar, mas faço o que ela diz, ficando imóvel, com os braços ao lado do corpo, esperando que ela me conte uma parábola ou faça algum truque que me mostre a natureza do meu dom. Em vez disso, sinto que ela me toca, segurando meu rosto entre as mãos. Com supremo cuidado, ela se inclina e beija cada uma das minhas pálpebras.

— Você não precisa tomar nada dele — sussurra ela. — Às vezes basta. Agora, ajude-o a voltar a dormir.

CAPÍTULO DEZOITO

DESEJO

Acordo de repente. Como se um cobertor fosse tirado de cima de meu rosto, acontece de uma só vez. No meu quarto de hotel, as luzes da rua formam desenhos ondulados nas paredes.

— Daphne. — A voz é hesitante, abafada.

Demoro dias ou horas ou segundos para perceber que alguém está falando comigo e, quando rolo na cama, ainda estou meio adormecida.

— Daphne. — Truman se inclina sobre a cama.

— O que foi? — pergunto, sentando-me e apalpando à procura do abajur, mas não consigo encontrar o interruptor. — O que aconteceu?

— Posso dormir com você? — Apesar de o quarto estar escuro, ele desvia o rosto ao perguntar.

Quando levanto o cobertor, ele se deita a meu lado. Seu corpo inteiro está tremendo.

Após algum tempo, como ele não para de tremer, estendo o braço e o puxo para mais perto de mim. Ele ofega, mas permite. Lembro-me dele caindo no meu colo no banheiro, de como tremia e como as lágrimas escorriam de seus olhos. Agora, porém, está de costas para mim. Seus ombros são duros e, sob minhas mãos, sua camiseta está úmida.

— O que foi? — pergunto novamente, falando bem baixinho em seu pescoço.

— Eu estava sonhando. — Sua voz está seca e rouca, como se ele estivesse com sede. — Eu... estava tendo sonhos horríveis.

Há uma névoa de agitação à volta dele, algo quase palpável, e me afasto, mesmo não querendo. A sensação de tê-lo deitado a meu lado é quase dolorosamente tentadora, e sou tomada pelo mesmo desejo que senti na noite passada, quando me inclinei sobre ele em seu quarto. Quando o beijei.

Ficamos deitados juntos no centro afundado da cama e, mesmo sabendo que não é a coisa certa a fazer, abro a boca e inalo o ar que emana dele. Não um aroma ou um sabor, mas algo mais profundo. Quando o abraço, não me permito tocar seu pescoço com os lábios. Se o fizer, sentirei o gosto daquilo que o faz tremer. Irei bebê-lo de sua pele, como se fosse líquido, e isso seria inescrupuloso. Quando pressiono a testa contra as costas dele, a figura de sua dor é sedutora, quase visível. Ela o forma, diz a ele para se proteger, faz dele tudo aquilo que ele é. Ele precisa conservá-la.

Fecho os olhos contra a atração, resistindo à vontade de colocar a boca em sua pele. Fecho os olhos com tanta força que vejo pontos luminosos, como fagulhas — as brasas de sua tristeza.

Quando ele estremece, faz um ruído na garganta, como se algo estivesse desajustado e solto dentro dele, como a peça quebrada de uma máquina, retinindo e raspando. Aproximo-me mais dele no escuro, e, depois de algum tempo, sua respiração volta a ficar mais lenta.

2 DIAS 5 HORAS 10 MINUTOS

9 DE MARÇO

Com Daphne encolhida às costas dele, o tremor diminuiu um pouco. A cama era morna, e ele estava muito cansado. Olhou fixamente para o quarto escuro, lutando para ficar acordado.

Assim que fechou os olhos, no entanto, voltou imediatamente para um de seus pesadelos. Dessa vez, era o hospital. Ele estava parado diante de uma cama hospitalar com as mãos enfiadas inutilmente nos bolsos, e sua mãe estava morrendo.

— Olhe só para você — disse ela. Sua voz estava áspera, mas com uma espécie de orgulho feroz. — Ah, olhe para você, meu menino doce e corajoso.

Ele foi até ela, embora se sentisse em parte profundamente culpado pela repulsa que a ruína no rosto da mãe lhe causava. Ela não era a mesma de um mês atrás, e a doença se espalhara por tudo, sangue e ossos. Continuaria corroendo-a até que não restasse nada. Truman deixou que ela o tocasse, inclinando-se sobre a cama de hospital erguida.

— Truman — sussurrou ela. — Por favor, cuide-se.

E ele mentiu: afirmou e garantiu que iria se cuidar. Contra o juízo ou a razão, ele iria se cuidar. Os braços dela em volta do seu pescoço o apertavam demais.

ENTRE MUNDOS

— Por favor — disse ela novamente. — Só quero que você encontre algum tipo de salvação.

As palavras eram duras e não exatamente coerentes... um pouco desconexas e, depois, muito desconexas.

— Espere — sussurrou ele. — Do que você está falando? O que isso significa?

Mas ela não respondeu. Sua respiração ficou mais abafada e mais ruidosa, até que já não era mais sua mãe. Era o homem da sombra, agarrando-o rudemente pelo pescoço, mas, mesmo a centímetros de distância um do outro, Truman não conseguia ver seu rosto. Os únicos traços que não eram engolidos pela escuridão eram os olhos.

Acima deles, as luzes estouraram numa explosão de vidro e centelhas fluorescentes. No escuro, o homem o agarrou pelos pulsos, torcendo as mãos de Truman a fim de que as palmas ficassem viradas para cima.

— Você acha que é isto o que sua mãe queria para você? — As órbitas de seus olhos eram fundas, e, quando ele piscou, houve um brilho de luz fria e, depois, nada.

O hospital desapareceu subitamente, e, quando pôde distinguir novamente o cenário, eles estavam numa igreja mal-iluminada e Truman se sentiu meio sufocado pelo cheiro familiar de poeira e incenso velho.

O homem da sombra o encarava do outro lado do corredor central. Em cada lado havia fileiras e mais fileiras de bancos de madeira, esculpidos com santos e flores. O lugar estava iluminado apenas por velas, mas Truman podia perceber, pela forma como o ar à volta deles parecia ecoar, que era amplo e estava vazio.

— Você realmente deveria me ouvir — disse o homem num tom casual. — Estou tentando ajudá-lo.

Truman também o encarava, precisando muito ver como ele era. Se apenas pudesse ver o rosto do homem, tudo ficaria bem; mas, por mais que tentasse, não havia nada além de escuridão. Ele soltou o ar com desespero e frustração, e desviou o olhar.

Adiante, em um dos lados da plataforma do altar, uma mesa pesada fora empurrada contra a parede, e o coração de Truman deu um salto. A igreja não estava vazia, afinal.

Alguém estava deitado na mesa: um homem de pele pálida, com cabelos pretos e pés descalços. Estava vestindo calça jeans, camiseta e uma venda esfarrapada que cobria a maior parte de seu rosto. A princípio, foi difícil distinguir suas feições à luz trêmula das velas, mas Truman reconheceu os cabelos despenteados, o formato do queixo e do maxilar. Era Obie, mas não como Truman se lembrava dele. No hospital, seus cabelos eram desalinhados, mas limpos. Agora, estavam emaranhados e pareciam sujos. Seu rosto estava encovado, e o queixo, escuro com a barba por fazer. Seus braços estavam cobertos de cortes superficiais, e seus pulsos estavam amarrados com arame e presos a um anel de metal acima da cabeça. As mãos estavam ensanguentadas onde o arame se afundara na pele.

Sem pensar, Truman se lançou na direção da plataforma, mas o homem da sombra o deteve, com a mão em seu peito, e o empurrou para trás.

ENTRE MUNDOS

Truman cambaleou, então recuperou o equilíbrio, sem fôlego.

— O que você está fazendo com ele?

— Só o que ele merece, pode acreditar. Portanto, deixe que eu me preocupe com ele. Você e eu temos nossos próprios problemas para resolver.

Truman sacudiu a cabeça, ainda olhando para o outro lado da igreja, onde Obie jazia imóvel sobre a mesa.

— Por favor, não quero ficar aqui. Isso não está certo!

O homem o pegou pelo pulso, apertando com força, falando bem perto de seu rosto:

— Não, *não está* certo, mas estou preso a você, e você está preso a mim.

— Como assim, preso?

— Pare de se debater e escute. Primeiro, quero que você fique longe daquele diabinho nojento.

— O quê? — Truman lutou para soltar a mão. — Você está falando da Daphne?

O homem da sombra sorriu e o brilho pálido de seus dentes à meia-luz fez Truman estremecer.

— Estou aqui para salvar você.

Truman engoliu em seco, mas parou de lutar.

— Para me salvar do *quê*?

O homem correu um dedo pela parte interna do antebraço de Truman e, ao fazê-lo, o sangue surgiu numa linha fina ao longo de suas cicatrizes.

— Você tem o que poucas pessoas neste mundo irão receber: uma segunda chance. E agora quer jogá-la fora porque uma garota má lhe dirigiu um olhar enviesado? Bem, estou aqui para garantir que você tenha uma vida direita dessa vez.

Truman balançou a cabeça, olhando além do homem da sombra para a figura sobre a mesa. Obie jazia perfeitamente imóvel e, de vez em quando, algumas gotas de sangue pingavam no chão, escorrendo dos cortes superficiais em suas mãos.

O homem da sombra se aproximou mais, tão perto que seu nariz quase tocou o de Truman.

— Preste *atenção*. Estamos presos um ao outro e sugiro que ambos tiremos o melhor proveito disso.

Sem qualquer aviso, ele deu um tapa no rosto de Truman.

* * *

Truman despertou no escuro e não conseguia respirar. Ao lado dele, Daphne emitia ruídos confusos e ansiosos, e ele percebeu que estavam de mãos dadas, os dedos entrelaçados. Seu rosto latejava onde o homem da sombra o estapeara. O interior de seus pulsos parecia em carne viva.

— Onde era? — resmungou Daphne ao lado dele. — Era aqui ou onde nós estávamos?

Ele se sentou na cama, soltando sua mão da dela.

— Não é nada — disse ele, passando as mãos pelo rosto e fechando os olhos com força. — Você está falando enquanto dorme. Está tudo bem. — Sua voz parecia seca e rouca, no entanto, e ele tinha bastante certeza de que nada estava bem.

ENTRE MUNDOS

Daphne se levantou num cotovelo e estendeu a mão para ele, puxando-o de volta para o colchão.

— Não tenha medo — disse ela num sussurro vago e sonolento.

— Só vou aspirar todas as coisas ruins. Mas só um pouquinho... só porque é bom. Não vou machucar você.

— O quê? — disse Truman, tentando clarear as ideias.

Ele sentia como se nunca mais fosse dormir, mas, quando ela pousou a mão em seu braço, ele se deitou, deixando-a se aproximar dele e abraçá-lo. Querendo que ela o fizesse.

— Você não precisa ficar com medo — disse ela novamente e bocejou.

Ela pressionou o corpo contra as costas dele, passando um braço sobre seus ombros. Sua respiração no pescoço dele era morna. Sem pensar, ele pegou a mão dela, apertando-a junto ao peito. Aquele toque o fez sentir-se estranhamente calmo. A onda fria de pânico estava retrocedendo. Ele ficou deitado perto dela, fechou os olhos e, dessa vez, o sono foi profundo e sem sonhos.

CAPÍTULO DEZENOVE

DEPÓSITO ASHER

De manhã, tomamos o trem para o sul e nos sentamos de costas para as janelas.

Estou ciente da advertência de minha mãe, de que a Terror Negro está à solta, em algum lugar, mas parece improvável que ela ataque durante o dia. Ainda assim, fico nervosa por não ver o que está atrás de mim e me viro, ajoelhando-me no banco e grudando o nariz no vidro. Lá fora, a cidade passa a uma velocidade fantástica.

Minha lembrança da noite anterior é fragmentada, e olho para o cenário que passa lá fora pensando em sonhos, profecias e visões. Depois que Truman se deitou na cama comigo, caí novamente no sono e, ao fazê-lo, sonhei com Obie. A recordação é apenas um amontoado incoerente de imagens, mas, quanto mais me concentro, mais clara ela se torna: a mesa pesada de madeira, as velas e a igreja. Só que, quanto mais penso a respeito, maior é a sensação incômoda de que o sonho não era meu. A cena parecia fixa, como se eu estivesse assistindo a algo na televisão. Mesmo querendo, não conseguia virar a cabeça. Não se parecia nem um pouco com o sonho com a minha mãe no telhado.

Ao meu lado, Truman está mais calado que o normal.

ENTRE MUNDOS

Volto a me sentar no banco, tentando pensar numa maneira de abordar o assunto de um sonho que não é meu.

— Você estava tendo pesadelos a noite passada?

Ele ri baixinho, balançando a cabeça. Seus cabelos estão despenteados, caindo nos olhos, e não os afasto, embora queira fazê-lo.

— Você nem imagina.

Mas ontem à noite, quando fiquei em frente a Lilith no jardim do meu sonho, ela disse que meu talento inato era do tipo que só pode se manifestar na Terra, então acho que posso, sim, imaginar.

— Isso vai parecer estranho — digo a Truman.

— E o que é que não parece?

— Ontem à noite, depois que você se deitou comigo, acho que sonhei o seu sonho.

Truman ri novamente, mas sua expressão é cética.

— Daphne, as pessoas não sonham os sonhos das outras.

— Acho que eu, sim. Pelo menos, acho que posso ter sonhado o seu. Eu vi você lá, numa igreja escura, parado ao lado do meu irmão.

Por um momento, Truman não diz nada. Então ele se vira para me encarar.

— Como você sabe que sonhei com Obie?

— Já disse, eu também sonhei. Acho que precisamos encontrar aquela igreja.

— O quê? — Ele pareceu confuso. — Como assim, encontrá-la? Era um sonho. Sonhos não são a vida real.

— Sim, mas esse não foi como os outros sonhos. Parecia... sólido. E havia um homem lá, e um cheiro morno, empoeirado, e móveis.

Acho que é um lugar real... em algum lugar no mundo. Agora só temos de encontrá-lo.

A perspectiva de ter uma missão me traz alívio. É alcançável e, apesar do perigo e da dificuldade, não posso evitar sorrir. Essa é a primeira indicação que temos da localização de Obie, e eu não teria conseguido vê-la sem a ajuda de Truman.

Truman não sorri de volta.

— Olha, preciso que você entenda uma coisa — diz ele e parece tenso e exausto. — Toda noite eu sonho coisas loucas, horríveis, então acordo e faço o possível para me convencer de que não são reais, porque, se forem, a situação é muito pior do que simplesmente ter um parafuso solto na cabeça. Sonhei que seu irmão estava sobre uma mesa, amarrado e sangrando. E você está me dizendo que, se isso for verdade, é algo bom?

— Sim — digo, embora bom não seja precisamente a palavra certa. — Significaria que ele está por aí, em algum lugar. Significa sabermos que ele não está morto e, se não está morto, então podemos resgatá-lo.

Truman me encara com descrença.

— Como?

— Ainda não sei, mas tem de haver uma maneira. Talvez a chave de Obie possa nos ajudar.

— Daphne — diz Truman. — É só uma chave. O mundo não está cheio de pistas, só está cheio de coisas.

Não respondo, apenas olho fixamente pela janela, pensando na igreja e a que a chave pode nos conduzir. Sei que é algo importante.

Sei que estou certa.

ENTRE MUNDOS

* * *

O depósito fica de frente para uma estrada, com armazéns em ambos os lados da rua. Há uma corrente cercando a área e um portão. Um homem está sentado numa cabinezinha ao lado, de macacão azul e lendo uma revista.

Quando nos aproximamos do guichê, ele abaixa a revista, parecendo profundamente desinteressado.

— Pois não?

Estendo a chave de metal.

— Queremos ver essa unidade de depósito, por favor.

Por um momento, ele apenas olha para mim como se estivesse esperando alguma coisa. Então, ergue as sobrancelhas e estende a mão.

— Você está com o seu cartão de acesso?

— Não — digo, ainda oferecendo a chave, mas ele não a pega.

Truman se coloca na minha frente.

— Olha, nossa mãe nos pediu que pegássemos umas coisas. Eu sei que é contra as regras, mas quebre o galho. Não é nada de mais.

A princípio, fico confusa com seu tom seguro. É óbvio que não somos parentes. Quando o homem nos compara, posso ver que está hesitando. Duvidando. Então, Truman sorri para ele, um sorriso de verdade, amplo e sincero. Mesmo sabendo que é só uma forma de fazer o homem confiar nele, o sorriso faz algo disparar no meu peito.

— Você precisa ter mais cuidado — diz ele baixinho quando passamos pela cabine. — Precisa parar de dizer a verdade o tempo todo, para todo mundo.

Passamos por corredores formados por fileiras e mais fileiras de pequenas garagens. Todas têm portas corrediças de alumínio na frente, com articulações parecidas com armaduras, como as seções da barriga de uma cobra. No número 206, paramos.

— Como funciona? — pergunto, olhando para a porta. É lisa, larga e sem janelas.

Truman tira a chave da minha mão e se abaixa, indicando uma fechadura discreta na parte de baixo. Quando ele experimenta a chave, ela gira com um rangido. Ele se levanta novamente, e a porta sobe com estardalhaço, revelando um galpão escuro de concreto.

— Assim.

O galpão é pequeno, mas está abarrotado de coisas. Há caixas de papelão por toda parte. Um violão acústico está encostado à parede, com as cordas arrebentadas se enrolando no braço. Tudo parece solitário e sem uso. Desolado. Quando entramos, a poeira se levanta em nuvens aos nossos pés.

Ergo as abas de uma das caixas e vejo um globo de neve rachado, um exemplar do livro de anatomia de Grey. Roupas. Vestidos de algodão e sapatos de tiras, pentes e fivelas de cabelo cobertos por flores esmaltadas. Os sapatos e vestidos devem ser da namorada de Obie. Elizabeth, a mulher por quem ele deixou Pandemonium.

Truman está parado à entrada, parecendo cético.

— É isso? Viemos até aqui enquanto poderíamos ter simplesmente procurado por um bazar de coisas usadas?

— Isso tudo é do apartamento. São todas as coisas que deveriam estar lá.

ENTRE MUNDOS

O violão, os livros de medicina e botânica, o suéter listrado de preto e cinza. São coisas de Obie. Isso é o que restou da nova vida do meu irmão, amontoado e empilhado nos cantos de um minúsculo galpão de cimento.

Pego uma das fivelas, virándo-a nos dedos. É bonita, mas barata. Comparada às peças produzidas lá em casa, não é algo que alguém usaria; está cheia de rebarbas e irregularidades, com a solda malfeita. Algumas das pedras vão se soltar. Vai parecer quebrada, temporária e usada. A mulher que for sua dona vai jogá-la fora, conseguir outra. Coloco-a de volta no lugar e me pergunto onde essa mulher deve estar agora.

Então, dos fundos do galpão, escuto um barulho, baixo e quase furtivo. Algo está sibilando nas sombras, e não sou eu nem é o Truman. Abro caminho até lá, a poeira se levantando em volta das minhas botas a cada passo. Pó e mais pó, uma caixa de papelão nas sombras, com as abas amarrotadas, abertas. O ruído está vindo da abertura escura.

— Ratos — diz Truman atrás de mim. — Provavelmente um ninho. Tome cuidado — continua, e então percebo que ele não acredita que sejam ratos, mas algo maior, ou pior. Ele agarra minha manga quando me aproximo mais. A sensação é inesperada, e então meu braço se solta de sua mão.

Diante de mim, a caixa ressoa baixinho, tremendo na luz baça. Ajoelho-me no chão, afastando as abas para olhar dentro.

Há um bebê sentado no fundo.

Apenas um bebê, piscando para mim com olhos que parecem de alumínio. Seu rosto é uma lua cheia, gorducha e pálida, emoldurada pelo profundo negro de seus cabelos. Ele me estende mãozinhas minúsculas. As unhas são do tom prateado frio do cromo.

É um demônio.

— Ai, meu Deus — sussurra Truman, olhando para dentro da caixa. Ele está agachado no chão ao meu lado, olhando fixamente, como se estivesse esperando que uma bomba explodisse.

— Deus, não — sussurra o bebê numa voz estranha, entrecortada, tão empoeirada quanto o galpão. — Meu nome é Raymie.

É chocante ouvi-la falar. Na cidade de Pandemonium, já vi muitas coisas, mas isso nunca.

Não me lembro de ter crescido nem de como vim a existir. Minha memória não chega tão longe. Tudo que sei é que demônios nascem do caos. Nascem da raiva, do sangue ou do fogo, ou de água benta estragada. Nascem de ovos. Vêm ao mundo como fios de fumaça em formas grotescas que se fragmentam e multiplicam. Há todo tipo de origens, formas diferentes de nascer, mas a única história que já ouvi que, de fato, mencionasse um bebê é a história do meu irmão.

Na caixa de papelão, a criança olha pacientemente para mim. Quando ela levanta os braços, abaixo para pegá-la.

Ao meu lado, Truman está agachado como se em dúvida entre sair correndo ou não.

— Espere. — Ele age como se fosse agarrar minha manga, mas não o faz. Não me diz pelo que esperar.

Tiro o bebê da caixa. Ela está embrulhada num pedaço de tecido velho de algodão, cheio de poeira. É fria e pesada.

— Quem é você? — pergunta ela, a boca cheia de dentes cinzentos afiados. Quando ela os mostra, Truman engasga.

— Daphne — digo a ela, segurando-a contra mim, tocando em seus cabelos. Minha mão volta coberta de teias de aranha, e entendo que foi por isso que meu irmão teve de partir. Ele fez a escolha quando soube que iria ser pai.

Raymie leva três dedos à boca e os chupa. Por baixo do tecido de algodão, ela está enrolada em plástico preto. Há buracos para seus braços e fita adesiva cinza no pescoço, para manter a parte de cima fechada.

Fico de pé, segurando-a junto ao peito.

— Vou tirar você daqui — digo. — Precisamos limpá-la e lhe conseguir comida.

Quando vamos em direção à porta, porém, Raymie começa a se contorcer, o plástico se amarrotando contra mim conforme se move.

— Não — diz ela em sua voz fina e esganiçada. — Não, não deixe minha cama aqui.

— Pegue a caixa, por favor — digo a Truman.

Ele começa a falar, e acho que vai fazer alguma objeção, mas se abaixa e pega a caixa pela aba. Abre a parte de baixo, desmonta a caixa e a dobra ao meio novamente, sem olhar para mim ou para o bebê.

Quando estamos na estrada, porém, ele se vira para mim. Seu olhar é impotente e um pouco chocado.

— O que vamos fazer agora?

— Fazer? Não entendo o que você quer dizer.

— O que vamos *fazer*? Como vamos cuidar dela? Ela é um bebê. — Ele mede o tamanho de Raymie com as mãos. — Não sei nada sobre bebês e acho que você também não sabe. Ela precisa de roupas.

— Já está vestida.

— Daphne, ela está usando um saco de lixo.

Raymie está tão suja que deixa manchas na parte interna dos meus braços e na frente da minha blusa. Ela não para de chupar os dedos, que estão cinzentos de pó.

* * *

No Hotel Arlington, encho a banheira de água e misturo um pouco de sabonete. Quando peço a Truman que corte o saco de lixo de Raymie, ele me dirige um olhar vacilante.

Uso a faca do ladrão para cortar a fita adesiva cinza no pescoço dela. O plástico cai em camadas, e eu a mergulho na banheira. Seu rosto se submerge na água por um instante e, então, volta a surgir rapidamente. Ela pisca depressa conforme a água escorre por seus olhos.

— Jesus, tome *cuidado* — diz Truman. — Você vai afogá-la.

Mas Raymie está sentada agora, indiferente.

— O que é isso? — pergunta, batendo a mão na água, nas bolhas, no vapor.

— Isso chama-se banho. É água e sabão. Você gosta?

Ela assente, batendo palmas nas espumas brancas de sabão e vendo as bolhas estourarem. Em seu rosto há uma expressão de profunda concentração.

ENTRE MUNDOS

— Será Raymie deveria ter outros bebês com quem brincar? — pergunto a Truman. — Podemos encontrar pessoas que têm bebês.

Truman começa a falar, então para novamente, como se estivesse tentando pensar em como explicar algo.

— Raymie tem a boca cheia de dentes metálicos e um vocabulário melhor do que a maioria dos meus amigos. Ela não quer brincar com outros bebês e, mesmo que quisesse, os outros bebês não vão querer brincar com ela.

— Isso é difícil. Não sei bem como cuidar de um bebê.

— Nem eu — diz ele, dirigindo-me um olhar demorado. — Que bom, então, que Raymie não seja exatamente um bebê de verdade.

— Não sou um bebê? — pergunta Raymie, pegando um punhado de bolhas e tentando comer.

— Não, você é — digo a ela. — Só que é de um tipo diferente. Especial.

Ela olha para mim com espuma pingando do queixo. Então, assente.

— Especial — repete, como se a ideia lhe agradasse.

Seus cabelos se arrepiam loucamente em volta do rosto, e ela é pálida e encardida, mas sólida. A sujeira em sua pele faz com que pareça abandonada, até mesmo descartada, mas não parece faminta.

— Raymie — digo, limpando seu rosto com uma toalhinha. — Você sabe contar? Tipo, um, dois, três, quatro?

Truman nos observa como se houvéssemos enlouquecido, mas Raymie faz que sim com a cabeça.

— Posso contar como na música: um, dois, feijão com arroz, três, quatro, feijão no prato.

— Você sabe quanto tempo ficou no depósito, então? Quantos dias?

Raymie balança a cabeça.

— Ficou escuro o tempo todo, como uma longa noite.

— Natal — diz Truman de repente, e ambas olhamos para ele. — As luzes de Natal ainda estavam instaladas quando você entrou no depósito?

— Não — diz ela, com uma convicção séria. — As luzes já tinham desaparecido.

Truman assente.

— Está bem, e quanto a corações?

Raymie olha para mim e fecha a cara.

— O coração é um músculo — responde. — Tem quatro câmaras: dois átrios e dois ventrículos. Bombeia sangue com oxigênio e sem oxigênio. — E, contra isso, não posso argumentar.

Mas Truman balança a cabeça e levanta as mãos, unindo-as com os polegares apontando para baixo e os outros dedos curvados.

— Assim — diz ele.

Raymie observa suas mãos, ainda séria.

— Isso não é um coração, é um símbolo para os namorados.

— Está bem. Mas havia símbolos como este quando alguém colocou você no depósito?

Ela assente e eu sorrio com animação. Estou esperando que continue falando quando Truman se vira e sai do banheiro minúsculo.

ENTRE MUNDOS

Ele se senta na cama, passando as mãos pelos cabelos e fitando a parede.

— Jesus — diz ele numa voz baixa, seca, como se as palavras estivessem presas em seu peito. — Isso nem sequer é possível. Ela ficou lá durante quase um mês, sem comida nem água. Como pode ser?

— Bem, ela é um demônio — digo a ele, inclinando-me para falar pela abertura da porta. — É quase impossível nos matar por condições adversas ou negligência. Quer dizer, é preciso que você realmente nos queira ver mortos. Nesse caso, ela apenas parece ter sido ignorada por um tempo.

Raymie assente de forma decidida e empilha bolhas no alto de sua cabeça, como se fosse um chapéu.

— Quem colocou você no depósito? — pergunto a ela, fazendo uma concha com as mãos e despejando água sobre ela para tirar o sabão.

— Minha mãe. — Ela esfrega os olhos. — Ela me disse que eu ficaria em segurança e que deveria esperar meu pai. Mas ele não apareceu.

Alguma coisa está zumbindo de forma incômoda no meu peito. Bate contra minhas costelas como se fosse um pássaro e me ajoelho ao lado da banheira, olhando para ela.

Se eu não houvesse encontrado a chave, ela ainda estaria sentada lá no escuro e no frio, esperando pelo pai. Quanto tempo? Talvez para sempre. Imagino a mãe de Raymie, levando-a até o Depósito Asher, acomodando-a para esperar por um homem que não pode vir buscá-la, porque está amarrado a uma mesa numa igreja escura.

221

Tenho uma litania de histórias tranquilizadoras, coisas que digo a mim mesma: que a situação não é totalmente desesperadora e que o sonho de Truman é definitivamente prova de que meu irmão ainda está bem. Mas, no fundo, sei que Truman pode estar certo. Um sonho não substitui a vida real. Talvez Raymie não seja uma pista, afinal, só uma complicação.

— Quero me vestir de novo — diz ela.

Seu saco plástico está em pedaços no chão e não posso colocá-lo novamente. Na minha cabeça, faço uma lista de todas as coisas de que preciso: sabonete e xampu, roupas para Raymie e para Truman, e a lista faz tudo parecer ordenado. O mundo parece estar entrando nos eixos.

— Vou fazer umas compras — digo a Truman. — Raymie precisa de roupas e vou comprar uma escova de dentes, algumas meias e camisas para você. De que mais você precisa?

Ele sorri para mim e balança a cabeça. Seus olhos estão muito azuis.

— Nada. Não compre nada para mim.

— Mas você precisa de algumas coisas. Vou comprar um pente, pelo menos. Consegue pensar em mais alguma coisa?

— Sim — diz ele, acenando com a cabeça para Raymie. — Sim. Talvez um brinquedo?

CAPÍTULO VINTE
O ROSÁRIO

Encontro uma farmácia sem muita dificuldade e percorro os corredores, escolhendo produtos e colocando-os numa cesta de plástico. A loja está praticamente vazia, e as luzes no teto são fosforescentes e implacáveis. O lugar todo cheira a produto de limpeza.

Encontro pijamas para Raymie, uma escova de dentes para Truman e um coelho branco de pano com olhos de botões pretos. A ordem das prateleiras é reconfortante e me ajuda a pensar. Quando termino de comparar os benefícios relativos de dois bonezinhos para proteger do sol, decido que não tenho outra escolha a não ser sair de Chicago.

Está escuro quando começo a voltar para o hotel, e a rua é um mar de postes e sinais de trânsito. Fico incomodada por perceber como me tornei ansiosa. Sinto-me agitada e com os nervos à flor da pele. Cada sombra de cada prédio poderia esconder a forma monstruosa da Terror Negro.

Abro a porta de nosso quarto no Arlington, Truman está sentado na cama com Raymie. Eles assistem à televisão, e ele a segura na dobra do braço e explica sobre os peixes, como eles vivem embaixo d'água. Há uma toalha em volta dela, como um ninho.

Coloco as sacolas de compras sobre a cama.

— Ei, trouxe algumas coisas para vocês dois.

Truman coloca Raymie sobre o travesseiro, enrolada em sua toalha, e começa a remexer as sacolas, examinando uma bolsa preta, com alças de ombros. Ele segura um macacão de bebê macio com mangas compridas e pezinhos.

— Você gosta? — pergunta ele a Raymie.

— Talvez. O que é isso? — Ela aponta para um aplique sintético de pato na frente. — Essa coisa amarela?

— Um pato — responde ele. — Você está me dizendo que sabe quantas câmaras tem um coração, mas não reconhece um pato quando o vê?

Raymie balança a cabeça.

— Meu pai entende de corações. Ele me contou sobre todos os tipos de músculos, sangue e ossos. Por que tem um pato aí?

— É um enfeite. Você sabe, algo divertido.

— Não. — Raymie balança a cabeça. — Não sei o que é divertido.

Truman fica de pé em frente a ela, ainda segurando o pijaminha amarelo.

— Então, quer colocar?

Ela olha para mim.

— Posso?

— Sim, foi por isso que comprei. — Tiro um pente de plástico da embalagem e o jogo dentro da minha bolsa preta. — Agora precisamos vestir você e arrumar nossas coisas.

Truman está lutando com o macacão amarelo, tentando tirar a etiqueta de preço, que está presa por uma cordinha plástica.

ENTRE MUNDOS

Eu o arranco de suas mãos e parto a cordinha com os dentes. Então, coloco Raymie no macacão, fecho o zíper e a ponho na cama. Olhando para si mesma, ela bate no aplique de pato com as duas mãos, então começa a remexer na pilha de compras.

— O que é isso? — Ela levanta um estojo pequeno de vinil.

— É um kit de costura — diz Truman. — Está vendo a tesourinha e todas essas linhas?

Raymie aperta o estojo ao peito, balançando para a frente e para trás.

— Não é um brinquedo — digo a ela, oferecendo o coelho. — É para o Truman consertar as roupas dele. Este coelho é para você.

Raymie analisa o coelho, vendo-o pender da minha mão. Quando o sacudo para ela, ela larga o kit de costura e o pega. Apertando-o à frente de seu pijaminha, ela morde o topo da cabeça do coelho. No entanto, ainda está olhando para o estojinho em cima da colcha.

— Você se divertiu assistindo à TV com Truman? — pergunto, separando as compras: uma pilha para Truman, outra para Raymie.

— Eu gosto dele — diz ela. — Ele está perdido, como a minha mãe.

Truman está examinando o pacote com quatro pares de meias e as camisetas, mas aquilo o faz erguer os olhos.

— O que isso significa? Do que ela está falando?

Apanho as escovas de dentes novas e guardo-as na minha bolsa.

— Nada. Não é importante. No momento, precisamos nos concentrar no nosso próximo passo. Sair da cidade.

— Você vai me levar junto? — pergunta Raymie, mordendo o coelho.

Olho fixamente para ela.

— É claro que sim. Não vou simplesmente abandonar você aqui.

— Na última vez, eu fiquei — diz ela. — Estávamos fingindo que íamos nos mudar, mas eu fiquei com as coisas. Minha mãe disse para esperar até alguém vir me buscar. Foi uma trapaça.

Ajoelho ao lado da cama para poder olhar diretamente em seu rosto.

— Sabe do que vocês estavam se escondendo, ou se era algo ruim?

Raymie fecha a cara, balançando a cabeça.

— Não sei o que era.

Truman me dirige um olhar penetrante, ainda segurando o pacote de meias.

— Ela acabou de passar pelo menos quatro semanas num depósito, a temperaturas abaixo de zero — diz ele em voz baixa. — Não comeu por um mês. Se a mãe dela achou que a melhor solução era colocá-la numa caixa de papelão e deixá-la lá, então, sim, era algo ruim. — Ele põe as meias em cima da cama, observando-me atentamente. — Talvez fosse a mesma coisa que matou Deirdre.

Sua expressão é desafiadora, como se estivesse esperando que eu lhe contasse todos os segredos da Terror Negro. Mas me sinto relutante em descrevê-la. De repente, até mesmo mencionar seu nome parece imprudente.

— Deirdre foi vítima de um ataque terrível — digo, mantendo a voz calma e objetiva. — Não sabemos quem ou o quê a matou.

— E quanto ao rosário? Myra disse que eles o encontraram no... — Sua voz vacila e, então, ele olha além de mim, na direção da janela. — Ela disse que estava com a sua irmã.

Lembro-me do comportamento nervoso de Myra no Clube Profeta, remexendo o objeto que Moloch lhe dera.

— Você está falando daquele cordão de contas?

— Sim, só que não era um cordão de contas. Quer dizer, eram *contas*, mas era um rosário.

A palavra é de origem latina e só levemente familiar. Conheço o significado, mas não o sentido.

— Você está dizendo que a coisa que matou Deirdre enfeitou o corpo dela com um artefato religioso?

Truman dá de ombros, parecendo se desculpar.

— Não é exatamente um artefato, é mais um acessório. Ou seja, são bastante comuns. As pessoas... Os católicos os utilizam na igreja o tempo todo.

Assim que ele diz aquilo, minha pele fica gelada e me vejo transportada de volta ao sonho com o meu irmão amarrado à mesa. Igreja. O rosário — o que quer que signifique, quem quer que o tenha deixado — veio de uma igreja. Por um momento, apenas fico olhando para ele. Meus olhos estão arregalados, secos e elétricos.

— Ei — diz ele, agarrando meu braço. — Por que você está com essa cara? Qual é o problema?

— Precisamos ir a Las Vegas — digo, obrigando-me a ficar quieta quando o que realmente quero é me soltar e começar a fazer as malas. — Myra está lá. Ela está com o rosário e talvez possa nos dizer o que significa. Deve ser alguma pista para encontrarmos Obie.

— Espere aí, como assim? Como é que nós vamos para Vegas?

— Vou desenhar uma porta de lançamento. Só precisamos de uma parede virada para o leste.

— Daphne, percebe que você é totalmente fora da realidade?

Apanho a bolsa preta da cama e a empurro para ele.

— Arrume suas coisas, por favor. Nós temos que ir.

Truman guarda as meias sem muita convicção. Atrás dele, Raymie continua sentada placidamente na cama, nos observando. Ele estende a mão para pegar o pacote de camisetas, mas se detém.

— Nós. Estou supondo que *nós* signifique você, eu e ela. Cristo, posso ver tantos problemas nisso. Não posso ir.

— Por que não?

— É que... é estranho demais e as aulas vão recomeçar e eu moro aqui e mal te conheço.

Quero lhe dizer que estou preocupada com ele. Que, por várias vezes, esteve perto demais de morrer, e que, se eu o deixar para trás, ele vai acabar conseguindo. Mas essa não é a única razão pela qual preciso trazê-lo comigo. Seus sonhos são cruciais, a única ligação com meu irmão, além de que ninguém na minha família tem qualquer conhecimento sobre artigos religiosos ou igrejas. Nenhum de nós está preparado para lidar com isso.

Desconfio de que eu precise dele quase tanto quanto ele de mim.

— Por favor, venha comigo — digo, e minha voz soa muito baixa. — Preciso da sua ajuda.

ENTRE MUNDOS

Ele respira fundo e desvia o olhar de mim para Raymie e de volta para mim.

— Posso pensar no assunto?

— Depende. Quanto tempo vai levar?

Ele leva a mão à boca, olhando para outro ponto.

— Daphne, isso é algo importante. Não posso simplesmente largar minha vida para trás. — Ele diz aquilo como se estivesse tentando me convencer, mas, quando volta a olhar para mim, seu rosto é estoico e resignado. Nós dois sabemos que ele pode, sim.

1 DIA 10 HORAS 10 MINUTOS

9 DE MARÇO

Daphne estava andando de um lado para o outro no quarto, reunindo as coisas sobre a cama e jogando-as em sua bolsa.

Truman a viu abrir um pacote de fivelas de plástico, deixá-las cair, apanhar a maior parte do chão e enfiar nos bolsos do casaco. Sentiu uma onda de solidariedade por essa nova versão de Daphne, uma versão inquieta e agitada. Seus olhos estavam arregalados e perdidos. Era um olhar que ele reconhecia: a expressão vidrada, de pânico, como se o quarto estivesse encolhendo.

— Daphne — disse ele, mantendo a voz baixa e calma. — Daphne, pare um pouco. Vai ficar tudo bem.

Ela parou de andar e olhou para ele. Seus olhos estavam arregalados, e ela respirava de forma rápida e superficial. Desviou o olhar e sussurrou:

— As coisas não estão nada bem.

— Sim, eu sei. Mas, só por um momento, vamos fingir que estão. Você sabe fazer isso?

Ela sacudiu a cabeça, ainda lhe dirigindo um olhar descontrolado e perplexo.

— Está bem, comece assim: pare de pensar a respeito do que quer que esteja abalando você.

ENTRE MUNDOS

Ela agarrou a bolsa com as duas mãos.

— E sobre o que devo pensar, então?

— Pense no que virá depois. Pense no que você precisa fazer para seguir em frente.

— É mesmo tão fácil assim?

— Sim — disse ele. Mas não era.

Enquanto Daphne estivera fora, ele passara a tarde toda tentando não pensar nela, sem sucesso. Era impossível não pensar nela, e pensar levava a outras coisas. Significava pensar na sua casa e em Charlie, no chão do banheiro de Dio e, antes daquilo, na banheira, no hospital e no irmão dela.

Finalmente, ele mordera o interior da bochecha, e aquilo ajudou um pouco. Então, sentou-se no chão de frente para a bebê, que ainda estava com os cabelos molhados e pingando, enrolada numa toalha de banho velha. Truman apoiou os cotovelos nos joelhos e os dois ficaram sentados, olhando um para o outro.

Ela não se parecia em nada com os bebês cujas mães moravam no complexo Avalon. Aqueles eram bebês grudentos, de aparência negligenciada. Viviam gritando ou chorando, sempre com o nariz vermelho e escorrendo. Raymie era séria. Esta era a única palavra adequada para ela: séria, um pouco severa e, agora, sem a camada de sujeira do depósito, muito limpa.

Eles ficaram sentados de frente um para o outro no carpete empoeirado, como se estivessem esperando alguma coisa. Truman precisava desesperadamente de um cigarro, mas, se algo fora insistentemente ensinado a ele, era que não se devia fumar perto de bebês.

Isso provavelmente valia, mesmo sendo um bebê esquisito que parece saído de um pesadelo, com dentes de metal.

— Então — disse ele, após uma longa pausa. — Obie é seu pai, certo?

Raymie assentiu solenemente.

— Você o conheceu?

— Sim, conheci.

— Você era um dos feridos?

— Não sei o que isso quer dizer.

— Feridos. Machucados, lastimados. É um processo no qual a pele é cortada ou rompida.

— Não, eu sei o que significa, mas não sei do que você está falando.

Raymie olhou para cima, piscando para ele.

— Ele ajudava pessoas, às vezes, no hospital. Elas estavam feridas. Ele ajudou você?

Truman olhou para ela.

— Sim — disse.

* * *

No hospital, haviam costurado Truman e fizeram transfusão de sangue. Deram-lhe uma medicação para a dor que deixava seus pulsos dormentes e seus sonhos, horríveis. A cirurgia o havia salvado, mas, antes do centro cirúrgico, Charlie o ajudara, arrastando-o para fora da água, estancando o sangue. Alexa o ajudara, com

ENTRE MUNDOS

o telefone no ouvido, falando rápido. Pessoalmente, Truman só tinha lembranças vagas de mãos, vozes, sirenes, uma máscara de oxigênio. Nada mais.

Sentira medo de muitas coisas: de ir para o Inferno e de arruinar a vida de Charlie. Medo de que sua mãe, vendo-o de algum lugar indeterminado, ficasse decepcionada e com vergonha dele. Medo de que a coisa toda fosse caótica, nojenta, débil e covarde, mas nunca, em nenhum momento, tivera medo de sobreviver. Naquela primeira noite, ficara deitado na cama reclinável do hospital e observara as batidas de seu coração subindo e descendo na tela escura.

Obie fora a seu quarto tarde da noite, em seu uniforme verde, oferecendo água num copo plástico. Foi Obie quem fez a coisa toda parecer muito mais real, e não os pontos em Truman, seu sangue na banheira ou a forma nauseante como o quarto parecia girar à sua volta.

— Então — disse ele naquela primeira noite, quando Truman ainda estava zonzo por causa da perda de sangue e dos analgésicos. — Pior dia da sua vida, né?

E Truman rira daquilo, porque alguma coisa estava se acumulando em seu peito e rir era, obviamente, mais fácil do que chorar. Então, começou a tossir.

Obie lhe ofereceu a água, balançando a cabeça quando Truman tentou levantar a mão para pegar o copo.

— Não faça isso — disse ele. — Vai abrir as suturas.

E segurou o copo enquanto Truman bebia por um canudo dobrável. Obie pousou a mão em seu ombro, e a sensação foi calorosa através do tecido do pijama hospitalar. Essa era a parte de que se lembrava melhor. De como, quando Obie o tocava, não doía.

— Vejo que você escolheu tentar o dessangramento. — A expressão em seu rosto fora astuta, sábia e muito triste. Então, ele sorriu e se virou, ocupando-se com os monitores e com o soro.

Ouvir *dessangramento* em voz alta foi como levar um soco no estômago. Truman começou a tossir novamente, e Obie foi até ele e acionou o botão que elevava a cama.

Truman fechou os olhos, e, quando voltou a abri-los, Obie ainda estava ali, parado ao lado da cama, olhando para ele. Os cabelos de Obie eram desgrenhados, mais compridos do que a maioria dos funcionários do sexo masculino usava. Ele tinha as mãos entrelaçadas às costas, como se estivesse esperando alguma coisa.

Truman estremeceu.

— Como estão meus braços?

— Você tem uma porção de cortes superficiais e alguns muito mais sérios. Teria morrido se seu padrasto tivesse parado para comprar um jornal ou qualquer outra coisa.

Truman desviou o olhar, observando o piso de linóleo e o papel de parede florido em tons pastel.

— Cadê o Charlie?

— Não sei. Em casa, talvez. — Obie ainda olhava para ele, com um olhar cinzento intenso e triste, a boca inexpressiva. — Do que você se lembra?

Truman olhou para cima, grogue, e balançou a cabeça.

— Tipo... antes da banheira? Eu me lembro de acordar. Havia gelo nas janelas porque o aparelho de calefação está quebrado.

ENTRE MUNDOS

Charlie ainda estava no trabalho. Eu não fui à escola. — Outras lembranças vieram à tona devagar, e ele fez uma careta. — Lembro-me de ficar bêbado... muito bêbado mesmo.

Ele desviou os olhos, esperando que Obie comentasse que beber antes das cinco já era ruim e que beber antes do meio-dia era simplesmente triste, mas beber antes das oito da manhã era completamente insano.

Obie não disse nada, porém. Apenas se sentou aos pés da cama, parecendo ansioso.

— Mas é só isso? Nada de incomum ou estranho? E depois?

Truman olhou para o nada. Não comentou que praticamente tudo a respeito do dia em que você decidia se matar podia ser considerado incomum.

— Nada. Não sei.

Aquilo não era exatamente a verdade. Ele se lembrava do banheiro inundado e da máscara de oxigênio. Lembrava-se de ter sonhado com uma garota. Ela tinha olhos grandes e escuros e cabelos pretos. Ele imaginou estender a mão para ela, segurá-la por um tempo, e sorriu para o teto, atordoado.

Obie se aproximou mais, estalando os dedos diante do rosto de Truman.

— Não, não, não, você está se desligando. Mantenha o foco. Eu sei que é duro, mas continue falando comigo. Preciso que você me conte do que se lembra.

— *Nada.* Por favor, não consigo pensar. Preciso dormir.

Obie ergueu as sobrancelhas.

—Você realmente não se lembra de nada... Nadinha mesmo?

Truman balançou a cabeça, tentando esquecer os sonhos caóticos de perda de sangue. A garota ainda estava lá, pálida e perfeita, rodeada por um borrão cinza-metálico gigantesco.

—Nada.

—Está bem, era só isso de que eu precisava saber. Você fez bem. Pode dormir agora.

E, com uma espécie de alívio miserável, Truman dormiu.

Foi mais tarde que a noite ficou feia. A sombra da cômoda pareceu se estender, derramando-se pelo chão, enchendo o quarto todo, e, então, ele ouviu uma voz. Uma voz real e não do tipo que ecoava em estupores narcóticos ou em sonhos.

Venha comigo. Tenho uma coisa para mostrar a você.

E, por mais drogado, exausto e assustado que estivesse, ele fora. Apesar dos fios do monitor e do soro, ele sentiu que se levantava e ia até o canto do quarto, só um pouco surpreso por ter visto, ao olhar para trás, a si mesmo ainda deitado na cama de hospital. Então, passara pela porta escura e entrara numa igreja abandonada, onde o homem da sombra e seu próprio cadáver sorridente esperavam por ele.

Nos dias que se seguiram, seu quarto esteve cheio de enfermeiras e auxiliares. Eles entravam e saíam constantemente, mas Obie era o único que olhava para Truman como se o estivesse realmente vendo — como um todo — e não apenas o que ele fizera. Obie contava piadas e histórias, e ria com facilidade, mostrando seu sorriso amplo e tristonho. Segurando as mãos de Truman quando ele tremia, tomando cuidado para não abrir os pontos. Truman,

ENTRE MUNDOS

tombado de lado, sobre a guarda da cama, com a cabeça apoiada no ombro de Obie. Havia se passado mais de um ano desde que ele deixara alguém tocá-lo daquela forma, não como um estranho, mas como alguém da família.

* * *

Truman fechou os olhos, recitou mentalmente as duas primeiras linhas da Ave-Maria e as lembranças cessaram. Daphne estava sentada na beira da cama com as mãos cruzadas no colo, olhando para a parede. Suas costas estavam retas e tensas.

— Está funcionando? — perguntou ele.

Ela respirou fundo e assentiu. Então, levantou-se e foi rapidamente até o outro lado do quarto.

— Venha aqui, empurre a cômoda.

— Daphne, está aparafusada no chão.

— Tudo bem — disse ela, ajoelhando-se. — Eu faço isso.

Ela colocou a mão embaixo do móvel, vasculhando. Após alguns segundos, algo começou a soltar uma fumaça negra. Então, ela se levantou e empurrou a cômoda para longe da parede, revelando fragmentos enegrecidos de metal destruído onde os parafusos haviam estado, exatamente como fizera com a porta do apartamento de Obie.

Com a cômoda fora do caminho, ela pegou uma caneta hidrográfica e desenhou um retângulo alto no papel de parede, onde a cômoda estivera. Então, deu um passo para trás e ficou olhando.

237

— O que você está fazendo?

Ela apontou para o desenho.

— Criando uma porta.

— Isso é um retângulo.

— A maioria das portas tem esse formato.

Truman olhou com descrença enquanto ela acrescentava uma maçaneta e um par de dobradiças.

— Para que são essas coisas?

— É importante incluir detalhes. Você tem tudo de que precisa?

Truman olhou em volta do quartinho e percebeu que estava vazio. Tudo fora guardado nas bolsas. O desenho da porta pareceu, de repente, muito definitivo.

Ele pensou em Charlie chegando em casa do trabalho, descobrindo que Truman não estava ali pela segunda manhã consecutiva. O padrasto ficaria preocupado e, depois de alguns dias, talvez chamasse a polícia. Mas quem sabe não seria melhor assim. Charlie era um cara legal. Ele podia arrumar um emprego diurno se não precisasse de tanto dinheiro. Talvez até uma namorada. Podia ter uma vida, se não estivesse encarregado de criar o filho de outra pessoa. O pensamento fez Truman se sentir culpado e, ao mesmo tempo, ele sentiu uma onda de amor por Charlie. Já sentia saudade dele.

Abandonar a escola, seus amigos e sua vida besta e confusa era mais fácil.

Ele pegou a mochila e pendurou-a nos ombros. Então, levantou Raymie da cama e se colocou atrás de Daphne.

ENTRE MUNDOS

Ela bateu uma vez em sua porta falsa.

— Passiflore — disse claramente e, então, estendeu a mão para a maçaneta, que se transformou numa esfera de metal conforme sua mão se fechava ao redor.

CAPÍTULO VINTE E UM

O PASSIFLORE

Atravessar a porta é como atravessar o silêncio da noite. Tudo é negro, frio e vazio. Então, a quietude é rompida por um ruído sibilante e uma lufada de vento. Em algum lugar à frente, uma porta se abre, revelando um retângulo de luz fraca e amarela.

Ela se abre para um caminho de pedra, e, assim que passamos, sou atingida pelo cheiro: um aroma limpo, fresco, como terra, água e coisas florescentes.

Estamos parados na extremidade de um enorme jardim. À nossa volta, canteiros elevados se desbordam de orquídeas e lírios, e o caminho é flanqueado por roseiras cuidadosamente podadas. O céu acima é escuro, mas o lugar está iluminado por tochas de bambu e lanternas de papel, e, à sua luz, posso ver que o jardim é rodeado por um pátio. Por todos os lados, o prédio se eleva sobre nós, repleto de janelas. A porta pela qual acabamos de passar está pintada de um tom exuberante de verde, a tinta descascando. Quando a deixo fechar-se atrás de nós, ela desaparece no muro. Em algum lugar próximo, um riacho está correndo, borbotando sobre pedras.

O jardim está cheio de figuras sombreadas, em grupos de duas ou três, mas, se alguém notou nossa aparição repentina, ninguém parece surpreso.

ENTRE MUNDOS

Perto de uma fonte enorme de pedra, algumas Lilim pendem timidamente dos braços de um homem que claramente não é demônio. Ele é jovem e bonito, com os cabelos propositalmente desalinhados e feições de estrela de cinema. Uma das garotas me dá uma piscadela e um sorriso conspirador. O olhar que ela dirige a Truman, porém, é mais predatório.

Ele fica ao meu lado, inseguro, olhando em volta do jardim e apoiando a mão na parede. Ainda está carregando Raymie, que está com os braços em volta de seu coelho e resmunga baixinho. Ele parece desorientado. Uma plaqueta no caminho de pedra aos nossos pés anuncia que estamos no Jardim dos Beijos do Hotel Passiflore, em Las Vegas, Nevada.

Truman está me deixando nervosa. Ele está muito pálido e não para de olhar em volta, como se estivesse vendo algo que eu não vejo.

— Você está bem? — pergunto. — A porta de lançamento foi muito difícil para você? Moloch disse que isso podia acontecer. Você está se sentindo mal?

Ele dá de ombros e balança a cabeça.

— Não, estou bem.

Quando Raymie começa a se contorcer no colo dele, eu a pego. Em algum lugar próximo, ouve-se um ruído ressoante que não para nunca.

— Venha — digo. — Vamos arranjar um quarto.

O caminho passa sob uma arcada do outro lado do jardim e conduz ao hotel, que é impressionante, mesmo no que diz respeito aos padrões de Pandemonium. O teto é abobadado como o de uma estação de trem, coberto de imagens de deuses gregos. O capacete de todos eles tem asas. Há máquinas caça-níqueis por toda parte, tilintando e reluzindo. As pessoas se acotovelam em volta de algumas mesas, contando suas fichas. Abrimos caminho pelo cassino, rodeados de luzes, sinetas e garçonetes de vestido curto.

— Flor — diz Raymie ansiosamente, vendo passar uma bandeja com drinques coloridos e enfeitados, equilibrada na palma da mão de uma garçonete.

Tudo tem cheiro de fumaça.

Uma placa pintada em letras emolduradas por arabescos intricados e rosas redondas *art déco* nos dirige à recepção. Mas, quando tentamos seguir a indicação, o caminho está lotado e é confuso. Tento outra via, só para logo descobrir que viramos no lugar errado. Em vez de estarmos na recepção, estamos parados num corredor deserto.

É vermelho; tudo: teto, carpete e paredes, que estão cobertas por uma coleção discrepante de espelhos. Parecem desordenados e levemente caóticos contra o papel de parede, alguns com molduras pesadas douradas, outros sem qualquer adorno. Por curiosidade, continuo em frente e viro no próximo corredor, mas descubro que também não leva a lugar algum. Ele termina numa parede sólida, coberta de espelhos, e tenho a sensação de que, se não sairmos dali imediatamente, minha mãe irá aparecer e exigir que eu volte para casa.

Quando começo a percorrer de volta o caminho por onde viemos, Truman hesita, olhando por cima do ombro para um dos espelhos de moldura dourada.

ENTRE MUNDOS

— Você vem? — digo, parando na entrada do corredor para esperar.

Ele pisca e olha para mim. Os espelhos estão vazios, exceto por seu reflexo. Um garoto magro demais, com olhos fundos, e cabelos escorridos e despenteados.

— Você viu alguma coisa?

— Não — diz ele, então hesita. — Quer dizer, não foi nada. Só a minha mente pregando peças.

Com Raymie equilibrada no quadril, refaço o caminho por onde viemos e localizo a recepção.

Atravessamos o saguão, eu e Raymie na frente, com Truman vindo logo atrás. Ela estende as mãos para ele por cima do meu ombro, mas tem o bom senso de ficar calada.

O funcionário no balcão da recepção é jovem, com brincos dourados e um pequeno cavanhaque.

— Queremos um quarto, por favor — digo a ele, segurando Raymie de forma que seu rosto fique pressionado contra o meu ombro para esconder seus dentes.

O funcionário assente e digita algo no computador. Ele usa um colete de brocado e um crachá dourado em que se lê CLARENCE, e brincos dourados em ambas as orelhas. Ele me faz lembrar um gênio ou algum outro ser mágico, mas, após inspecionar mais de perto, concluo que é humano, afinal. Seus dentes são alinhados e brancos, e seus olhos são castanho-claros.

Ele me observa com educação.

— Não a vi por aqui antes. Você acabou de entrar pelo Jardim dos Beijos?

Faço que sim com a cabeça. Ele diz *Jardim dos Beijos* como se fosse totalmente indiferente ao que acontece lá. A ideia de um jardim onde garotas como as minhas irmãs caçam apostadores e turistas é incômoda, e o fato de que isso pareça não afetar Clarence é quase igualmente desconcertante.

Estou preenchendo o formulário de informações quando Truman começa a tossir. É um som áspero e seco, e Clarence se inclina sobre o balcão parecendo preocupado.

— Ei, está tudo bem com você, cara?

Truman pigarreia, sorrindo alegremente.

— Sim, estou bem. — No entanto, seu rosto está vermelho, e seus olhos começaram a lacrimejar.

Raymie o observa. Quando ela abre a boca para falar, olho em volta. Há um casal esperando na fila atrás de nós e pressiono o dedo nos lábios. Raymie olha para mim, mas não diz nada. Quando tenta escapulir dos meus braços, aperto-a mais. Não solto, nem mesmo quando ela me morde através do casaco.

— Você está bem mesmo? — pergunto a Truman quando nos afastamos do balcão.

Ele dá de ombros, parecendo sem jeito, virando o rosto para o outro lado.

— É só... Não é nada — diz ele baixinho. — Um resfriado, gripe ou algo assim. É normal. Quer dizer, não venho exatamente me cuidando bem. Esse tipo de coisa deixa a gente doente, só isso.

Concordo, mesmo que, secretamente, esteja convencida de que foi a porta de lançamento que o deixou tão fragilizado e pálido.

ENTRE MUNDOS

Raymie se remexe nos meus braços, olhando ao longo do corredor para o Jardim dos Beijos, onde o ar é fresco e cheira a flores e água fria.

* * *

O quarto parece saído de um filme de gângster e não me sinto à vontade. Nunca pensei que fosse sentir saudade do meu quarto no Arlington, mas sinto. A colcha é de um dourado horrível, salpicado de flores roxas. Há espelhos nas paredes e no teto, emoldurados em madeira entalhada rebuscadamente e pintada de dourado. Parecem janelas das quais três pessoas iguaizinhas a nós estão olhando. Os espelhos são complementados por uma penteadeira, um guarda-roupa maciço e um sofazinho de veludo verde. Coloco Raymie no sofá, acomodando-a no canto para que ela não tombe para o chão.

Quando terminamos de arrumar as bolsas, percebo que estou perigosamente faminta, quase sem fôlego e me corroendo por dentro. Truman está de pé ao lado da cama, analisando a colcha como se o estampado de flores o hipnotizasse. Ele estremece, segurando os cotovelos com as mãos.

—Vamos pedir alguma coisa para comer? — pergunto a ele. — Estou com muita fome e seria bom que você também comesse.

Pedimos o jantar pelo serviço de quarto e comemos sentados no chão. Raymie é teimosa e quer comer sozinha. Ofereço a ela pequenos bocados de sanduíche e tento manter os dedos a salvo de seus dentes.

— É bom — diz ela, tentando pegar numa mordida as migalhas e pedaços de alface enquanto afasto minha mão.

Truman come metade do seu sanduíche, então balança a cabeça, empurrando o prato pelo carpete na minha direção.

— Você terminou? — pergunto. — Não comeu muito.

— Acho que não estou com muita fome. Pode comer. — Ele sorri para mim, um sorriso triste, cansado, como se seus lábios mostrassem que ele não se importa. Passa pela minha cabeça que às vezes ele sorri querendo fazer exatamente o contrário.

Não falamos mais nada, e eu termino de comer meu sanduíche e o restante do dele.

Ele está calado, encostado na cama. Seus ombros estão encurvados como se esperasse alguém golpeá-lo e não para de pegar coisas e recolocá-las no lugar, girando um cigarro entre os dedos ou brincando com o isqueiro.

— Qual é o problema? — pergunto, pegando meu prato e me acomodando ao lado dele no carpete.

— Nada. Na verdade, é estranho realmente ter vindo. Passei todo esse tempo pensando em ir embora, mas nunca achei que algum dia eu iria mesmo, sabe?

Faço que sim com a cabeça, pegando um tomate do prato e colocando na boca.

— Sei exatamente o que você quer dizer.

Truman volta a se encostar à cama, olhando sorrateiramente para mim.

— Como você consegue ser tão calma o tempo todo?

ENTRE MUNDOS

A pergunta é difícil e não sei o que ele quer que eu diga. Não sou assim por esforço ou vontade própria. Gostaria que o mundo me afetasse como o afeta, que me atingisse profundamente. Mas não atinge.

— Não sei — digo a ele. — Simplesmente sou.

Truman assente e começa a tossir de novo. Ele se levanta, parecendo pálido e exausto.

— Vou para a cama — diz ele, afastando as cobertas.

Fico feliz por ele não dormir no chão. Na cama significa perto de mim, mesmo que ele ainda esteja totalmente vestido. Na cama significa juntos, com apenas centímetros entre nós e nenhum obstáculo, nenhuma barreira. Eu poderia tocá-lo, mesmo não devendo. Mesmo não sendo a coisa certa a fazer. E há a questão dos sonhos dele, a chance de que, se dormirmos lado a lado, talvez eu possa sonhá-los também.

Quando Truman se deita e cobre a cabeça com o travesseiro, Raymie me lança um olhar curioso, mordiscando distraidamente seu coelho.

— Ele quer dormir — digo, então penso em como explicar aquilo. — Nós todos deveríamos dormir.

Coloco Raymie em sua caixa e lhe dou uma fronha de travesseiro.

Ela apenas fica sentada ali, segurando a fronha a distância, com uma expressão dúbia.

Conforme os números se movem no relógio e os programas da televisão se sucedem, a respiração de Truman fica lenta e entrecortada, e sua pele esquenta muito. Ajudo-o a tirar o suéter. Ele tenta me dizer que não, que devo deixá-lo como está, mas sua voz é irregular. Ele treme. Quando dorme, range os dentes.

Do lado de fora da janela, posso ver um hotel negro, em forma de pirâmide, brilhando com as luzes que correm para cima e para baixo por suas paredes inclinadas e reluzentes. No topo, um refletor aponta para o céu, luminoso de início, depois diminuindo de intensidade conforme se estende, piscando e desaparecendo. A avenida inteira está iluminada, e fecho as cortinas.

— Truman está doente — anuncia Raymie a ninguém em particular.

E reconheço que ela está certa.

Sento-me ao lado dele na cama e, quando toco seu peito, posso sentir o coração bater forte sob a minha mão. Coloco uma toalhinha fria em seu rosto e lhe trago um pouco de água. Ele não quer tomar. Quero comprar remédio, mas não sei de que tipo de medicamento ele precisa. Penso que isso é a coisa mais ridícula do mundo. Estou aqui sentada em Las Vegas com essa desgraça de garoto, observando enquanto ele arde em febre sob uma colcha roxa. Estou tentando agir com gentileza e sensibilidade, como uma menina humana, mas não sei cuidar de ninguém.

Da caixa, Raymie inclina a cabeça para ver por cima da cama. Finalmente, eu a pego e coloco no cobertor ao lado dele. Deixo que ela passe a toalhinha de forma desajeitada por seu rosto.

— O que deixa as pessoas doentes? — pergunta ela, tocando o braço nu de Truman.

— Germes.

— Os germes machucaram a pele dele?

— Não entendo o que você quer dizer.

— Isso aqui. — Quando ela aponta, é de forma vaga e desajeitada, seus dedos se movem tentando seguir as cicatrizes. — Isso machuca.

— Não. Não foram germes.

— Então o quê?

Olho para Raymie, sentada ao lado dele. Seu rosto é uma lua cheia, gordo, branco e inexpressivo, mas doce. Não quero assustá-la com a verdade sobre Truman e a navalha, com o fato de que ele não queria mais existir.

— Foi outra coisa — digo. — Ele não gosta de falar sobre o assunto.

Coloco Raymie de volta em sua caixa. Ela não resiste, mas o olhar que me dirige é hesitante, como se talvez não acreditasse no que lhe contei.

— Está na hora de dormir — digo —, feche os olhos.

Mas, quando tiro meu vestido e coloco o suéter, ela ainda está sentada ali, olhando sobre a borda da caixa como uma boneca ligeiramente sinistra. Seu olhar é fixo, e é enervante tentar dormir com ela observando. Quando ela não dá nenhum sinal de se mexer, eu a pego, com caixa e tudo, e a tranco no guarda-roupa. Então, deito-me na cama ao lado de Truman. Quando fecho os olhos, o barulho da rua é contínuo como a água de um rio.

CAPÍTULO VINTE E DOIS

O ESTRANHO

Acordo e, por um segundo, não consigo saber o que foi que me despertou. O quarto parece estranho no escuro, com móveis demais. Seria claustrofóbico se não fosse tão amplo.

Deito-me de lado, olhando inexpressivamente para uma série de bancos de madeira de espaldar alto. Eles estão ordenados em fileiras, de frente para a televisão, e sei que isso não está certo, mas não consigo me lembrar de por que está errado. Nossas bolsas estão no carpete entre os bancos, e a cama parece grande demais.

Quando me viro, Truman está deitado de lado com o rosto virado para mim, como um ponto mais claro no escuro, e parece muito, muito distante.

Então, o pânico me domina e fico total e freneticamente alerta.

Há um homem no quarto, um homem em pé ao lado da cama. Ele está se inclinando sobre Truman, sussurrando em seu ouvido com uma expressão que é quase terna.

Quando me ergo nos cotovelos, o homem se vira e olha para mim. A mudança em seus traços é enregelante. Tudo que é terno e bom desaparece, substituído por um ódio profundo e infinito.

Por um momento, ele fica ali parado, olhando para mim com olhos brilhantes, negros como um corvo. Seus olhos têm órbitas profundas. Sua fisionomia é serena e predominantemente comum, mas, mesmo no escuro, reconheço cada traço dela. Este é o homem sem rosto dos sonhos de Truman, só que não mais sem rosto. Ali no nosso quarto ele é absolutamente reconhecível — tão real quanto se houvesse acabado de sair de um dos murais da minha mãe, cheio de fúria justiceira.

— Azrael — sussurro, tão baixo que mal emito um som.

Ele assente e seu sorriso é suave e terrivelmente belo.

De repente, entendo que ele é mais poderoso que qualquer coisa a que minha mãe pudesse sequer aspirar, mesmo em seus momentos mais invasivos. Seu poder é aparente na forma em que ele trouxe a igreja consigo, enchendo nosso quarto com tapeçarias de borlas, bancos esculpidos e o cheiro sufocante de incenso.

— Eu vi você — digo a ele numa voz plana, sem fôlego. — Vi o que você estava fazendo na igreja. Meu irmão... — as palavras provocam alguma coisa em mim, uma espécie de pânico, e me sento empertigada na cama, olhando em volta do quarto; mas a mesa com Obie em cima não está em nenhum lugar que eu possa ver. — Onde está o meu irmão?

Azrael ri e seus olhos cintilam por um instante, então se escurecem em sombras.

— Como você é esperta. Mas não se anime demais. Você jamais irá encontrá-lo, assim como Truman jamais irá escapar de mim.

Pressiono as costas contra a cabeceira da cama, agarrando os cobertores sobre o peito.

— Por que você está aqui? Como entrou?

Azrael indica Truman com um gesto.

— Ele está ardendo em febre. O sono pode afinar muito o tecido que separa os lugares, mas o delírio é capaz de destruí-lo completamente.

— Mas por quê? Por que você o está seguindo?

Azrael está inclinado muito perto e sua voz é baixa e tranquilizadora.

— Você não deve se preocupar com isso. Apenas saiba que estou fazendo tudo que está em meu poder para ajudar Truman. E, se resolver interferir ou se colocar no meu caminho, vou matar você. Não é nada pessoal.

De repente, sinto-me desorientada, sem saber se estou sonhando ou não. O fato de que Azrael está parado acima de mim, tendo uma *conversa* comigo, é profundamente irreal, e preciso vê-lo na luz, ver o rosto do homem que roubou meu irmão. Inclino-me sobre Truman e tento acender o abajur.

Azrael emite um sibilar intenso e, antes que eu encontre o interruptor, vai até os pés da cama e me agarra pelo tornozelo.

Ele me arranca da cama com uma força que faz todas as juntas da minha perna doerem. Mesmo quando caio no carpete, ele me puxa novamente, me atirando contra o banco de igreja mais próximo, que tomba, e os outros caem como dominó, mas Azrael não me solta.

Ele me arrasta pelo quarto, apertando-me contra a parede ao lado do guarda-roupa. Atrás dele, a cama parece pequena e distante, como se o quarto houvesse perdido as dimensões corretas, como se pudesse se estender e se aprofundar conforme a igreja se expande à nossa volta.

Quando olho, Truman move um braço e emite um ruído aflito, mas não acorda. Quero gritar, mas o olhar de Azrael é paralisante, penetrando-me. É assim que a cobra hipnotiza os pássaros. De repente, tudo parece muito quieto.

Azrael se aproxima mais, tanto que acho que pode pressionar o rosto contra o meu. Sua voz é gentil em meu ouvido.

— Fique quieta, minha querida. Isso não vai levar nem um segundo. Então, vamos ver o que há por baixo desta pele sem sangue.

Só então noto a faca em sua mão. Ele a segura com habilidade, de forma quase casual. Quando se move, é em direção à minha garganta. Mal tenho tempo de levantar as mãos.

A lâmina é comprida e corta a minha palma. A dor explode em meu braço, e o som que deixo escapar é alto e agudo: o som de metal contra metal. Não sei dizer se é um grito ou uma risada.

Por um momento atordoante, o quarto se fecha à minha volta num mar de fagulhas. Estrelas colidem, sistemas solares implodem. Sou tomada por uma sensação que não sabia que existia.

Então, a dor aumenta e toma conta de mim, deixando-me sem fôlego, mas com a mente clara, ali parada contra a parede. Levanto a mão e Azrael recua. Numa espécie de espanto surdo, vejo que estou sangrando. O sangue se espalha rapidamente, enchendo a palma da minha mão em concha, e percebo que, em um segundo, irá se derramar, pingar no chão e liberar quaisquer que sejam os horrores que existam nele. Fogo, penso com uma histeria exultante. Ácido, praga, pestilência. Qualquer que seja sua forma, o significado será destruição.

Tarde demais, fecho a mão em punho, apertando-a numa tentativa desesperada de conter o sangue. Não obstante, ele escorre pelos meus dedos.

Uma gota. Azrael recuou para longe de mim e parou no meio do quarto, os braços imóveis ao lado do corpo.

Abro a mão contra meu peito, espalhando sangue pelas clavículas, apertando o corte contra a minha própria pele, mas é tarde demais. Ficamos nos encarando por cima dos bancos caídos, esperando para ver. O dom que a minha mãe me deu.

Uma gota, e o tempo se estende.

Cai sobre o carpete, num impacto mudo. A semente plantada no fundo do padrão mesclado do carpete. Onde a gota de sangue caiu, o chão começa a fumegar, e uma garota se materializa diante de mim, pálida e agachada. Ela está quase nua, velada por fios de fumaça que se movem e giram à sua volta conforme se levanta. Embora suas feições se pareçam com as minhas, seus olhos são cinza-chumbo como os de minha mãe, e seus dentes são de um prata embaçado, expostos como presas. Então, ela salta, derrubando a mesa lateral. O abajur cai no chão. Ela se ergue sobre as bagagens espalhadas e os bancos entalhados, saltando na direção de Azrael com as garras à mostra.

Quando arranha seu rosto, ele nem sequer pisca. Apenas a encara de volta com a expressão pétrea e o sangue escorrendo pela face.

— Prepare-se para se arrepender disso — diz ele, indo na direção dela, chutando o abajur quebrado à sua frente.

A garota grunhe, mostrando os dentes como um cachorro, mas ele não hesita. A faca desenha um arco gracioso, subindo e se enterrando, centelhando num segundo, afundada no peito dela no segundo seguinte. Ele a levanta, enterrando a faca ao máximo, quase tirando-a do chão, então deixa que a lâmina deslize. Ela cai no carpete com um ruído abafado e se esfuma brevemente antes de se esvair em nada. Pó e cinzas.

— Tente de novo — diz ele para mim, por cima da pilha de cinzas. Ele está sorrindo, e é um sorriso mau, purulento. Sua aparência me faz pensar em cadáveres. Sangue escorre por seu rosto. Parece negro, no quarto escuro, não vermelho.

— Você se acha inteligente? Acha que é muito *brutal*? Tente de novo, porque eu posso fazer isso a noite inteira.

Com a mão apertada contra o peito, me coloco entre ele e a cama onde Truman está dormindo. Parada sob a nesga de luz que entra pela abertura nas cortinas, sinto-me desorientada e muito pequena, mas também me sinto audaz. E é uma sensação boa.

— Pode me cortar. Não vou deixar você machucá-lo.

Azrael ri e é o som mais frio que já ouvi na vida.

— Que coisinha mais nobre. Seu irmão ficaria orgulhoso. Mas, também, ele sempre foi um sentimental incorrigível. A dor é necessária, minha querida. Faz *bem* para você.

Com outra risada gelada, ele desliza para a sombra do guarda-roupa e desaparece, de forma tão certeira quanto se houvesse passado por uma porta.

Quero ir atrás dele, mas só chego até o abajur destruído antes que meus joelhos comecem a tremer. Caio na cama e me afundo ao lado de Truman, que agora está se sentando, olhando ao redor em pânico. Estendo a mão sobre ele e acendo o abajur para me deparar com o quarto em desordem, cheio de móveis revirados. Sob a luz, os bancos de igreja se apagam como negativos de foto, então somem completamente.

Truman está sentado com as costas apoiadas na cabeceira da cama. Seu corpo inteiro está tremendo, e eu passo os braços ao redor dele, mantendo minha mão ferida afastada. O sangramento já parou. A ferida está viva, mas se fechando.

— Daphne — diz ele num sussurro áspero —, me acorde. Por favor, me acorde. — Ele está me agarrando, os dedos se afundando no tecido do meu suéter. Ele olha fixamente para algum ponto à sua frente, fazendo força para respirar.

— Como? — pergunto. — Você já não está acordado?

Seus olhos estão arregalados e confusos, passando vagamente por mim e se movendo até a pilha de cinzas no carpete.

— Fale comigo.

Mas o quarto está girando e não sei o que dizer. Não sinto minhas mãos, parecem dormentes.

A respiração dele é morna na minha pele, e o agarro com mais força porque a cena está entrando e saindo de foco, e eu comecei a tremer. Meu corpo inteiro está tremendo, como se estivesse se soltando das juntas, e, após algum tempo, não sei dizer quem está segurando quem. Os braços de Truman estão tensos e endurecidos, mas são seguros.

O carpete está esbranquiçado e pálido onde a garota caiu. Empoeirado por uma camada de cinzas.

1 DIA 0 HORAS 6 MINUTOS

10 DE MARÇO

Truman se sentou na beira da cama do hotel. Segundo o relógio na mesinha de cabeceira, acabava de passar das sete da manhã, o que significava nove da manhã em sua casa. Fazia muito tempo que não conseguia dormir até tão tarde.

Pressionou as mãos contra a testa, olhando em volta com descrença. Os tapetes e os móveis eram de um tom escuro de vinho e não havia nada de errado com a decoração, desde que você gostasse de veludo. Mas, mesmo com as cortinas fechadas, ele podia ver o estado geral do quarto. Parecia ter sido recentemente devastado por uma daquelas bandas de rock dos anos 1970.

Abajures, guias de serviço de quarto e pacotinhos de café instantâneo estavam espalhados pelo chão. Perto da televisão havia um monte de cacos de vidro que deviam ter começado a noite como um cinzeiro. As almofadas tinham sido derrubadas do sofá e uma das poltronas cor de vinho estava tombada de costas.

Ao lado dele, Daphne ainda dormia. Ele estava prestes a acordá-la e perguntar o que havia acontecido, mas, ao olhar para ela, deteve-se. Contra a fronha branca, ela parecia frágil. Seus cabelos estavam espalhados em volta, emoldurando seu rosto. Quando ele se inclinou sobre ela, a menina se enterrou mais nas cobertas e sorriu de leve, sem despertar. Seus cílios eram escuros contra a pele do rosto, e, de repente, Truman sentiu vontade de beijá-la.

O desejo era imenso e indizível. Enchia seu peito, fazendo com que respirar fosse difícil. Ela era a única coisa pacífica em meio ao quarto destruído, e ele ficou sentado a seu lado, sem fôlego diante da intensidade com que queria pressionar seus lábios contra os dela.

Então, a porta do armário se abriu, e Raymie o espiou de dentro da sua caixa de papelão. Ela estava sentada, segurando-se na aba dobrada. Quando apoiou seu peso na lateral da caixa, esta tombou, e ela caiu no chão. Passou em volta de um abajur caído, contorcendo-se, e começou a se arrastar na direção dele, chegando perigosamente perto da pilha de cacos de vidro.

Truman saiu da cama, com cuidado para não acordar Daphne. Foi escolhendo onde pisar em meio ao caos e se sentou no carpete, levantando Raymie até seu colo. Ela estava muito quente, e ele sentiu suas costas macias e felpudas ao colocar a palma da mão ali.

— Estava cansada de ficar fechada lá — sussurrou ela. — Por que o quarto está tão bagunçado?

Truman olhou ao redor, para os móveis revirados, e não soube responder. Suas lembranças da noite anterior eram confusas. Depois que Daphne desenhara a porta, as coisas tinham ficado bastante estranhas.

A viagem até ali não tinha sido agradável e, quando finalmente chegaram ao quarto, ele tinha quase certeza de estar com febre. Caíra num sono ruim, agitado. Então, o homem da sombra aparecera. Só que não era mais uma sombra: agora tinha rosto. Truman havia despertado num quarto escuro e barulhento e, no caos que se seguira, a única coisa de que tinha certeza era que o intruso havia enterrado uma faca no peito de Daphne.

Só que não tinha, porque ela estava ali, encolhida na cama, parecendo exausta, mas inteira. Portanto, a visão de sua morte devia ter sido um sonho, mas era difícil se tranquilizar com aquilo quando a destruição do quarto ainda era absolutamente real.

— Vamos — disse ele, apanhando Raymie na curva do braço e se levantando. — Vamos conversar em algum lugar onde não possamos acordar Daphne.

No banheiro, ele colocou Raymie sobre a bancada e fechou a porta. O cômodo era tão enorme e fora de moda quanto o restante do hotel, com grandes azulejos octogonais e uma banheira com pés em forma de garra. A bancada, que se alongava por toda a parede, era uma laje grande de mármore sólido.

No espelho, seu reflexo o observava, com olhos fundos e aparência desleixada. Ele usava um jeans e a camiseta de baixo, mas, em algum momento da noite, devia ter tirado o suéter. A visão de seus braços nus teve o mesmo efeito de sempre, fazendo-o sentir-se um pouco enjoado. Instintivamente, virou-se para a parede, cruzando os braços sobre o peito.

Raymie estava sentada na bancada de costas para o espelho. Não parecia se importar nem um pouco com seus braços.

— Por que você dorme na cama com Daphne? — perguntou ela e começou a chupar a mão.

Truman se ergueu sobre a bancada e se inclinou mais para perto dela.

— É complicado.

—Você gosta? — a voz de Raymie foi abafada por seu punho. — Eu sempre dormi sozinha.

— Sim, gosto.

— Por que é gostoso?

— Por muitas coisas. Tocar alguém, sentir a pessoa perto de você. — Ele riu, mas foi uma risada curta e magoada. — Na verdade, é como eu consigo dormir.

—Alguém veio aqui ontem à noite — disse Raymie. — Eu o ouvi no quarto, fazendo barulho. Foi ele quem derrubou os móveis?

Truman assentiu.

— Acho que sim. Sim, tenho quase certeza.

Ele sabia que era um mau sinal quando seus pesadelos começavam a penetrar a vida real. O homem da sombra sempre fora mais sólido do que qualquer sonho normal, mas agora conseguira se tornar real o bastante para quebrar coisas.

Truman sabia que deveria ficar chocado, até mesmo apavorado. Em outras circunstâncias, o medo teria vindo mais facilmente. Mas dois dias atrás conhecera uma garota que alegou ser um demônio, e provou que era mesmo. Agora estava em Las Vegas, sem dinheiro e sem ter como voltar, sentado na bancada do banheiro do que era, obviamente, um hotel caríssimo, conversando com um bebê com dentes de metal. Surpresas já eram coisas do passado.

Truman olhou para Raymie, que ainda chupava a mão.

— Esse cara... Ele costuma me visitar, acho, mas isso foi uma coisa nova. Ele nunca tinha quebrado coisas.

— Por que ele vem ver você?

ENTRE MUNDOS

— Ele diz que quer me consertar — disse Truman, e dizer aquilo em voz alta o deixou envergonhado. — Não sei se posso ser consertado.

— Não posso ajudar você — disse ela.

— Eu sei. Não sei se alguém pode. E também não sei se mereço.

— Você sempre é sensível. — Raymie olhava para ele com seus olhos estranhos, um pouco assustadores na luz que brilhava acima do espelho do banheiro. — Você sempre é sensível comigo.

— Eu gosto de você, Raymie. Você não sabe disso?

— Sensível — disse ela novamente. — Sensível é gentil e delicado. Também é doloroso, como a pele em volta de um machucado.

Truman tocou seus pulsos novamente, mas o dano nos nervos fazia com que fosse difícil sentir alguma coisa.

CAPÍTULO VINTE E TRÊS

PERDA DE SANGUE

Acordo me sentindo zonza e mais faminta do que nunca, como se fosse implodir caso não comesse alguma coisa agora, nesse segundo. O quarto inteiro está desarrumado, móveis virados e bagagens espalhadas por toda parte. Um abajur está caído no chão, a cúpula rasgada como se alguém houvesse pisado nela.

Depois de ficar olhando para o teto por um instante, me arrasto para fora da cama e vasculho o quarto, abrindo gavetas e armários, procurando alguma coisa para comer. Está claro lá fora, e Truman já está acordado, sentado no sofá com uma pilha de almofadas decorativas aos pés.

Ele observa enquanto devoro dois pacotes de café instantâneo que estavam em uma cesta de vime ao lado da televisão. Raymie está no chão perto do guarda-roupa, brincando com seu coelho.

— Bom-dia — diz ela, estendendo os braços para mim. Eu a pego e coloco na cama. Então, vou até a janela e abro as cortinas.

Nosso quarto tem uma porta corrediça que dá para uma varanda minúscula. Pelo vidro, posso ver a avenida, cheia de carros e multidões de pedestres, e uma série de prédios extraordinários alinhados como brinquedos. Castelos com telhados coloridos como joias em todas as torres. Uma cidade de esmeralda, escura, espelhada, imensa.

ENTRE MUNDOS

Há um conjunto de arranha-céus em miniatura, assomando de trás de uma réplica em escala da Estátua da Liberdade. E a pirâmide negra, da cor do ônix sob a luz do sol.

Quando me viro, Truman está sentado na beira do sofá, me observando. Com a porta corrediça às minhas costas, o sol ilumina o quarto e posso vê-lo claramente, como se fosse a única coisa que valesse a pena iluminar ali. Ele se levanta e vem para perto de mim.

— Oi — diz ele, depois se cala.

Ele está me olhando, parado muito perto. Da cama, Raymie está nos observando, e seus olhos fazem com que me sinta acalorada e constrangida.

O sangue no meu pescoço secou, formando uma crosta amarronzada. O corte na minha mão sumiu faz tempo. Estou prestes a perguntar se Truman quer comer alguma coisa quando ele me toca, perto do pescoço. Posso sentir seus dedos tremendo, agitando-se sobre a mancha de sangue seco.

— Você está tremendo — digo-lhe. — Por que está tremendo?

Ele não responde, apenas me encara com uma expressão ansiosa e complicada.

— De onde veio todo este sangue? — Sua mão na minha pele é morna, subindo gentilmente por meu pescoço até cobrir minha face.

— De mim — digo a ele. — Da minha mão.

Ele não pergunta o que aconteceu com ela, só se aproxima mais.

—Tive um sonho horrível — diz ele, ainda tocando meu rosto.
— Sonhei que você morria.

— Não, só me cortei um pouco. Estou bem.

— O que ele está fazendo com você? — pergunta Raymie.
De repente, o rosto de Truman é tomado por um rubor intenso, e
ele afasta a mão. Ele se vira abruptamente e se tranca no banheiro.
Após um minuto, escuto o barulho do chuveiro. Ainda posso sentir
o calor de seus dedos na minha pele, e estou mais faminta que
nunca.

Raymie agarra o edredom, olhando para mim.

— Por que aquele homem destruiu o quarto ontem à noite?

Olho para ela com surpresa.

—Você o viu também?

— Eu o ouvi, mas estava escondida. Você brinca comigo?

Pego o coelho e o mexo de forma que suas orelhas se sacodem,
mas ela fica só olhando.

— Essa brincadeira não é muito boa — diz ela. —Tem alguma
melhor?

Pego o isqueiro de plástico de Truman, acendendo-o.

Raymie bate palmas, então fica surpresa consigo mesma. Ela
ainda está sorrindo, e balanço a chama acima dela, fazendo círculos
e espirais no ar. Ela estende as mãozinhas de boneca, tentando pegar
a fumaça. Seus dentes são espetacularmente cinza.

Quando Truman sai do banheiro, ele está de jeans, mas sem
camisa. Seus cabelos estão molhados, grudando-se à testa. Olho para
sua pele nua e me pergunto como seria colocar as mãos em suas
clavículas. Os músculos e ossos de seu peito sobressaem como numa
escultura italiana.

ENTRE MUNDOS

— Tem certeza que não tem problema? — pergunta ele, esfregando vigorosamente a cabeça com uma toalha. — Quer dizer, não se devem manter crianças longe do fogo ou coisa parecida?

Ambos olhamos para Raymie. De rosto branco e cabelos negros, ela está sentada na cama em seu macacãozinho de pato amarelo, olhando fixamente para nós.

Movimento a chama desenhando um número oito.

— Ela gosta.

Como se concordasse, ela bate palmas novamente e tenta tirar o isqueiro da minha mão.

Truman termina de enxugar os cabelos e se senta aos pés da cama. Seu cheiro é intoxicante e, mesmo depois dos saquinhos de café instantâneo, estou quase desesperada por algo mais satisfatório. Preciso sair do quarto.

— Vou lá para baixo — digo. — Vou encontrar meu primo e perguntar se ele viu Myra.

Truman assente, vestindo a camisa.

— Está bem, espere um pouco. Deixe-me só colocar os sapatos.

— Quero ficar aqui — diz Raymie para o criado-mudo. — Não gosto do barulho das campainhas.

— Você poderia ficar com ela, por favor? — peço a Truman, embora ele já esteja calçando as meias e Raymie esteja perfeitamente acostumada a ficar sozinha.

Ele olha para mim, mas não pergunta por que não quero que venha comigo. Não pergunta, e vou em direção à porta, estou quase correndo.

* * *

Encontro Moloch no nível principal, num barzinho chamado Paradise Lounge.

Ele está sentado numa banqueta, assistindo a um homem de terno lustroso cantar uma canção de Sinatra com o acompanhamento de uma banda de jazz de três instrumentos. Moloch se distrai com um punhado de guardanapos de papel, nos quais ateia fogo com sua respiração e, depois, apaga com a ponta dos dedos, e, embora eu ache difícil acreditar que seja permitido atear fogo dentro de cassinos, ninguém parece notar. Decido que é mais uma forma pela qual o Passiflore tenta receber bem os nossos, assim como a porta de lançamento e o Jardim dos Beijos.

Quando me aproximo do bar, Moloch solta o guardanapo em chamas e engancha os polegares nos suspensórios.

— Bom ver que você conseguiu chegar — diz ele, relaxando a mão sobre o papel fumegante, que solta fumaça entre seus dedos, depois se apaga. — Ainda está com seu amigo autodestrutivo a reboque? Como ele encarou a porta de lançamento?

Dou de ombros e me acomodo numa banqueta ao seu lado.

— Não muito bem, mas sobreviveu.

Sinto-me estranha ao pensar em Truman. Não em sua desorientação depois de passarmos pela porta no jardim, mas pela forma como me abraçou na noite anterior, me embalando enquanto eu tremia e tentava recuperar o fôlego. A lembrança me deixa zonza e minhas mãos começam a tremer novamente.

Moloch se inclina sobre o bar, brincando com uma pilha de cinzas deixada pelo guardanapo. Então, ele se vira na banqueta e analisa meu rosto.

ENTRE MUNDOS

— Prima — diz ele, e não soa irônico, como quando me chama de *meu bem* ou de *doçura*. — Você não está com uma aparência muito boa. Está se sentindo bem?

Olho fixamente para a palma da minha mão, trêmula, mas incólume. Por apenas um segundo, quero lhe contar sobre Azrael, mas mal consigo respirar ao pensar naqueles olhos escuros e brilhantes penetrando nos meus, e não consigo me obrigar a dizer as palavras em voz alta. Como poderia explicar a garota ou a lâmina da faca?

Há um espelho comprido atrás do bar, mostrando nossos reflexos: Moloch ruivo e eu monocromática. Fico assustada ao perceber que, mesmo não estando calma, não importa. Meu reflexo está pensativo e sereno. Posso estar tremendo por dentro, mas no exterior ainda pareço a mesma.

— Eu sangrei no chão ontem à noite, e o sangue se transformou numa garota. — As palavras são frias e distantes. Combinam com a pessoa no espelho e não com o que sinto por dentro.

Por um momento, Moloch apenas fica me encarando com a boca levemente aberta. Então, bate com o nó dos dedos no balcão e chama o garçom do bar.

— Traga um pouco de sal, pão e um bife, quanto mais malpassado, melhor.

— Não servimos comida aqui — diz o homem, parecendo se desculpar.

— Então me dê as guarnições... qualquer coisa que você tiver. Só arrume alguma coisa para ela comer.

O garçom traz o sal junto com umas azeitonas espanholas, cebolinhas de coquetel, picles, fatias de limão e dois copos de suco de tomate.

Moloch espera até que eu tome os dois copos e depois me examina com atenção.

— Esta é sua proteção? Réplicas de você mesma?

Assinto, salgando as azeitonas e comendo-as aos punhados.

— Foi meio assustador. E exaustivo.

— Bem, a comida deve ajudar. Coma tudo e você recuperará as forças. Enquanto isso, não faça suspense: qual é a história da chave que você encontrou? Alguma coisa de interessante no famoso depósito?

— Roupas — digo, começando a atacar as cebolinhas. — Praticamente só roupas. Ah, e um bebê.

Moloch não faz nenhum dos gestos teatrais que representam surpresa. Não leva a mão ao peito, não arregala os olhos em choque. Em vez disso, apenas me olha, de forma penetrante e desconfiada.

— Um o quê?

— Um bebê. Obie teve um bebê. Você sabia disso?

Mas posso ver no rosto de Moloch que ele não fazia ideia da existência de Raymie.

— E estava lá, mofando num galpão de depósito? Está tudo bem com ele?

— Ela está bem. — Não sei como explicar o sentimento em meu peito, que alguém pudesse deixar uma criança no escuro. Deixá-la esperando pacientemente, juntando poeira, enquanto lá fora, no mundo, as coisas caminham a passos descontrolados, rumo ao desastre.

— Ela é praticamente indestrutível. Não tem muita coisa que pareça incomodá-la.

Moloch assente.

— Isso é como que um efeito colateral do nosso sangue. Você sabe quem é a mãe?

Eu sei, mas só vagamente. O que sei sobre a mãe de Raymie se resume a alguns fatos: alguns vestidos floridos, algumas fivelas e um pedacinho de papel com uma caligrafia leve e delicada.

— Elizabeth — digo a ele. — Ela se chama Elizabeth.

— E suponho que você não tenha deixado o monstrinho no galpão? — pergunta Moloch.

— Não! Eu não podia fazer isso. E ela não é um monstrinho... É uma menininha. Eu a trouxe conosco.

— Então tem um bebê ilícito lá em cima no seu quarto neste instante. Daphne, isso é *muito ruim*.

— Mas Obie não fez nada de *errado*. Por que ele não pode ter um lar e uma família? Ele deixou Pandemonium porque a amava!

No palco, a banda começa a tocar uma versão de "Stardust", e Moloch se inclina mais para perto, cruzando os braços sobre o balcão.

— Talvez ele a amasse mesmo, mas isso não importa. Não devemos procriar com os locais. — Seu tom é irônico, brincando comigo, mas, no fundo, penso ouvir vergonha, ou talvez amargura. Ele estende a mão e empurra o pratinho de azeitonas. — Você deu conta destas aqui rapidinho. Já está se sentindo melhor?

— Sim, muito melhor. Eu estava pensando se você poderia me ajudar com uma coisa. Preciso falar com Myra. — Mordo uma fatia de limão e recuo diante do gosto. — Ela está aqui?

Moloch olha rapidamente em volta do bar quase vazio e balança a cabeça.

—Viemos juntos pela porta de lançamento, mas ela foi embora quase no mesmo instante. Acho que a vi espreitando pelos jardins ontem, procurando algum condenado ao qual se agarrar, mas, depois disso, a perdi de vista. Desde quando vocês são melhores amigas?

Devoro o restante das cebolinhas e ataco os picles. Não estou preparada para lhe contar sobre a igreja. Não sei direito como descrever a importância de um lugar que só aparece em sonhos. Principalmente quando nem sequer são os meus.

Na minha mente, no entanto, não tenho dúvida de que a luta com Azrael aconteceu de verdade. O quarto do hotel estava destruído, e eu acordei com sangue no pescoço, o que me dá a esperança de que a igreja seja um lugar real — e que podemos encontrá-la.

— O rosário que você deu a ela é uma coisa estranha para se deixar num cadáver. Pode ser importante. Achei que, com ele, você poderia me ajudar a descobrir de onde veio.

Moloch dá de ombros.

— Não é uma má ideia, mas boa sorte para encontrá-la. Se ela não conseguiu achar uma vítima de boa vontade no hotel, há uma grande probabilidade de que esteja solta pela cidade, à espreita.

Fecho os olhos por um momento e os abro novamente, tentando ignorar a sensação de que as coisas estão fugindo rapidamente de controle, muito além da minha habilidade.

—A cidade é muito grande?

Moloch apenas balança a cabeça e ri.

CAPÍTULO VINTE E QUATRO
FLORES DE CARDO

Quando volto para o quarto, Truman e Raymie estão sentados no chão, revezando-se para raspar o carpete com um botão preto de plástico do kit de costura. Ela está rindo, batendo palmas cada vez que o botão toca o chão. Ele levanta os olhos quando entro e dá de ombros, como se não fizesse a menor ideia do que se trata aquela brincadeira.

O quarto está um pouco mais arrumado. Enquanto fiquei fora, ele endireitou a cadeira virada e varreu os cacos de vidro. As almofadas foram colocadas de qualquer jeito no sofá, e o abajur quebrado está abandonado num canto.

— Acho que deveríamos sair para procurar Myra — digo. — Precisamos dar uma volta e verificar todos os hotéis.

Truman devolve o botão para Raymie e fica de pé. Sua expressão é cética.

— Você tem ideia de quantos hotéis existem em Las Vegas?

— Sim, bem, pode ser mais rápido se nos dividirmos.

Ele aperta as pálpebras com a ponta dos dedos e, a princípio, acho que está a ponto de começar a rir, ou de me dizer que estou falando algum absurdo, mas, no fim, ele apenas joga as mãos para o alto e sorri, impotente.

— Claro, vamos checar todos os hotéis em Las Vegas. Vamos lá, vamos procurar Myra.

Decidimos que eu vou levar Raymie porque parecerá menos estranho do que Truman carregando um bebê sozinho por Las Vegas. Quando chegamos à rua, porém, sou obrigada a admitir que, mesmo assim, ainda parece bastante estranho.

O dia está frio e nublado. Truman fica parado me olhando.

— Você está falando sério mesmo?

— Sim — digo. A cidade parece muito maior agora que estamos aqui fora, mas não tenho nenhuma outra ideia.

Concordamos em nos encontrar no quarto dentro de três horas. Então, Raymie e eu vamos numa direção, e ele, em outra.

A avenida é ampla e cheia de carros. Só preciso olhar para o tamanho do hotel mais próximo para perceber que a ideia é ridícula. É verdade que não tive muita dificuldade para encontrar Truman, mas foi porque recebi orientações. Tinha uma ideia geral de onde ele estaria e tive ajuda para descobrir onde encontrá-lo, quando não o achei lá. A fila de hotéis se estende por quilômetros, e estes são apenas os que ficam nesta avenida.

Só existe uma pessoa que conheço que pode ter alguma ideia de como encontrar minha irmã.

Preparo-me para encará-la e me sento no meio-fio, segurando Raymie no colo. Na rua, o trânsito para, recomeça e para novamente.

— Mãe — digo baixinho, escondendo o rosto dos turistas que passam por ali enquanto falo. — Você está aqui?

Ela me faz esperar. Mas não muito.

— Olha só quem voltou — diz ela do para-choque de um carro de luxo, parecendo lânguida.

— Só preciso de uma ajudinha — digo a ela, fazendo o possível para parecer arrependida. — Estou tentando encontrar Myra.

Os olhos de Lilith são frios e hostis. Então, ela parece se abrandar.

— Você está perto. Levante-se.

Olho em sua direção, mas há pessoas por toda parte, se aglomerando na calçada, então não respondo em voz alta. Em vez disso, faço um gesto rápido de assentimento com a cabeça e fico de pé, acomodando Raymie na curva do braço e seguindo o reflexo de Lilith conforme este aparece e reaparece, surgindo a intervalos ao longo da avenida.

— Vire à esquerda na esquina — diz ela de uma janela espelhada, e obedeço, caminhando mais depressa conforme o vento se intensifica.

Seguindo sua indicação, viro numa rua vazia e depois em outra. Ela está me levando para longe da avenida. Após alguns quarteirões, o cenário muda drasticamente. Desapareceram os hotéis enormes e extravagantes. Os táxis e limusines foram substituídos por palmeiras feiosas e edifícios fechados por tapumes. Todas as casas são pequenas e quadradas, com varais de roupa pendurados nos pátios laterais.

Quando chegamos ao fim do quarteirão, Lilith aparece novamente, dessa vez na calota de um sedã enferrujado, levando-me mais e mais adiante, até que, finalmente, ela diz:

— Pare onde está.

Obedientemente, fico imóvel, equilibrando-me na beira da calçada, e olho para baixo.

A pulseira está caída na sarjeta, presa na grade enferrujada do bueiro. Está cheia de berloques, frasquinhos minúsculos com os sete pecados capitais. O fecho ainda está intacto, mas a corrente está arrebentada. O pedaço quebrado pende da grade. Eu o retiro da sujeira dos papéis de bala, pacotes de cigarro e jornal.

— Como veio parar aqui? — pergunto à minha mãe, que me olha da superfície lisa do berloque da IRA. — Onde está Myra?

Minha mãe apenas balança a cabeça, indicando atrás de mim com o olhar. Essa rua é mais escura e mais silenciosa do que a que eu acabei de deixar para trás. No fim do quarteirão, há um enorme terreno baldio, cercado, mas contendo apenas mato e cascalho. Perto da cerca dos fundos, há alguma coisa caída no meio do mato que chega à altura dos joelhos.

O portão está fechado por uma corrente grossa. Raymie observa, com as mãos no rosto, espantada, enquanto derreto o cadeado. Sigo até os fundos do terreno, mas devagar agora, hesitando em me aproximar da forma caída. O ruído das minhas botas no cascalho é muito alto e percebo que estou prendendo a respiração.

— Não — sussurra Raymie. — Não me aperte tanto. — Então, ela ofega baixinho e não diz mais nada.

Myra está deitada sob uma palmeira desconjuntada, entre uma pilha de tábuas empenadas e um tambor de cento e noventa litros. Seus olhos estão abertos, seu rosto, estranhamente em paz. Alguém a ajeitou, cobrindo-a com um cobertor imundo que pode ter sido

ENTRE MUNDOS

roxo um dia. Seus cabelos estão embaraçados, a cabeça cingida por uma coroa de folhas e flores de cardo.

Com cuidado, coloco Raymie no chão.

— Cubra os olhos — digo a ela, e minha voz é quase calma.

Deixo-a sentada no mato com as mãos cobrindo os olhos e me aproximo de Myra devagar. Afasto o cobertor e, a princípio, acho que sua garganta foi cortada, mas a verdade é muito pior. Ela foi aberta do queixo até o osso pélvico, foi deixada ali, rasgada e dessangrada. Seu corpo está arruinado, e todo seu coquetismo e sua graciosidade descuidada desapareceram. Seus braços e pernas estão dobrados de forma estranha. Um dos sapatos se perdeu.

Ajoelho-me ao lado dela, tentando encontrar uma sensação de perda ou de dor, mas só há Myra, quebrada e imóvel na sombra da palmeira. Há sangue no chão, respingado em volta do corpo, penetrando na terra, mas não muito. Não o suficiente. Onde caiu, já começou a corroer o cascalho.

Algo guincha na árvore acima de mim, um som rouco e agudo, e tenho que me forçar a acreditar que seja um pássaro, não um sinal. Pego o braço de Myra, virando-o para examinar seu pulso, mas o rosário sumiu, junto com o resto de suas pulseiras.

Seu rosto está horrível e delicado, e abraço a mim mesma. Quero parar de olhar, mas algo me impede de dar meia-volta. Seus olhos são inexpressivos como nuvens.

De repente, queria que Truman e eu não tivéssemos nos separado. Queria não ter trazido Raymie até esse terreno baldio.

— É por isso que você tem que fugir — diz Lilith ao meu lado, deformada pelo tambor. — Há coisas selvagens à espreita.

Alguém vem usando o tambor para acender fogueiras, e ele ainda tem cheiro de metal e lixo queimado. Foi vermelho um dia, mas agora a pintura está descascando, deixando partes descobertas onde o rosto da minha mãe se reflete. A curva do metal faz sua boca parecer larga e faminta.

— Como isso pôde acontecer? — sussurro para o tambor de metal e para o terreno vazio. — Ela veio aqui para ficar a salvo.

— Não importa aonde você vá — diz minha mãe. — A Terror Negro não está restrita a um lugar, assim como você. Ela sempre pode encontrar sua presa. Pode caçar em qualquer lugar.

Quando fecho os olhos, quase posso ouvir o ruído de passos furtivos em algum lugar, no escuro. Estou sozinha com o reflexo da minha mãe, imaginando o som, mas Myra não precisou imaginar coisas. O que quer que tenha ouvido antes do fim foi real.

Inclino-me para mais perto do reflexo da minha mãe, procurando alguma prova de dor, algum sinal de que ela sente tristeza ou perda. Seus olhos brilham ferozmente e me vejo neles: duas bonecas minúsculas refletidas ali. Fico olhando até que as bonecas deixam de se parecer comigo e se tornam versões inexpressivas de uma garota. Myra, Deirdre. Todas nós. Ela pisca e, quando abre novamente os olhos, as bonecas sumiram.

Pergunto-me se ela está triste. Toda a minha vida, minhas irmãs vagaram pelo mundo, perversas, rindo em seus vestidos extravagantes, e às vezes elas não voltavam. Minha mãe nunca pareceu se importar. Pelo menos, não como Truman sente por sua mãe, ou como os pais se comportam nos filmes. Seu rosto é ilegível, mas algo

ENTRE MUNDOS

em seus olhos é nítido e distante. Pergunto-me se ela está preo-cupada comigo. Se ela acha que vou ser a próxima.

Abraço-me com mais força e me sento na terra. Myra jaz ali na minha frente, vazia, morta, e eu estou sozinha. Estendo a mão e volto a cobri-la, até o rosto.

É difícil dizer quanto tempo fico ali no mato antes de ser arran-cada do transe pelo som de passos vindo em minha direção pelo cascalho. Sei quem é, mesmo antes que ele diga meu nome.

— Você deveria ter ido na outra direção — digo, sem me virar. Meu rosto parece uma máscara.

Truman passa pelo mato e fica parado em pé acima de mim.

— Desculpe, eu... olhei para trás e vi que você saiu da avenida. E achei estranho... por isso segui você. — Então, ele vê a forma des-grenhada ao meu lado. — O que é isso?

Não respondo, apenas estendo a mão e puxo o cobertor, expondo Myra em todo o seu pavoroso esplendor. Coroada e destripada.

— Ai, Jesus — diz ele, cobrindo a boca e o nariz com a mão, de forma que sua voz sai abafada. — Ai, meu Deus.

Ele se senta ao meu lado na terra, mantendo a mão sobre a boca, e nenhum de nós diz nada. No mato alto atrás de nós, Raymie está sentada pacientemente, cobrindo os olhos.

Imagino que, se tentar falar, minha voz vai falhar e, depois, o resto do meu corpo fará o mesmo, rompendo-se em pedaços. A única coisa que me mantém inteira é o silêncio.

— O que aconteceu com ela? — pergunta ele, após um tempo.

— Azrael — digo a ele, abraçando meus joelhos. O mato seco arranha minhas pernas, e estou com frio por ficar sentada no chão, mas minha voz é serena.

— O que é Azrael?

— Você já o conhece — digo. — Ele aparece para você em sonhos, como nas histórias. Anjos estão sempre aparecendo para as pessoas, trazendo mensagens.

Truman emite um ruído seco, sem palavras, como uma risada, só que não é uma risada.

— Talvez há dois mil anos, mas não tem havido muitas visitas divinas ultimamente. E, pode crer, as coisas com que eu sonho não têm nada a ver com as visões sagradas de que já ouvi falar.

— Isso é porque ele não é como os anjos das histórias. Ele é inflexível e absolutamente dedicado à sua vocação.

— Ele é anjo de quê?

— Da morte — digo, olhando para o rosto de Myra. Ela devolve o olhar, vítreo e fora de foco, olhando para a distância, além de mim. — Ele quer matar todos nós.

Truman se levanta. Ele ergue Raymie do meio do mato e a aconchega em seu ombro. Então, sem dizer nada, estende a mão para mim, pegando-me pelo braço e me fazendo levantar. Ele me afasta do corpo de Myra e me conduz de volta ao portão.

— Aonde estamos indo? — pergunto, parecendo vaga e sem fôlego.

Sua mão em meu braço é gentil, mas resoluta, e ele simplesmente continua andando.

— Não importa. Para longe daqui.

* * *

De volta ao hotel, nos sentamos em silêncio. Raymie está deitada no chão com seu coelho, mordendo incansavelmente as orelhas dele. Lá fora, está começando a escurecer.

— Foi horrível — diz Truman do sofá, mas sua voz é estranha e tão inexpressiva que levo um momento para entender o que ele disse.

Seguro meus cotovelos e assinto. Raymie só morde mais ainda o coelho.

Quando o telefone ao lado da cama toca, todos nos assustamos e Raymie morde com tanta força que o coelho se rasga e pedacinhos do enchimento se espalham.

Apanho o fone e fico aliviada e levemente desorientada quando Moloch fala no outro lado.

— Meu bem — diz ele. — Escute. Acha que pode descer até o saguão? Preciso dar uma palavrinha com você.

Só de pensar em voltar ao cassino já fico exausta.

— Não podemos falar pelo telefone?

— Bem, o negócio é o seguinte: não é algo que posso discutir pelo telefone. Você precisa ver. E traga seu amigo trágico, está bem?

Quando desligo o telefone, ainda estou meio zonza, balançando a cabeça.

— Precisamos descer para encontrar com Moloch no saguão.

Truman me olha do sofá.

—Tem certeza? E a Raymie?

Raymie balança a cabeça e morde o coelho com mais força.

— As campainhas — diz ela, obstinada e azeda.

Levanto-a e a levo até o guarda-roupa.

— Acho que ela prefere ficar aqui.

A verdade é que eu também preferiria, mas Moloch está me esperando, e, com alguma sorte, ele saberá o que fazer. Minha única esperança sólida de encontrar meu irmão desapareceu. Tudo que nos resta são os sonhos de Truman, e quem é que sabe aonde eles irão nos levar?

0 DIAS 10 HORAS 25 MINUTOS
10 DE MARÇO

Moloch esperava por eles numa pequena alcova mobiliada, perto do saguão. Seu visual era punk-rock como sempre, mangas arregaçadas, barras da calça dobradas para deixar à mostra sete centímetros das botas pretas de combate. A seu lado havia outro homem, alto e louro. Ele usava um terno escuro e uma gravata prateada destoante.

Ao vê-lo, Daphne parou abruptamente. A expressão em seu rosto era quase indecifrável, mas Truman pensou ter reconhecido apreensão, ou talvez culpa.

O homem de terno se virou para eles. Sua expressão era agradável, mas extremamente controlada.

— Daphne — disse ele. — Que *inesperado* encontrá-la aqui. E vejo que você trouxe um amigo.

Quando ele olhou para Truman, foi como um pequeno choque elétrico. Seu olhar pareceu penetrar no interior dos ossos de Truman. Fez seus dentes zunirem.

A seu lado, Daphne praticamente retorcia as mãos.

— Truman — disse ela, olhando para o chão. — Este é Belzebu.

Truman o cumprimentou abaixando a cabeça, mas não conseguiu pensar em nada para dizer. Sua garganta parecia fechada. Belzebu era requintado demais, de certa forma. Limpo demais. Tudo nele parecia organizado e sofisticado, quase imaculado, exceto por uma pequena tatuagem em seu maxilar, logo abaixo da orelha. Era uma mosca.

Belzebu fez um gesto para Daphne e disse:

— Posso falar com você em particular, por favor? — Ele disse aquilo com calma, mas seus olhos estavam gelados. Seu olhar se desviava constantemente para Truman.

Daphne assentiu, abaixando o queixo como se estivesse esperando ser castigada.

Quando os dois saíram do recinto, ela olhou rapidamente por cima do ombro e deu um tchauzinho para Truman. Seu rosto estava ansioso, e Truman estava a ponto de ir atrás dela quando Moloch o pegou pelo braço, balançando a cabeça.

— Não se preocupe. Ele só vai dar uma bronca nela, e não posso dizer que não mereça. Vamos, pago uma bebida para você.

Ele puxou Truman de volta para o recinto, levando-o até a parede, na direção de duas cadeiras de espaldar alto e uma floresta de plantas em vasos.

Truman olhou novamente sobre o ombro. Ainda podia ver Daphne desaparecendo em meio à multidão. Ela tinha o olhar voltado para Belzebu e gesticulava. Então a multidão se fechou atrás deles, e ela desapareceu.

Moloch se inclinou contra a parede.

— Sacramento — disse ele, mas não para Truman.

Assim que ele tocou no papel de parede, uma porta surgiu, mas não se parecia em nada com a entrada encardida do Clube Profeta nem com a porta pela qual ele e Daphne tinham entrado no hotel. Essa porta tinha no mínimo quatro metros de altura, era pesada e esculpida com cenas elaboradas de milagres e santos. Ela se abria sobre eles, mas ninguém passando por ali parecia perceber. Uma placa vermelha e dourada acima da porta dizia A IGREJA.

Moloch a empurrou, ofegando com o peso, e acenou para que Truman entrasse primeiro. Lá dentro, eles se viram num salão escuro, no fim de uma fila comprida de pessoas.

Quando chegaram à frente, o segurança rapidamente o avaliou de cima a baixo e levantou a mão para detê-lo, balançando a cabeça. Ele era maior do que o segurança do Clube Profeta e parecia muito mais durão. Sua boca cintilava de metal e seus olhos tinham um tom perigoso de vermelho.

— Hoje não é noite de tormento — disse ele a Moloch. — Se você quer gritaria, vá para outro lugar.

— Não seja idiota. — Mesmo parecendo mais jovem e menor que o homem guardando a porta, a voz de Moloch continha um ar de autoridade. — Ele é só um convidado.

O homem não disse mais nada. Com expressão mal-humorada, acenou para que entrassem.

Lá dentro, o clube era enorme e amplo como um armazém, mas as paredes estavam cobertas por vitrais, e o lugar todo era iluminado por imensos lustres roxos. Espalhadas às margens da pista de dança, viam-se cabines de confessionário. As cortinas tinham sido

retiradas, mas os confessionários ainda eram reconhecíveis, decorados com flores esculpidas e querubins dourados.

Truman seguiu Moloch pela multidão até a parede dos fundos,
que era tomada por um bar comprido. Estava cheio de garotas que
poderiam ser irmãs de Daphne. Os homens eram menos idênticos,
mas também tinham uma aparência obviamente não humana. Eram
obviamente demônios.

No bar, tiveram que se acotovelar para chegar até o garçom,
um homem baixo, de pele negra lustrosa e chifres curtos e grossos
apontando por entre os cabelos.

— O que posso lhes servir? — perguntou ele numa voz
entediada.

Moloch olhou para Truman.

— Uísque com gelo e um Mártir Sangrento.

Truman esperou que o garçom o observasse da mesma forma
que o segurança fizera, mas ele apenas deu de ombros e pegou os
copos.

— Você quer o Mártir espesso e doce ou quente como o
inferno?

Moloch deu seu sorriso estranho e contido.

— Ah, quente como o inferno, por favor.

O homem assentiu e serviu os drinques rapidamente, colocando
os copos no balcão e se virando para atender o próximo grupo.
A bebida de Truman estava estupidamente gelada, chegando a
queimar a palma da sua mão. A de Moloch era densa e era semelhante a sangue, coberta por algo semelhante a uma hóstia de co-
munhão. Ele o provou com hesitação e, então, tomou a metade de
um gole só.

ENTRE MUNDOS

Quando deram as costas para o bar, uma das garotas de cabelos pretos se aproximou, tentando tocar no braço de Truman.

— Olá, estranho. Estávamos indo dançar. Por que você não vem com a gente?

Seu rosto tinha proporções perfeitas, com olhos esfumados e lábios vermelhos e lisos. Seu vestido parecia uma pele de cobra nos tons do arco-íris, ou a asa de uma borboleta, cintilando cada vez que ela respirava.

Moloch a empurrou para longe, parecendo desdenhoso.

— Vamos — disse ele para Truman. — Pegue sua bebida e vamos nos sentar antes que elas comecem *realmente* a fechar o cerco.

Atravessaram o salão até um dos confessionários desconstruídos e cada um ocupou uma cabine. Estavam a menos de trinta centímetros de distância um do outro, mas, com a tela de treliça entre eles, Truman não podia ver o rosto de Moloch.

Com o copo na mão, era mais fácil para Truman fingir que estava em outro lugar, simplesmente sentado numa sala tranquila. Em seu quarto na rua Sebastian, talvez, tomando uísque em uma caneca de café na tentativa de esconder seus hábitos autodestrutivos de Charlie. Antes de descobrir que, na verdade, não precisava fazê-lo. Sua vida seria vazia e sem graça, sem luzes brilhantes, sem garotas pálidas e homens com tatuagens de moscas no maxilar. Desinteressante. Obscura.

Durante semanas, depois da morte de sua mãe, ele havia acordado cheio de esperança. Seu primeiro pensamento, quando o despertador tocava, era sempre o de que a sucessão cruel de dias após o funeral tinha sido apenas um sonho, de que ela ainda estava viva, não estava doente nem morrendo, mas rindo na cozinha com Charlie. Mas, então, bastava ele se sentar, e a realidade da morte se instalava novamente no quarto. Toda manhã, ele se levantava e a primeira coisa que sentia era a dor de cabeça, a náusea que ia e vinha em ondas de suor. A ressaca era terrível, mas não era enganosa. Só significava uma coisa: sua mãe estava morta.

Enquanto bebia seu drinque, um buraco pareceu se abrir sob suas costelas, e ele precisou parar de pensar naquilo.

Olhando para fora da cabine sem cortina, sentiu frio de repente. O lugar todo estava cheio de flores secas e crucifixos de madeira, altares pesados decorados com caminhos de mesa de veludo vermelho e velas derretidas. Algumas das meninas demoníacas estavam usando os altares como mesas de coquetel. Aquilo o fez pensar em seus sonhos e na igreja do pesadelo, mas a decoração não era a mesma. Qualquer que fosse a catedral escura com que vinha sonhando, não era essa.

— Que lugar é este? — perguntou, analisando a multidão.

Moloch falou pela treliça entre eles.

— Como diz a placa, é A Igreja. O melhor clube fora de Praga. Ou talvez *seja* em Praga. Com as portas de lançamento, fica difícil saber.

— Então, o lugar onde estamos não é real?

— Ah, é real, sim, só não é mensurável. Se você examinasse as plantas do terreno, o espaço extra não apareceria, mas isso não quer dizer que não estamos aqui. O mundo está cheio de cantos inutilizados.

ENTRE MUNDOS

Truman observou a multidão gingando na pista de dança.

— A Daphne vai conseguir encontrar a gente aqui? Quando ela vai voltar?

— Bem, não sei dizer ao certo. Acho que depende do seu pai.

— De *Charlie?*

Moloch começou a rir. Era um som baixo, desagradável, que fez Truman abaixar os olhos para as próprias mãos.

— Não, não o Charlie. Ora, vamos, você realmente espera que eu acredite que não reconheceu seu próprio pai lá fora? Pelo amor de tudo que há de horrível, você é a *cara* dele.

Truman ficou sentado no confessionário, olhando fixamente para sua bebida. O gelo estava derretendo aos poucos. De certa forma, soubera no instante em que Belzebu olhara para ele. A vibração em seus dentes tinha sido a prova, mesmo antes de ver os dedos longos e finos, e os olhos claros.

— A Daphne sabe?

Moloch se aproximou mais, falando com ele pela treliça.

— Não. Eu achei que ela já teria descoberto, a esta altura, mas ela sempre foi desgraçadamente teimosa com relação às qualidades mais desagradáveis de Belzebu, e isso inclui sua predileção por mulheres mortais. Como dizem por aí, não existe ninguém mais cego do que aqueles que não querem ver. De qualquer forma, achei que não era da minha conta.

— Como você sabe, então?

— Estava no seu sangue — disse Moloch, curto. — Fervilhando em suas veias junto com todo o resto. A propósito, o pessoal lá em casa não dá o devido valor ao gosto do sangue mestiço. Excepcional.

BRENNA YOVANOFF

Truman terminou sua bebida, fazendo uma careta.

— Você experimentou meu sangue?

— Só uma gota... Não que você fosse sentir falta. De qualquer forma, você estava ocupado demais com a sua vontadezinha sórdida de morrer para se importar com isso.

Truman fitou a multidão e os demônios risonhos, sentindo-se impotente.

— Aquela noite — disse ele num sussurro. — Aquela noite na festa... Eu não fiz de propósito.

A seu lado, Moloch produziu um ruído debochado.

— Como queira. Foi você quem intoxicou seu sangue com álcool e se permitiu um breve coma. Teria morrido se ela não tivesse aparecido no último minuto. Portanto, não venha me dizer que você não tinha ideia do que estava fazendo.

Truman olhou para o teto abobadado, que estava banhado em luz roxa. Olhou para os lustres. Olhou para o copo vazio em suas mãos. Era diferente ouvir da boca de outra pessoa.

Ele olhou para Moloch através da treliça, tentando divisar sua silhueta.

— Tudo bem, eu sei que fiquei mal, mas foi um acidente. Não sou assim de verdade.

Do lado ocupado por Moloch no confessionário, veio só silêncio. Então, ele suspirou e se inclinou mais para a janelinha.

— É, sim. Talvez não tenha sido sempre assim e talvez algum dia você fique limpo, inteiro e lustroso novamente. Mas, no momento, não está fazendo nenhum favor a si mesmo fingindo que o fundo do poço é só uma coisa fortuita. Este é você, aqui e agora.

Truman não disse nada. Estava pensando em Charlie. Na magrelinha da Alexa Harding, em Dio Wan, que fora seu melhor amigo um dia, há uma eternidade. Em todo mundo que já o vira beber, desmaiar, comprar navalhas e se quebrar em mil pedacinhos. Eles tinham dito as frases certas, feito os ruídos certos, mas, mesmo quando ele estava se autodestruindo bem na frente deles, ninguém jamais se movera para impedi-lo. No fim, sempre permitiram que ele o fizesse.

— Daphne achou que valia a pena salvar você — disse Moloch.

— Contra toda a razão, contra minhas mais árduas objeções. Ela precisava de um parceiro e escolheu você. Então, é melhor você tomar jeito, é só isso que posso dizer.

Truman cerrou os punhos, enterrando as unhas nas palmas. Ficaram sentados lado a lado, com a treliça de vime entre eles, enquanto o bar no salão estava quase oculto por trás de uma multidão de garotas de cabelos pretos e vestidos exageradamente curtos. Nenhuma delas era Myra, e Daphne não tinha sorrido mais depois de sua malfadada expedição daquela tarde. Antes de Myra, do cobertor roxo e da pulseira quebrada. A busca terminara em fracasso, em um corpo destruído, e Obie ainda estava lá fora em algum lugar, amarrado a uma mesa num local escuro e secreto que parecia uma igreja.

A voz de Moloch ficou mais gentil de repente:

— Ela gosta de você, sabe? Ela pode não dizer, mas posso ver. E você gosta dela.

Truman balançou a cabeça, reclinando-se na tapeçaria antiquíssima, desejando que seu copo não estivesse vazio, desejando não desejar coisas que pudessem matá-lo.

— Não — disse ele, tentando se convencer de que o que dizia era um fato, de que não estava completamente louco por Daphne. Sua voz era tão baixa que mal se ouvia acima da música. — Ela não gosta de mim. Eu não gosto dela.

Do outro lado da treliça, Moloch emitiu um ruído abafado, quase uma risada.

— Meu Deus, você é tão mentiroso.

Truman fechou os olhos e não respondeu.

—Você é muito solitário — disse Moloch, e, pela primeira vez, seu tom não era sarcástico nem desdenhoso.

Truman assentiu. A cabine pareceu pequena demais de repente. Sua garganta doía.

— Sim.

Quando ergueu os olhos, ficou surpreso ao ver a palma da mão de Moloch pressionada contra a treliça, com os dedos abertos. O gesto era estranhamente terno.

— Não sou um homem santo — disse Moloch por trás da mão. — Não sou religioso e não sou bom. Mas, se fosse, diria que sua penitência deveria ser começar a correr atrás das coisas que você quer e abrir mão das coisas que podem destruí-lo.

Truman não respondeu imediatamente. Conhecia bem a auto-destruição, mas andar por aí com demônios parecia uma ideia bastante ruim, até mesmo para ele.

Quando finalmente falou, sua voz saiu seca e áspera:

— E se forem a mesma coisa?

CAPÍTULO VINTE E CINCO

O TEATRO

Houve um tempo em que eu teria ficado aliviada ao ver Belzebu no saguão com Moloch, esperando para me dizer o que estava acontecendo e como consertar tudo. Mas agora suas expressões são duras, e só posso empertigar os ombros e esperar pelas consequências.

Assim que saímos pelas portas do saguão e chegamos à rua, ele para e me segura pelos ombros.

— Em nome dos piores infernos, o que você pensa que está fazendo? Quase morri de preocupação por sua causa! Ninguém sabia nem sequer onde você estava.

Estamos no meio da calçada, rodeados de turistas. Ocasionalmente, tenho a impressão de ver um lampejo de rosto branco e cabelos pretos. Irmãs que poderiam morrer nas sombras tão facilmente quanto Myra ou Deirdre. Não digo a ele que minha mãe sabia de tudo e que ela teria ficado feliz em contar onde eu estava, só para vê-lo ficar decepcionado comigo. Tudo que ele precisava ter feito era perguntar.

—Vim para encontrar Obie.

A resposta o faz sacudir a cabeça, exasperado.

—Vou levar você para casa. *Agora.*

— Não — digo, e é estranho saber que ele não pode me obrigar a ir. A percepção é libertadora e um pouco triste. Ele sempre foi aquele que ditava as regras e dava os conselhos. A voz da autoridade.

Belzebu ergue as sobrancelhas. Então, me pega pelo cotovelo e eu acho que ele vai me sacudir, mas, em vez disso, me puxa para longe da avenida, em direção às ruas mais escuras e estreitas, empurrando-me à sua frente.

— Aonde estamos indo? Eu já disse que não vou para casa.

— Não? Então você e eu vamos ter uma conversinha.

Seguimos pelo mesmo caminho que percorri antes, quando minha mãe me levou até Myra, e, por um momento, imagino que ele esteja me levando de volta ao terreno baldio. Em vez disso, ele para diante de um prédio fechado por tapumes. É alto e sem janelas, com um toldo bambo e sem luzes. A calçada à frente está deserta e as portas de vidro são escuras.

Quando ele se aproxima da entrada, espero que use algum truque para fazer desaparecer o vidro ou derreter a corrente que fecha a porta, mas ele apenas saca um molho de chaves e tenta, uma após outra, até encontrar a certa.

— Venha — diz ele, me conduzindo pelo saguão escuro e abandonado.

Há folhetos de programação de teatro amassados por toda parte e embalagens vazias de pipoca espalhadas aqui e ali. Belzebu ignora a bagunça e me conduz para a sala de teatro.

O palco é grandioso e decadente, com uma variedade alegre de luzes coloridas. A maior parte das lâmpadas está quebrada, e o fosso da orquestra está cheio de cacos de vidro, mas as que ainda estão inteiras se acendem quando Belzebu aciona um interruptor, propiciando luz suficiente para que eu olhe ao redor. As cortinas são de um tom vermelho profundo e volátil, pesadas de poeira. O lugar todo tem um cheiro característico de abandonado.

— Onde estamos? — pergunto, contemplando o teto pintado, os bancos de veludo puídos. A tapeçaria deve ter sido vermelha, mas agora os estofamentos desbotaram até ficar com um tom cor-de-rosa poeirento.

Belzebu não responde imediatamente. Ele está de costas para mim, olhando em volta do teatro vazio.

— Aqui costumava ser nosso lugar, Las Vegas. Esta cidade inteira já foi um submundo criminoso, um dia, e nós éramos recebidos de braços abertos.

— Mas não mais? — lembro-me da performance de Moloch no hotel, colocando fogo nos guardanapos. — Ninguém sequer olha duas vezes para a gente aqui. E eles têm aquele jardim... o Jardim dos Beijos, no Passiflore.

— Ah, o Passiflore ainda nos acolhe e há mais alguns lugares, mas o fato é que Vegas não é mais como antigamente.

Ele me ajuda a subir no palco, guiando-me até o centro, onde há somente um enorme bloco de madeira, quase chegando à altura da minha cintura. A superfície é áspera, toda marcada por cortes e manchada de um marrom-escuro, perturbador.

— O que é isto? — pergunto, passando os dedos pela superfície cinzelada.

— Era o fim de um número de mágica muito popular. Um par de demônios com um dom raro e bastante chocante se cortava ao meio. Então, para espanto da plateia, eles uniam novamente as metades, nem sempre se preocupando com que partes pertenciam a quem. — Sua expressão sugere que a ideia seja de mau gosto.

— O que aconteceu com o show? Eles se aposentaram?

Belzebu balança a cabeça, olhando para todos aqueles bancos vazios.

— Morreram. Eles se acostumaram a viver na Terra, e, quando ficou claro que não tinham intenção de partir, Azrael os abateu e fez com que todos os demônios miseráveis que administravam o teatro fossem destruídos. Estou lhe mostrando isso porque você precisa entender que a Terror Negro é real. Ela é incrivelmente perigosa e, se pegar você, irá matá-la.

— Eu sei — digo e minha voz é tão baixa e dura que quase não me reconheço. — Não sou burra.

Belzebu assente, abaixando-se para sentar na borda do palco. Após um segundo, me sento ao lado dele.

— Posso fazer uma porta — diz ele. — Posso mandar você para casa agora mesmo, sã e salva. Temos outras formas de encontrar Obie, se você me deixar cuidar disso.

Mas sei, com uma certeza inexorável, que ele não pode. Se não encontrou Obie até agora, não vai conseguir encontrá-lo. Ele não tem os sonhos de Truman. Não sabe sobre a igreja.

Quando ele diz que vai cuidar do assunto, está me dizendo aquilo que eu mais queria ouvir, só que agora é tarde. Já vi Obie deitado

ENTRE MUNDOS

sobre aquela mesa. Já fiquei ao lado do corpo de Myra e contemplei seus olhos sem vida. E essas coisas ele não pode consertar. Enfio a mão no bolso e deixo a pulseira dela cair no palco, entre nós.

Belzebu parece compassivo e perplexo sob as luzes do palco, estreitando os olhos na direção dos frasquinhos.

— O que é isso?

— Era da Myra. Sei que você quer que eu vá antes que as coisas fiquem feias, mas elas já estão feias. A Terror Negro esteve aqui, então não venha me dizer que está tudo sob controle ou que Obie vai ficar bem. Eu vi o corpo dela. Não está tudo bem.

Belzebu passa os dedos pelos berloques da PREGUIÇA, da AVAREZA e da INVEJA. Ele não diz nada por um longo tempo. Os pecados se espalham no palco entre nós.

— Foi muito horrível? — pergunta ele, finalmente.

— Não — respondo, olhando para a pulseira, lembrando. O cobertor surrado, a coroa de espinhos. Eu me ajoelhei ao lado dela na terra, mas não fiquei devastada. Não sinto nada.

Espero que ele me diga que estou errada, que é apenas uma reação negativa à descoberta do corpo de Myra. Um choque, talvez. Percebo, com uma espécie de surpresa infeliz, que é isso que quero ouvir, mas ele não me diz. Seu rosto está sério e posso ver que, de alguma forma, o decepcionei por não sentir tristeza.

Ele assente, num gesto pesado.

— Então você é mesmo filha da sua mãe.

— Sim — digo, porque não há como negar. Sempre fui filha da minha mãe.

O teatro está silencioso e vazio. Já não há mais espetáculo. Nunca haverá novamente uma dupla de demônios menores sob a luz pálida do refletor, nunca mais cortarão um ao outro e grudarão novamente os pedaços.

Belzebu olha para mim.

— Admiro sua determinação, sabe? Mas você não vai conseguir ajudar seu irmão nem um pouquinho se acabar morta.

Concordo com a cabeça. Ele está certo, mas não de uma forma tranquilizadora e autoritária que prova que tudo está sob controle. Ele está certo de uma maneira que faz com que eu me sinta pequena e indefesa, como se algo terrível estivesse para acontecer.

— Suponho que eu deva deixá-la tomar suas próprias decisões — diz ele finalmente, e sua voz é branda e quase triste. — Mas lembre-se: se a Terror Negro vier procurá-la, você não terá como se proteger e não haverá ninguém para lhe ajudar.

— Vou ficar bem — digo porque, às vezes, dizer uma coisa em voz alta é suficiente para que pareça verdade.

Belzebu assente e, à luz mortiça dos refletores, sua expressão é dura. Ele me dirige um olhar grave e perturbado e sei que não está convencido.

CAPÍTULO VINTE E SEIS
A ÁRVORE DA DOR

Quando finalmente volto para o quarto, Truman já está lá. Na televisão, pipocam anúncios de amaciante de roupa e comida congelada. Raymie está em sua caixa com um cobertor sobre a cabeça, como costuma fazer quando está pensando em alguma coisa ou quer fazer de conta que é um coelho.

Sento-me no sofá de veludo com os joelhos encolhidos. Truman está na cama, encostado na cabeceira e olhando fixamente para o espelho do teto. Seus braços estão nus e percebo que, desde a noite passada, ele não tem se preocupado tanto em usar mangas compridas. Observo o contorno de seu lábio inferior sem me dar conta, até que ele olha para mim. O olhar que me dirige é perplexo e sinto como se houvesse sido flagrada fazendo algo vergonhoso.

— Você está bem? — pergunta ele, se levantando.

Quero dizer que estou bem, mas seus olhos são ternos e algo se embola na minha garganta, então desvio o olhar, abraçando meus joelhos.

— Qual é o problema? — pergunta ele, vindo até o sofá. Então, se senta ao meu lado e, depois, se aproxima um pouco mais. — Você levou bronca ou coisa parecida?

Balanço a cabeça, lutando para dar voz àquilo que Belzebu me contou sobre mim mesma.

— O que foi, então?

— Não fiquei triste quando Myra morreu. — A admissão sai numa voz fina e aguda, algo mínimo, vergonhoso.

Por um momento, Truman apenas me olha, contempla meu rosto como se estivesse vendo a frieza e a culpa que estão ali. Quando fala, no entanto, seu tom é gentil.

— A tristeza pode ter várias aparências diferentes. Você não precisa chorar nem fazer escândalo para provar que está triste. Eu reconheço tristeza quando a vejo.

— Como? — pergunto. — Como alguém pode estar triste sem saber?

Ele não responde. Sua cabeça está próxima da minha, e ele se inclina ainda mais para perto. Seus olhos são do tom mais claro e límpido de azul, as íris exibem minúsculos veios, como vidro coberto por rachaduras finíssimas. Ele tem cheiro de fumaça e de algo quente e apimentado.

— Daphne... — Então ele para. Sua voz é rouca, de repente. Entrecortada.

Ele abre a boca, só um pouco, e posso não ser profeta, mas sei o que vai acontecer. Seus olhos são excepcionalmente transparentes. Fazem com que seja tão fácil ver a dor que existe nele. Que permanece dentro de seu peito, no espaço obscuro entre seus lábios. Quase posso sentir o gosto.

Ele se aproxima mais e eu me levanto do sofá, mantendo a cabeça virada para não ver a forma como ele me olha.

ENTRE MUNDOS

No banheiro, as luminárias têm o formato de tulipas de metal, ordenadas em fileira acima do espelho comprido. Penduro uma toalha de banho nelas de forma que cubra o espelho e eu não tenha que ver Lilith.

Então, abro as torneiras e fico parada diante da pia, com a água indo ralo abaixo. O som me ajuda a ignorar o formigamento que sinto nas mãos. A toalha bloqueia meu reflexo e o olhar de repreensão que parece dirigir a mim.

A água escorre na pia sobre a qual me inclino com os olhos fechados quando Truman bate levemente à porta entreaberta. Então, como não respondo, ele a empurra.

— Daphne. — Sua voz é baixa e hesitante. — Por favor, preciso conversar com você.

Fecho a torneira e o banheiro fica, de repente, muito silencioso.

— Não faça isso.

Se ele tentar se aproximar de mim, sei que não vou conseguir resistir. Ele vai me beijar, e eu vou deixar. Vou beijá-lo também Não serei em nada melhor do que as minhas irmãs, com seus sorrisos famintos. Terei certeza de quem sou, e serei alguém que não quero ser.

Ele cruza o banheiro e me vira gentilmente pelos ombros. Quando me toca, sinto meu sangue ficar estranho, quente demais e correndo muito depressa. Ele passa o dedo por minha face, e eu expiro com força, porque, se não o fizer, acho que meus ossos irão se romper.

Sua mão é morna na minha pele, cobrindo meu ombro, e, por dentro, meu sangue está se acelerando... tanto que tenho certeza de que não vou aguentar por muito tempo. Preciso fazê-lo parar apenas para conseguir respirar sem me sufocar.

Quando me afasto, ele parece magoado, mas não surpreso. Dentro de instantes ele vai sair daqui... Irá embora e, então, o cômodo voltará a parecer enorme, e poderei ficar calma e sozinha. Segura.

Em vez disso, ele passa os braços em torno de mim e me puxa mais para perto.

— Ei — diz ele ao meu ouvido. — Ei, qual é o problema?

— Se eu beijar você, posso acabar com a sua vida. — Minha voz é muito baixa. — Posso tomar de você tudo o que vale a pena. Qualquer coisa que faça de você um ser humano. Minhas irmãs fazem isso o tempo todo.

Quando ele sacode a cabeça, seu rosto roça no meu.

— Eu não me importo.

Ele desliza a mão por minha nuca, enredando os dedos nos meus cabelos. Seu coração bate forte contra meu corpo, palpitando em meu peito. Quase parece o meu.

Sua boca em meu ouvido é morna e posso senti-lo respirando.

—Você não faz ideia do quanto eu não me importo.

— Eu vou ver você — sussurro. — Não só sua tristeza ou suas cicatrizes, mas você, de verdade. Tudo sobre você.

Truman me solta. Dando um passo para trás, ele me encara. Então, concorda.

— Está bem. — Ele fica parado diante de mim com os braços pendendo um pouco afastados do corpo. Oferecendo-se.

ENTRE MUNDOS

Quando levanto sua camisa, é de forma lenta. Sua pele é suave, e eu o toco porque ele é bonito e porque apenas sinto muita vontade de tocá-lo·

Seus braços são rijos, mas bem-definidos. Musculosos. Ele está diante da banheira de porcelana, de peito nu, o jeans pendendo baixo nos quadris. Seu sorriso é cauteloso, e toda a impaciência e ironia de costume desapareceram.

— Que tal?

— Lindo.

Ele desvia os olhos timidamente, balançando a cabeça.

— E eu? Posso ver você?

— Sim — digo, embora o pensamento faça um alarme disparar freneticamente na minha cabeça. Ninguém nunca me viu assim. Mas ele quer. Ninguém nunca pediu isso às minhas irmãs. Eles viam querendo ou não.

Ele lentamente tira meu vestido por cima da minha cabeça. Minha pele se arrepia quando o ar a envolve, e preciso cruzar os braços sobre o peito. Tudo está exposto demais.

— Venha aqui — digo. Abro a cortina do box e pego a mão de Truman. Quando a fecho à nossa volta, ele ergue as sobrancelhas, mas não diz nada. Por trás da cortina, tudo parece mais seguro, como se o mundo fosse muito pequeno.

Ficamos nos olhando na banheira, e ele me observa intensamente. Mexe os lábios, mas nenhum som sai. Ele levanta as mãos e as minhas se erguem para encontrá-las, dedos se entrelaçando. Esta é a melhor coisa... a coisa mais *real* da minha vida, e não sei como deixá-lo me tocar. Fico assustada com a intensidade dos meus desejos.

301

— Você está com medo de quê? — diz ele, e sua voz é baixa e gentil.

— De mim. — Minha garganta está apertada e cheia de culpa quando digo aquilo em voz alta. — No lugar de onde venho, isto... o que estamos fazendo... não é bom. Há todas essas vozes na minha cabeça, todas essas vozes me dizendo o que devo ser, e só quero que se calem.

Truman assente, e sua expressão é solene, como se soubesse do que estou falando. Sem tirar os olhos de mim, ele estende a mão atrás de si e liga o chuveiro.

Imediatamente, o banheiro se enche com o som da água. Ela cai sobre nós, fria e depois morna. Meus cabelos estão ensopados e ficamos parados frente a frente, banhados em vapor.

Ele sorri.

— Vamos ver se elas conseguem falar com você agora.

Quando inclina a cabeça para me beijar, eu me rendo, deixando meu corpo ir ao encontro do dele. Sua boca é cuidadosa, e Truman se move devagar, tão devagar que provoca arrepios na minha espinha. Algo elétrico soa nas minhas veias, e eu amo e odeio tudo isso. Quero rir de como sou tão terrível. Nunca desejei nada tanto quanto desejo isso.

Ele me segura pela cintura e me inclina para trás, nossa pele grudando e rangendo nas laterais da banheira. Então me beija na boca com força e não para.

Nossos corpos são desajeitados no côncavo da banheira, pontudos e escorregadios, enquanto nos reviramos e nos despimos mutuamente. Mesmo no vapor, Truman está tremendo, os pelinhos em seus braços estão arrepiados. Fecho os olhos contra os borrifos de água.

Seus lábios são mornos, descendo pela minha garganta, roçando minha clavícula como se ele estivesse me aspirando. Sua boca está em toda parte, acariciando meu pescoço e meu rosto, e ele me deseja e me encontra e me encontra novamente, cada vez que seus lábios tocam minha pele.

Sua testa toca a minha e é então que eu vejo... a forma de sua tristeza.

Ela assoma com uma clareza assustadora, adquirindo vida por trás das minhas pálpebras. Uma árvore sem folhas, descolorida pelo sol, rachada na base. Eu o beijo com força, e a árvore se aproxima mais, vindo rapidamente em minha direção. Meu eu onírico atinge seu âmago, procurando no escuro por aquilo que sabe que estará lá.

Procuro até meus dedos se fecharem em torno de algo sólido, que eu puxo para fora: é uma coisa afiada, de cristal, toda feita de gumes, ângulos e pontas. Quando a seguro nas mãos, ela emite uma luz branca, como a explosão de uma bomba, ofuscante. Então, a luz se derrama sobre mim, penetrando a minha pele. Eu a absorvo como a luz do sol e me sinto livre.

Truman estremece, os dedos se enterrando em meus ombros. Ele emite um ruído na garganta, um som denso e abafado, e eu o solto.

Imediatamente, a árvore da dor tremula e desaparece. Minhas mãos estão vazias. Meus ouvidos se enchem de gritos distantes, como estática, e acabo de fazer aquilo que nunca quis fazer.

Estou deitada de costas na banheira com um garoto que tenta desvencilhar as pernas de mim. O chuveiro está ligado e ambos estamos ensopados.

— O que foi isso? — sussurra ele. Sua voz é rouca, entrecortada.

— Foi um erro. Sinto muito... Eu sinto muito.

— Daphne. — Ele parece desorientado e um pouco trêmulo, mas é um sorriso que eu nunca vi em seu rosto antes, amplo e fácil, repleto de alegria. Ele se apoia nos braços, olhando para mim. Seus olhos estão claros, estáveis e calmos.

— Não é um erro. O que quer que tenha sido, foi... incrível.

E assim tenho certeza de que existe um coração no meu peito. Posso senti-lo tentando saltar para fora, voar pelo ambiente como um pássaro gigante, livre e esvoaçante.

Vi a extensão de sua dor, vi até o fundo, e ele ainda está aqui... está até mesmo sorrindo. Ainda me sinto a mesma, mas com uma compreensão melhor do que isso significa. Durante toda a minha vida, beijos foram o território dos demônios, ao mesmo tempo fascinantes e assustadores. Maus, pouco naturais, sórdidos.

Durante toda a minha vida, estive errada.

A verdade é que algo da sensação da minha boca contra a dele foi terrivelmente, gloriosamente humana.

0 DIAS 6 HORAS 7 MINUTOS

11 DE MARÇO

Truman estava deitado na cama, vendo o quarto refletido no teto.

A cabeça de Daphne estava encaixada sob seu queixo e era agradável sentir seus cabelos úmidos sobre o pescoço. No outro lado do quarto, a televisão cintilava pacificamente e, no espelho, os dois pareciam muito cansados.

Beijá-la tinha sido incrível. Nada que lembrasse beijar Claire ou qualquer uma das garotas desesperadas e carentes que queriam se agarrar com ele nas festas. Tinha sido como a luz do sol, cheia de calor e liberdade. De repente, o mundo parecia muito melhor.

— Eu machuquei você? — sussurrou ela, movendo-se mais para perto.

Truman precisou se controlar para não rir.

— Não sei se você andou prestando atenção, mas toda vez que me machuco, geralmente sou eu mesmo o responsável.

Com uma das mãos, ela começou a acariciar os braços dele.

— O que faz você odiar tanto o seu corpo?

— Nada. Quer dizer, não odeio.

Ela não disse nada, apenas passou o dedo pelo interior do pulso dele. Na TV, um casal de tigres saltava alternadamente entre duas plataformas pintadas, enquanto um grupo de garotas de maiô de paetês agitava faixas amarelas atrás deles.

Daphne se aproximou ainda mais dele, dizendo em uma voz sonolenta:

— Sinto muito por ser tão assustadora.

— Você não é assustadora. Você é linda.

— Por que você sempre diz coisas tão boas sobre mim?

— Talvez eu goste de você — disse ele, apertando-a contra o peito e pressionando os lábios no topo de sua cabeça. — Quando estou com você, talvez não me ache tão ruim assim.

— O quê? — Sua voz era baixa e sonolenta. — Você está resmungando.

— Nada, não é importante. — Os cabelos dela tinham cheiro de água e sal. — Você tem sorte — disse ele, tocando seu ombro, seu braço.

— Como assim?

— Você é tão feliz, o tempo todo.

— Não. — Ele podia sentir os lábios dela se movendo sobre sua pele, conforme ela falava. — Nunca fui feliz antes de vir para cá.

— Então como você era antes?

— Solitária. Entediada, talvez. Era um sentimento estranho. Acho que, se eu pudesse vê-lo, teria a forma de um minúsculo castelo lustroso, cheio de flores venenosas e lanças de prata.

Truman apenas olhou para o espelho e balançou a cabeça. Sua dor não florescia nem brilhava.

Ele respirou fundo e engoliu em seco, antes de falar.

— Talvez os sentimentos tenham forma, mas a dos meus não é nítida para mim.

ENTRE MUNDOS

— Por que não?

— As coisas não são assim, só isso. É como um acidente de carro. Qualquer pessoa normal desviaria os olhos. Ficar olhando os deixaria nauseados.

Daphne se soltou do abraço e se afastou do peito dele.

— Não — disse ela, inclinando-se sobre ele, tocando seu rosto. — O seu caso não foi um acidente.

Truman fechou os olhos, concentrando-se na sensação da mão dela em seu rosto.

— Não foi isso que eu quis dizer.

— Mas você deveria saber como é. Se parece com uma árvore, toda retorcida, desfolhada e atingida por um raio, mas não está morta. Ainda pode se recuperar.

Truman não respondeu, apenas ficou deitado de costas, olhando para ela. Daphne tinha um olhar doce e sorria, segurando o rosto dele entre as mãos.

Ela o beijou delicadamente, então se deitou de novo, aconchegando-se sob seu queixo.

— Só não quero que você pense que não vai melhorar nunca.

Ele trincou o maxilar, abraçando-a com mãos trêmulas, pressionando a boca contra seus cabelos.

Quando ele os observou no espelho, seu reflexo pareceu estranho e distante, como se estivesse observando de fora do próprio corpo. Daphne estava deitada com a cabeça em seu peito. Seus olhos estavam pesados, quase se fechando. Ele a abraçava, e suas mãos pareciam sardentas e ossudas em contraste com a pele imaculada dela.

Ele parecia mais jovem do que quando tinha dezesseis anos. Mais jovem do que antes de sua mãe morrer. Seus olhos estavam úmidos e brilhantes, mas a dor em sua garganta era agradável.

Ficou ali deitado, as lágrimas escorrendo pelo rosto e o pescoço, ensopando o travesseiro. Ver a si mesmo chorando era estranho, como ver alguém distante, mas conhecido. Alguém a quem não via fazia muito tempo.

Daphne jazia sobre seu peito, alheia à irregularidade em sua respiração, às lágrimas em seu rosto. Ele ergueu a mão, tocando a lateral de seu pescoço, a curva de seu ombro. Ela estava dormindo. Com o controle remoto, ele desligou a TV e estendeu a mão para apagar o abajur.

No escuro, ficou olhando fixamente para as sombras. Quase todas as noites, durante o último ano, ele havia despertado tremendo e mesmo sua cama estreita parecera ter um quilômetro de largura. Agora, o sono não só parecia possível, como também certo.

Encostada a seu peito, Daphne estava quente. Ele fechou os olhos e não pensou em drogas, em Azrael nem em seu ano terrível e desesperado. Não pensou em solidão nem tristeza. Nada, nada... nada e tudo.

E dormiu. E foi bom.

* * *

Todas as velas tinham sido acesas, enchendo a igreja com uma luz fraca e bruxuleante. Truman estava descalço sobre a plataforma do altar, abraçando o próprio corpo no ar frio e seco. O silêncio era tão intenso que ecoava.

ENTRE MUNDOS

Azrael surgiu da escuridão e apoiou o cotovelo no ombro de Truman.

— É legal, não é, podermos finalmente nos ver? Tem sido bem frustrante tentar trabalhar com você quando não podia ver meu rosto.

Truman olhou para a frente.

— Não quero ver seu rosto. Quero voltar para a cama.

— Então não devia ter deixado sua amiguinha conduzir você por aquela porta. Você podia preferir sua ignorância, mas o delírio é um alerta muito poderoso. Você me viu, agora não pode voltar atrás e não ver mais.

Truman deu meia-volta. Estava com frio e desorientado, mas a costumeira onda de desesperança havia sumido. Lá no canto, Obie ainda estava deitado na mesa, com as mãos amarradas acima da cabeça. Seus braços sangravam, e a visão fez Truman tremer e sentir náusea, mas, por trás daquilo, estava extremamente furioso.

Azrael suspirou, passando o braço pelos ombros de Truman e se inclinando para encostar a cabeça contra a sua.

— Não está contente em ver seu velho amigo? Creio que me lembro vagamente da época em que você ficou íntimo de uma navalha e passou quatro dias no hospital, fazendo amizade com um demônio inferior. Isso lhe parece familiar?

Truman sacudiu a cabeça, tentando se afastar. O hálito de Azrael era quente em seu rosto, e ele podia sentir o cheiro de incenso e de livros velhos e empoeirados. Sua garganta pareceu fechar-se.

À luz das velas, ele podia ver que a mesa não era propriamente uma mesa, era só uma tábua pintada sobre dois cavaletes. Obie se virou e começou a se debater, puxando o arame que prendia suas mãos no alto da tábua.

Sem pensar, Truman se moveu para ajudá-lo, mas Azrael o segurou pelo cotovelo, puxando-o de volta.

— Não, não. Vamos só assistir. Estou curioso para ver no que isso vai dar.

Obie puxou o arame com força e, depois de muita luta, conseguiu soltar uma das mãos. Virando-se desajeitadamente, ele usou o dedo indicador para traçar algo na superfície da mesa.

— Liberdade — sussurrou ele, e sua voz pareceu seca. Nada aconteceu. — Lar.

Azrael sorriu e deixou Truman se soltar. Depois atravessou a plataforma até onde Obie estava e se inclinou sobre ele.

— Você ainda não percebeu? Não vai conseguir ir a lugar algum.

Ele puxou um dos braços de Obie para baixo, segurando-o afastado do corpo, apertando-o contra a tábua. O prego de ferrovia apareceu do nada, adquirindo vida na mão de Azrael. Ele pressionou a ponta no meio da palma da mão de Obie.

— Pegue aquele martelo para mim — disse a Truman, indicando o púlpito atrás de si.

Truman olhou para onde Azrael apontava, e ali havia um martelo da marca Craftsman em cima do púlpito.

— Ai, *Deus* — sussurrou ele, recuando, sacudindo a cabeça.

— Está bem, eu mesmo pego. — Azrael deu de ombros e, de repente, já estava segurando o martelo. Ele o apontou para Truman, levantando as sobrancelhas. — Tem certeza de que não quer me ajudar? Seria muito mais rápido com um par de mãos extra.

Truman ficou ao lado do púlpito, sentindo-se enraizado no chão. Tinha a respiração acelerada e estava em pânico, e nem mesmo rezar a Ave-Maria ajudou.

— Como quiser. Só vai levar um minuto. — Azrael ajustou a palma da mão de Obie, então desceu o martelo. O prego não penetrou na primeira tentativa, e ele teve de dar mais dois golpes antes que entrasse, lascando a tábua por trás de sua mão.

Obie ofegou, encolhendo os dedos, arqueando as costas contra a mesa, mas não gritou. De alguma forma, o silêncio fez com que fosse ainda pior. Sob a venda, seu rosto estava pálido e encovado. O maxilar se destacava como se estivesse trincando os dentes.

Satisfeito, Azrael deu um passo atrás e, de repente, em vez do martelo, ele tinha nas mãos um alicate de ponta comprida. Cortou o arame que ainda prendia a outra mão de Obie. Então, o segundo prego estava em posição, penetrando, enterrando-se na tábua.

Obie jazia na mesa, de braços abertos. Sua boca estava fechada, os lábios brancos.

Azrael sorriu, parecendo animado e amigável à luz das velas.

—Agora é a hora da diversão. — Ele olhou para Truman, levando um dedo aos lábios, então apoiou os cotovelos na mesa, falando perto do ouvido de Obie: — Sua irmã está na Terra. Você sabia?

Obie não respondeu de imediato. Quando o fez, sua voz pareceu empoeirada:

—Tenho um monte de irmãs.

— Estou falando da pequena, com os dois dentinhos metálicos adoráveis e nenhum senso de autopreservação. Será que se lembra dela?

— Você está mentindo. Daphne nunca sai da cidade.

Instantaneamente, a expressão de Azrael se escureceu e um bisturi surgiu em sua mão. Ele o segurou acima do braço de Obie, apoiando-se nos cotovelos de forma que a mesa se mexeu e rangeu nos suportes improvisados.

— Eu nunca minto.

Obie puxou com força os pregos de ferro, e Truman recuou quando a madeira rangeu, mas os pregos não se soltaram.

— Ela está aqui — disse Azrael. — Mas a Terror não precisa matá-la. A Terror não precisa matar ninguém. Eu poderia decidir que já perseguimos demônios por tempo demais e mandá-la para casa. Você só precisa me dizer onde está seu filhotinho.

Quando Obie respondeu, sua voz estava entrecortada, vacilante e desesperada.

— Eu já disse, não *posso*.

— Então, a Terror vai ter um mês excelente. — A mão de Azrael percorreu o braço de Obie, sem deixar a lâmina tocar de fato na pele.

— Tenho outra notícia para sua informação. Enquanto você estava ocupado aqui deitado, vários de seus amigos e parentes estavam lá fora morrendo.

— Minha família. — A voz de Obie parecia sedenta. — Você está falando da minha família.

Sem aviso, Azrael desenhou com a lâmina outro símbolo no antebraço de Obie.

ENTRE MUNDOS

— Diga olá a Myra.

Conforme o bisturi fez o sangue escorrer, algo tombou na plataforma, fazendo o chão tremer.

Truman se adiantou cautelosamente, agachando-se para examinar a forma pálida que aparecera a seus pés, sombria sob a bruxuleante luz das velas.

Estava olhando para Myra, mas não a garota travessa e sorridente ao lado da qual se sentara no bar. Aquele era o corpo que Daphne havia encontrado no terreno baldio. Era uma visão trágica, uma garota em pedaços. Seus olhos estavam abertos, fixos no teto escuro. As costelas tinham sido abertas, e o corte era irregular e não sangrava. Ainda havia um pouquinho de sangue aqui e ali, manchando seu vestido e pingando do queixo, mas não muito. Onde havia respingado nos degraus, queimou o carpete e, depois, começou a corroer o piso. Ele cobriu a boca com a mão, mas não conseguiu abafar o ruído baixo e horrorizado que subiu de sua garganta.

Azrael atravessou a plataforma e parou diante dele.

— Está vendo isso? Poderia facilmente ser Daphne.

— Não — sussurrou Truman. — Por favor, não.

Obie jazia no canto, pregado à tábua. Seus braços vertiam sangue de fileiras de cortes rasos.

— Azrael, por favor. — Ele parecia desesperançado e exausto. — Não sei onde ela está. Não posso dar o que você quer. Ela está com a mãe e você não irá encontrá-la.

— É um bom palpite, mas, não, ela não está com a mãe.

Obie ficou rígido. À luz das velas, seu rosto parecia feito de cera sob a venda. Sua voz estava oca.

313

— O que você fez?

— Cuidei da mãe dela. — A expressão de Azrael era afetuosa. Solidária. — Foi bonito e, em última análise, rápido. Encontrei Elizabeth no jardim municipal do Parque Garfield e propus um plano. Gosto de pensar que ela ao menos tenha considerado a proposta. Teria sido um sacrifício corajoso, seu bebê-demônio em troca da própria salvação.

As palavras eram estranhamente familiares. *Sacrifício* e *jardim*, e despertaram algo na memória de Truman. Ele havia frequentado o catecismo durante a maior parte de sua vida.

— Os Mistérios Dolorosos — sussurrou ele, ajoelhando-se ao lado do corpo de Myra. Sua testa ainda estava cingida por flores espinhosas. — A agonia no jardim, a coroa de espinhos... São Mistérios do Rosário.

Azrael assentiu de forma cordata.

— Achei que tinha certo esplendor. Existe algo de poético em recriar um quadro religioso. Mas não funcionou. Ela fez a escolha errada no fim das contas.

Enquanto Azrael falava, o corpo de Myra foi se dissolvendo e se transformando. Agora Truman se via ao lado de uma mulher com cabelos castanhos grossos e sem metade do rosto.

Truman engoliu em seco, balançando a cabeça.

— Como? Como você a matou?

Azrael parou ao lado de Obie, e a luz das velas o fez parecer muito cruel, de repente.

— Nunca toquei nela, só disse à minha amiga sombria onde encontrá-la.

— Ela era boa — sussurrou Obie. Sua voz tremia. — Era minha mulher. Eu a *amava*.

Azrael se inclinou mais perto, sua voz quase terna no escuro.

— Claro que amava. Você ama todas as coisas quebradas. Agora, onde *está* a criança?

— Eu não sei. Por favor... Por favor, acredite em mim.

A dor na voz de Obie fez o peito de Truman doer. Era muito bruta, muito familiar, e ele fechou os olhos.

Azrael se virou e atravessou novamente a plataforma até onde Truman se ajoelhava ao lado da mulher de Obie. Ele apontou para o corpo estraçalhado, o rosto destruído.

— É isso que acontece às pessoas que escolhem demônios em vez da salvação. Às vezes, a única forma de salvar alguém é deixando-o partir.

Truman o encarou, balançando a cabeça.

— Você não pode me salvar — sussurrou ele. — Nada pode. A Igreja nunca conseguiu, nem Obie, nem a escola, nem minha família, nem estar bêbado, nem estar morto. E Daphne tampouco pode me salvar... ninguém pode salvar outra pessoa além de si mesmo. Mas eu sou *melhor* quando estou com ela.

— Não, quando você está com ela, é tão miserável quanto sempre foi, e ela ainda é um súcubo imundo. — Azrael falava baixinho, observando Truman com algo próximo de tristeza. — Mas é por isso que mantenho a Terror Negro por perto. Ainda posso salvar você, mas estou lhe avisando desde já, vai ser bem difícil. Vai doer.

Truman sentiu frio e, de repente, estava completamente desperto.

— O que você vai fazer com Daphne?

— Nada. Nem sequer irei tocá-la. Mas ela vai morrer e vai ser horrível.

* * *

E Truman estava novamente acordado, o coração aos pulos. Na cama, Daphne estava muito perto, agarrada a seu braço. Seus dedos se enterravam no pulso dele, e ele se sentou.

No escuro, podia ver vultos e sombras, os traços vagos do quarto. Daphne encolheu-se junto dele, emitindo um gemido agudo. Ele a tomou nos braços, e ela correspondeu, rendendo-se. Daphne tremia tanto que, a princípio, ele pensou que estivesse chorando, mas ela não fazia nenhum barulho, e seu rosto estava seco.

— Ele não vai me matar — disse ela, e sua voz saiu baixa e feroz.

— Não desse jeito.

— Está tudo bem — sussurrou ele, mas não acreditava. — Não fale assim. Vai ficar tudo bem.

Ele disse aquilo com firmeza, abraçando-a junto ao peito. O fato de estar mentindo não importava.

CAPÍTULO VINTE E SETE
AMOR

São cinco da manhã e estamos todos acordados. Truman foi o primeiro a se levantar e, agora, está sentado no canto da cama, sem fumar, mas dando a impressão de querer muito.

Raymie está no carpete a meus pés, brincando com o kit de costura e cosendo grandes pontos negros por todo o corpo de seu coelho.

Truman a pega nos braços, acomodando-a no colo, e cobre seus ouvidos com as mãos.

— Está bem, acho que está na hora de termos uma conversa.

A princípio, acho que ele quer falar sobre o que aconteceu na banheira, mas ele respira fundo e diz:

— Foi Azrael quem matou suas irmãs, não foi? Bem, ele está seguindo os Mistérios do Rosário e quase terminando os Dolorosos. Ele pregou as mãos de Obie na mesa, mas ainda não o levantou.

— Como assim, "levantou"? Por que ele iria levantá-lo?

— Porque o último dos Mistérios Dolorosos é a Crucificação. Ele já fez a Agonia no Jardim e a Coroa de Espinhos. Pulou a Flagelação, mas...

— Não pulou, não — digo com um peso no peito. — Deirdre foi tão espancada que ficou irreconhecível.

Truman engole em seco.

— Então ele está seguindo a ordem. Ainda falta carregar a cruz, mas, depois disso, ele irá para a crucificação. — Enquanto ele fala, o olhar de Raymie vagueia pelo quarto, e ela chupa os dedos, me espiando por baixo das mãos de Truman.

— Por que você está fazendo isso? — pergunto. — Por que está cobrindo os ouvidos dela?

— Porque isso é ruim, não é? Você quer que ela ouça que seu pai está pregado a uma mesa? Que ele está preso em alguma igreja caindo aos pedaços e que não podemos fazer nada para ajudá-lo porque Azrael é um psicopata? — Ele acena com a cabeça, indicando Raymie. — E que ele vai continuar fazendo isso até Obie lhe dizer onde ela está.

— Não acho que Obie possa lhe dizer, mesmo que quisesse. Acho que nós somos as únicas pessoas que sabem.

Truman assente, olhando ao longe para algo que não posso ver.

— Acho que estamos errados com relação à igreja. Ficamos tentando descobrir aonde ir, como se Obie estivesse num lugar real, mas e se ele não estiver? Aquele clube a que fui ontem à noite com Moloch ficava em outro lugar. Quer dizer, não ficava em lugar algum, na verdade.

Concordo.

— Estava no espaço limiar. Entre dois mundos.

Truman pressiona as mãos com mais força aos ouvidos de Raymie e sua voz se reduz a um sussurro:

— Tudo que sei é que vi um monte de gente morta lá. A mãe dela... Uma das pessoas era a mãe dela, e foi feio, foi horrível.

ENTRE MUNDOS

Assinto com a cabeça, sentindo uma onda de tristeza por uma mulher que nunca conheci. Por Obie, que a perdeu.

Truman me observa, parecendo cauteloso.

— Acho que está na hora de você me contar sobre a Terror.

É confuso pensar que, durante toda a minha vida, eu soube a respeito da Terror Negro, mas nunca tive que descrevê-la. Fecho os olhos, tentando encontrar as palavras certas.

— Ela... é uma espécie de mensageira sagrada. Come os demônios e bebe todo o sangue deles para que nada de ruim escape.

Truman solta a respiração num suspiro trêmulo.

— E suas irmãs, elas... toparam com ela, então?

Confirmo, olhando para o carpete, mas *toparam* é a forma errada de expressar o que aconteceu e ambos sabemos disso. É Azrael quem diz a ela aonde ir. O que fazer.

Após um momento, Truman se inclina para mais perto. Sua expressão é tensa, e acho que ele vai me dizer que sente muito, mas, em vez disso, ele diz:

— Tem mais uma coisa. Moloch me disse algo ontem à noite. Ele me disse que seu amigo de terno era meu pai. Você sabia?

Nego com a cabeça, mas, ao mesmo tempo, a revelação parece certa e lógica. Foi Obie quem tirou Truman de Pandemonium, mas foi decisão de Belzebu mandá-lo de volta. Foi Belzebu que não quis entregá-lo aos Devoradores. Não, eu não sabia, mas devia saber.

— Como ele é? — pergunta Truman, balançando Raymie na curva do braço.

Por um segundo, não sei o que dizer. Tento pensar em detalhes que não parecerão terríveis. Ele está me pedindo o tipo de coisas que me contou a respeito de sua mãe. Todas as peculiaridades e preferências que definem uma pessoa.

— Ele gosta de ópera italiana — digo. — E de pistolas nove milímetros. Antes que meu pai o colocasse no comando das Coletas, ele era um deus da guerra em Canaã, mas agora ele praticamente só manda outras pessoas para efetuar as mortes. Ele age com muita dignidade e como se estivesse acima de tudo, mas foi ele quem começou a chamar as Coletas de "depósito de ferro velho". Em casa, ele tem uma nuvem de moscas que o segue a toda parte. Ele gosta da poesia de Yeats e de William Blake, mas sua citação favorita é de Kenneth Bainbridge, falando para Oppenheimer depois do teste nuclear na operação Trinity, com a nuvem em forma de cogumelo ainda no céu: "Agora somos todos filhos da puta."

Truman não responde de imediato. Fica sentado na cama, olhando para Raymie.

— Qual é a citação favorita do seu pai?

Não sei responder. Poderia inventar alguma coisa, mas não seria verdade. Há os clichês, os óbvios: *É melhor reinar no inferno do que servir no céu* ou *Aqui, ao menos, seremos livres*. Mas nenhuma se parece com o meu pai.

— Não sei.

— Então, você pode me contar todas essas coisas sobre Belzebu, mas não sobre seu próprio pai?

Seu tom é condescendente, como se estivesse sendo sarcástico, mas é a verdade. Sei mais sobre as opiniões de Belzebu acerca da arte moderna do que sobre a vida inteira do meu pai. Tudo que sei

ENTRE MUNDOS

sobre Lúcifer é a história de quem ele foi antes, um anjo mercenário, quase um ser mitológico. Não faço a menor ideia de quem ele é agora.

— Belzebu é meu professor — digo. — Ele é o único, além de Obie, que pede minha opinião ou que ao menos me ouve. Ele é o único pai que já tive de verdade.

Truman pega seus cigarros do criado-mudo e os revira na mão, como se não conseguisse decidir se tira um do maço ou não. Então, para e endireita os ombros como se finalmente tivesse tomado uma decisão.

— Eu o odeio.

— Não odeie — digo, sem fôlego. — Você não pode odiá-lo... Nem sequer o conhece.

Ele pousa novamente os cigarros.

— E de quem é a culpa por isso?

O quarto está silencioso e seco como o deserto. Frio, como se nunca houvéssemos deitado na banheira, escondidos por trás da cortina. Como se eu nunca tivesse visto a árvore.

Truman suspira e coloca Raymie sobre a cama. Então, vai até a porta corrediça e sai para a varanda.

Por um momento, apenas fico sentada olhando para ele.

— Ele está bravo — diz Raymie, abraçando o coelho cheio de pontos. — Ou talvez triste.

Concordo com a cabeça. Seus olhos estão arregalados, mas sua expressão é perfeitamente inexpressiva. Abraço meus joelhos. Quando ela solta o coelho e olha fixamente para mim, me levanto e sigo Truman até lá fora.

Ficamos lado a lado no minúsculo balcão de cimento. Sei que há algo errado entre nós, mas não sei o quê. A lembrança da noite passada ainda está fresca. Penso em Myra, em Deirdre, em todas as garotas que passaram pela cama de estranhos, tomando tudo que quisessem. Na noite passada, eu fui essa garota. Fiz a mesma coisa, mas não porque quisesse a dor... mas porque queria *ele*. O elo entre nós parece uma coisa real.

Truman está calado, com os cotovelos apoiados na grade, fumando. Lá embaixo, ouvem-se o zumbido da principal avenida de Las Vegas, a conversa débil dos pedestres e uma sirene soando muito ao longe.

Mexo nervosamente em meus cabelos, sem intenção. As pontas cortadas pinicam meus dedos e me obrigo a baixar a mão.

— O amor existe mesmo?

A pergunta é baixa, quase incorpórea. Sai numa voz entrecortada, mínima, que não parece minha, mas preciso perguntar. Preciso saber o que é isso.

Ele se vira a fim de olhar para mim e mal posso evitar me encolher. Finalmente posso olhar dentro de seus olhos, e tudo que quero é olhar em outra direção.

— Amor — diz ele. Sua voz sai rouca e, assim que diz aquilo, não consegue evitar desviar os olhos de mim. E, quando suas mãos começam a se remexer inquietamente, ele apoia as palmas na grade da sacada. — Eu quase morri, porque não me importava mais. — Ele para, balançando a cabeça, mas continua sem olhar para mim. Eu o observo mesmo assim, porque preciso saber a resposta. — Quase morri porque *queria* morrer. Era tão fácil, Daphne. Era tudo que eu *sempre* quis. E não doeu, não senti nada. E isso... — Sua voz falha, mas seus olhos estão secos e distantes. — Isso foi fantástico.

O ar está frio, mas nada que se compare a Chicago. Estamos numa sacadinha minúscula, muito acima da rua, rodeados por luzes de neon e pelo deserto, e um garoto que passou a vida toda querendo morrer está tentando me explicar a respeito de desejo.

— Quando acordei, você estava sentada ali, me olhando. Eu nunca havia sentido tanta dor na vida. Nunca quis morrer tanto quanto naquele momento, mas podia sentir suas mãos no meu rosto. Eu estava chorando porque não estava morto, e você estava simplesmente tocando meu rosto, como se tudo estivesse normal e bem. Há um ano e meio eu acordo com a sensação de ter pedaços de vidro quebrado dentro de mim. — Ele dá de ombros, de repente, balançando a cabeça. — Quando estou com você, isso desaparece.

Pisco e, ao fazê-lo, vejo a árvore da dor. Vejo como o beijei e senti gosto de tristeza. Eu a tomei, e tudo que sei é que, depois disso, seu sorriso ficou muito mais luminoso.

— Por que você está me dizendo isso?

— Porque é a verdade. — Seu rosto não se altera, mas suas mãos estão tremendo, tremendo na grade. —Você perguntou sobre amor. Não sei nada sobre o amor, Daphne. Só sei que não quero nada além de você. Não quero estar em nenhum lugar senão ao seu lado.

Lá embaixo, na rua escura, o trânsito está parado, os carros grudados um nos outros, um rio de faróis vermelhos. Meu coração, coisa que até recentemente eu não tinha certeza se existia, bate mais depressa do que nunca. Eu me viro para ele e, antes que possa dizer como me sinto quando estamos juntos, ele me abraça.

Quando levanta meu queixo, é como em todos os filmes, e não se parece em nada com um filme, porque está realmente acontecendo. Sua boca sobre a minha é quente e macia. Suas costas estão quentes sob as minhas mãos e não procuro pela miséria nem me afundo mais nele do que deveria. Apenas vislumbro uma centelha, e é suficiente. É secundário, apenas uma pequena parte dele, e todas as outras partes são mais importantes.

Ele coloca a boca ao lado do meu ouvido e sussurra:

— Isso é tudo o que quero, a sensação que tenho quando você me beija. Só isso já faz com que todas as coisas ruins se tornem melhores.

Minha vida toda, minhas irmãs me causaram horror e espanto, e, no entanto, eu poderia me tornar exatamente igual a elas em um segundo, só para ter Truman. Desistiria da minha herança angelical, das minhas unhas translúcidas e dos meus dentes brancos sem pensar duas vezes.

De repente, entendo aquilo que Petra sempre tentou me dizer. Todas as vezes em que ela murmurava sua litania de histórias, estava me dizendo apenas uma coisa: amor é quando você se importa mais com outra coisa do que com você mesma.

CAPÍTULO VINTE E OITO
TERROR NEGRO

Ao amanhecer, deixamos o quarto e descemos para encontrar Moloch. Não tenho muita esperança de que ele nos ajude, mas não sei o que mais posso fazer. Estou usando o suéter de Truman porque ele deixou e porque tem o cheiro dele, e eu gosto.

Sei que não adiantará muito contra monstros ou arcanjos, mas trago a navalha mesmo assim.

Estamos no andar principal, passando entre a multidão, quando vislumbro algo de olhos amarelos, meio transparente, na superfície de uma janela espelhada. Tudo que sei com certeza é que não é minha mãe. Aproximo-me da janela para ver de perto, mas não há nada ali, então aperto o passo.

Truman me dirige um olhar perplexo, mas não pergunta o que estou procurando e também não digo nada.

Então, vejo de novo. Não tudo, só um lampejo nas janelas que vão do chão até o teto, um vulto cinza deslizando entre as pessoas e meu coração começa a bater muito mais rápido.

O cassino está construído numa série de planos indecifráveis. Se você quer ir para o piso de cima, geralmente precisa descer primeiro. Estamos no longo corredor que leva até o mezanino e me aperto junto à parede, me acotovelando com as pessoas, apertando

Raymie mais do que o normal e mantendo o rosto dela virado para o meu ombro.

Estamos quase na escada rolante quando Lilith aparece na superfície de vidro do caça-níquel, me olhando de onde meu reflexo deveria estar. Seus olhos estão arregalados e cheios de terror.

— Corra — sussurra ela numa voz que faz o medo descer pelo meu pescoço. — Corra!

E, dessa vez, não espero. Desço correndo pela escada rolante, abrindo caminho à força entre a multidão, me espremendo contra o corrimão.

Posso ouvir Truman correndo atrás de mim.

No andar térreo do cassino, esbarro no cotovelo de uma garçonete e continuo em frente, desequilibrada com Raymie nos braços, sempre prestes a levar um tombo. O cheiro de cigarro não encobre o cheiro fétido de carne. Então, escuto a respiração. Ecoa à nossa volta, rouca, eufórica: o som universal de todos os tigres acossando todas as presas. Seus passos são ensurdecedores e parecem vir de toda parte.

— Corra, corra! — Lilith está gritando, ecoando das fichas que se derramam dos caça-níqueis, gritando das bandejas de copos vazios.

Já corri muito em Pandemonium, mas nunca desse jeito. Nunca para salvar minha vida, com o ar entrando e saindo dos pulmões. Raymie é pesada e desajeitada, dificultando meu deslocamento, mas a levanto nos braços e continuo correndo, trombando contra os caça-níqueis, indo na direção das escadas. Eu o vejo, o sinal estranho que indica a escadaria. Se conseguirmos chegar à escada, talvez possamos despistá-la, chegar até o quarto do hotel e trancar a porta, empurrar

ENTRE MUNDOS

o sofá de veludo para bloqueá-la... Ou fugir para o jardim, passar pela porta de lançamento de volta para Chicago ou para casa, ou qualquer lugar seguro.

Truman está logo atrás, passando entre caça-níqueis e mesas de vinte e um, tentando me seguir. As pessoas se viram tentando olhar para nós, mas ninguém se levanta nem grita. Ninguém tenta nos deter.

Viro rapidamente para a direita e me vejo num corredor estreito. O carpete é vermelho, as paredes, cobertas de espelhos e o corredor em forma de L não leva a lugar algum. Por um instante, eu o vejo — Azrael, com olhos faiscantes e um sorriso feroz, cheio de expectativa. Então, ele faz a curva e desaparece. O corredor se abre vazio à minha frente. Vermelho, como a morte é vermelha.

Então, a Terror Negro surge diante de meus olhos, entre o cassino e a saída bloqueada, e estamos presos no corredor com o monstro e os espelhos.

Ela se aproxima, colossal e cinza, com dentes pontudos e olhos de um amarelo sujo, nada parecida com a mulher gigante dos murais. À nossa volta, os espelhos a mostram em inúmeros reflexos, repetindo-se infinitamente, enorme, esquelética e faminta.

Os espelhos estão por toda parte, refletindo-nos de uma centena de pontos. Posso ver todas as imagens multiplicadas da Terror Negro, mas não consigo distinguir qual delas é a real. A respiração de Raymie é leve e rápida na minha orelha, e ela emite ruidozinhos animais, como o de ratinhos assustados, agarrando meus cabelos. Truman se aproxima de mim, mas, mesmo assim, sei que não pode me proteger disso.

Terror parece estar com água na boca e lambe os beiços. Seus olhos são ávidos, como se ela mal pudesse esperar.

Está bloqueando nossa saída, preenchendo o corredor com sua forma volumosa. Seu vestido é esfarrapado e coberto de ossos, não há como saber quais são de Myra e quais são de Deirdre. A visão é aterrorizante, e, se eu não me mover agora, meus ossos também serão pendurados ali.

Aperto Raymie contra o peito, protegendo sua cabeça com a mão e recuando, recuando, indefesa, para a parte sem saída. A Terror levanta a mão e, por um momento excruciante, acho que ela vai me matar aqui e agora. Então, ela me pega pelos cabelos, puxando com tanta força que me levanto do chão e giro no ar conforme ela me ergue e atira contra a parede. Ouço um barulho de vidro estilhaçado quando o espelho se quebra às minhas costas. Raymie escapa dos meus braços como um balão amarelo, voando em câmera lenta, braços e pernas se agitando, mas não tão freneticamente quanto eu esperaria, não com tanto desespero.

Truman se atira para pegá-la, agarrando-a pelas costas do macacão antes que ela caia no chão. Ele a abraça contra o peito, olhando loucamente em volta, para a confusão de reflexos, todos esqueléticos, enormes e com dentes afiados. Entendo que ele não pode ver a verdadeira Terror Negra. Eu mesma só consigo vê-la agora, que sua mão está na minha garganta.

Ela me aperta contra a parede, segurando meus pulsos acima da cabeça e me impedindo de alcançar a navalha. A textura do vidro é áspera, estilhaçada em contato com meus braços. Meu colo e meu pescoço estão expostos, prontos para sua faca curva e para

ENTRE MUNDOS

seus dentes, e não tenho nada além do vidro rachado atrás de mim. Quero quebrá-lo, soltar os cacos, mas a Terror segura meus pulsos e, quando chuto, o calcanhar das minhas botas bate inutilmente na parede acima do carpete.

Ela sorri para mim e sinto cheiro de enxofre. Está rindo, e mal posso ouvi-la acima do ruído de meu próprio sangue. As garotas de dentes metálicos estão fluindo pelas minhas veias e querem sair. Querem destruir tudo, e a Terror está rilhando os dentes, rindo e rosnando. Antes daquele momento, eu jamais havia cogitado não ser imortal.

Então, um barulho suave vem de algum ponto próximo, um sussurro no espelho atrás de mim. A voz da minha mãe é baixa e cheia de pânico, falando comigo, diretamente no meu ouvido.

— Daphne, *faça* alguma coisa. Você tem que fazer alguma coisa para se salvar.

Uma calma estranha e impenetrável se apodera de mim. Este é o momento da desesperança. O momento em que vivo ou morro. Olho para a Terror Negro e enterro os dentes no meu lábio inferior com a maior força de que sou capaz.

Sinto o gosto doce e metálico do sangue se derramando em minha boca e cuspo, borrifando-o em seu rosto. Por um instante, ela apenas me olha, com sangue escorrendo nos olhos.

Mas agora as garotas brancas estão aqui. Estão no corredor, se desdobrando à nossa volta, brotando aos nossos pés. O sangue pinga de meu queixo e da testa da Terror enquanto as garotas vão surgindo como lírios no carpete. Uma delas enfia as garras nas costas do monstro, deixando cortes irregulares. As outras se fecham atrás dela, sibilando e mostrando os dentes.

A Terror solta meus cabelos, e eu caio.

As garotas continuam brotando do chão, guinchando em volta dela, arranhando-a e mostrando os dentes. A Terror agarra uma pelo pescoço e começa a beber seu sangue em goles grandes. A garota fica inerte em suas mãos, empalidecendo cada vez mais, até que vejo seus ossos, apenas sombras por baixo da pele. Na minha cabeça, o único pensamento é *corra, corra, corra*, parece uma canção que inventei e que não consigo parar de cantar. Batuca no meu crânio e não deixa espaço para mais nada. Por um momento desorientador, olho para cima e vejo Azrael parado diante de mim. Ele sorri e sinto frio. Ele se vira, refletido mil vezes no corredor espelhado e desaparece.

A Terror nem sequer presta atenção nele. Ela apenas morde o corpo da garota e, depois, a deixa cair. Braços e pernas apontam em direções estranhas, uma pilha de ossos soltos. A garota se torna um monte de nada, e a Terror passa para a próxima.

Em volta de mim, minhas réplicas se agitam, inquietas, formando uma barricada entre mim e a Terror. As pernas delas são finas e compridas como caules, e Truman está lutando para abrir caminho entre elas, tentando me alcançar. Vou engatinhando entre camadas de cinzas, me atirando na direção dele, tentando alcançar Truman e Raymie, pela forma morna e verdadeira dela.

— Venha — diz ele, num sussurro rouco. — O espelho... Depressa, vá para o espelho.

Ajoelho-me na poeira, agarrando Raymie junto ao peito. Estou tentando me equilibrar, tentando ficar de pé, mas meu corpo inteiro treme.

ENTRE MUNDOS

— Espelho?

Ele indica o maior deles, aquele com a estrela irregular onde minha cabeça bateu no vidro.

— Azrael acabou de passar por ali, mas não como uma sombra. Ele passou por uma porta... uma porta de verdade. — Truman olha por cima de seu ombro, onde a Terror está golpeando loucamente as garotas ferozes. — Ela não vai deixar você recuar, temos que ir por ali.

Ele me agarra pelo cotovelo e me puxa, empurrando-me até o fim do corredor, na direção do espelho quebrado e do lugar onde Azrael desapareceu.

Estou tremendo incontrolavelmente, e a tontura faz com que seja difícil me concentrar. O reflexo no espelho quebrado parece a minha mãe. Cambaleio naquela direção, tentando alcançá-la. É mais fácil, com algo entre nós. Nossas mãos se encontram através do vidro, palma com palma, e só um segundo se passa até eu perceber que só estou vendo a mim mesma. Por trás da teia de rachaduras, pareço pálida e aturdida, refletida em pedaços.

Inclino-me para o espelho e apoio a testa no vidro.

— Deixe-me entrar — sussurro.

Quando digo isso, o vidro se estilhaça ao meio, então parece tremular e se dissolver, revelando um par de portas com anéis de metal servindo como puxadores. Agarro um dos anéis com as duas mãos, e a porta se abre um pouco quando puxo, raspando no chão. Passamos pela abertura estreita e entramos no escuro.

0 DIAS 0 HORAS 45 MINUTOS

II DE MARÇO

Truman encostou-se à porta. A seu lado, podia sentir Daphne tremendo. Estendeu a mão e a puxou para mais perto e, por apenas um momento, ela deixou. Então, Daphne respirou fundo e foi adiante, agarrando Raymie contra o peito. Após um segundo, ele a seguiu.

Seus passos ecoaram na pedra. Ele podia perceber, pelo som, que o edifício tinha pé-direito alto, mas a escuridão parecia oprimi-los.

Com as mãos trêmulas, Truman vasculhou em seus bolsos e encontrou o isqueiro. Quando o acendeu e levantou, a chama de butano pareceu ridiculamente pequena, flamejando debilmente na escuridão. Depois de alguns segundos, seus olhos começaram a se adaptar à falta de luz.

Estavam na igreja abandonada, na extremidade do corredor central. A cada lado, bancos vazios. Os assentos eram acolchoados por almofadas poeirentas de veludo, totalmente puídas em alguns pontos.

A lógica lhe dizia que nada podia ser pior do que o enorme monstro rosnador lá no hotel, mas o silêncio era intenso e sinistro. Em algum lugar, no outro lado da igreja, perto do altar, era possível ouvir algo pingando.

ENTRE MUNDOS

Ele se virou com cautela, olhando para os dois lados, mas tudo eram sombras, e uma parte dele não queria mesmo enxergar. Era a parte medrosa, a parte pequena, covarde, mas que gritava em sua cabeça, dizendo-lhe que logo iria ver Azrael. Aquele pensamento o engoliu como uma onda bravia, afogando-o e ameaçando bloquear todo o resto.

— Ele está aqui? — sussurrou Daphne numa voz baixa e vacilante. — Você está vendo Obie?

A seu lado, ela tremia e, à luz do isqueiro, parecia estranhamente insubstancial. Já costumava ser pálida normalmente, mas agora sua pele adquirira um tom quase transparente. Seus olhos estavam arregalados, mas sem foco. Ela parecia frágil, como se pudesse ter um colapso a qualquer momento.

Truman não estava gostando de como ela parecia tropeçar nos próprios pés, mas não disse nada. Com seu braço livre, tirou Raymie de seu colo.

Sua instabilidade o fez lembrar-se da outra noite, quando Azrael aparecera no quarto do hotel e Daphne saíra da cama para enfrentá-lo. A lembrança de Truman era confusa, mas havia algumas coisas das quais tinha certeza. Houvera uma garota que se parecia com Daphne e uma mancha de sangue em seu pescoço. Ela havia acordado na manhã seguinte fraca e desorientada.

Agora, perder menos de uma colher de sangue a deixara mais abalada do que nunca, mas ela recusou sua oferta de ajuda e continuou a se aprofundar na igreja.

Quando começaram a avançar pelo longo corredor central, velas se acenderam sozinhas em duas fileiras, uma de cada lado deles.

Na súbita explosão de luz, as sombras recuaram, e Truman pôde finalmente ver o espaço escuro acima do altar. Por um segundo, foi difícil entender o que estava vendo. Então, o significado cabal da situação ficou claro, e ele simplesmente parou no meio do corredor, olhando para cima.

CAPÍTULO VINTE E NOVE
CHAMA

Sinto minhas mãos leves e destacadas do corpo, como se eu tivesse deixado uma parte de mim no corredor vermelho, onde tudo vai virar pó no carpete e nunca mais poderei recuperá-la.

A igreja é escura e demora um pouco até que meus olhos se acostumem o suficiente para eu conseguir ver o que está pendurado acima do púlpito.

Obie está de cabeça para baixo com as mãos abertas, pregadas a um painel de madeira. O painel está pintado com cores lustrosas e discretas, retratando a Torre de Babel. Está apoiado de ponta-cabeça na abside, suspenso do teto por cordas pesadas, balançando suavemente, muito embora não haja vento. O sangue escorre em filetes lentos e serpenteantes.

Paro no corredor, encarando o espetáculo desastroso que é meu irmão.

Seus braços estendidos estão enrolados em arame farpado, do ombro ao pulso. O arame também se enrola em suas pernas, deixando manchas escuras onde as farpas penetraram no jeans. Parecem videiras.

Perto de sua cabeça e levemente à esquerda há palavras escritas com sangue, de forma tortuosa e repetidas vezes, cobrindo parte da cena em que a malfadada torre toca no céu. Leem-se *família* e *lar*. Seu sangue não fez buracos na madeira, não corroeu o metal nem se transformou em homens famintos e ferozes. Apenas escorre pelo painel e pinga no chão.

Acima de mim, as janelas são vitrais coloridos, mas as imagens não são cenas de triunfo. Algumas das vidraças estão quebradas e todos os santos parecem carrancudos e cansados. Todas foram cobertas por tapumes.

Azrael tirou tantas coisas do meu irmão: sua mulher, sua filha. Ele mutilou Obie, o feriu e o brutalizou.

Quero atear fogo em tudo.

Sem pensar, avanço na direção de Obie, já planejando alguma maneira de tirá-lo de lá. Quando me aproximo, no entanto, Azrael sai das sombras ao lado do púlpito. Seu rosto está tranquilo. Ele segura uma faquinha.

— Estamos todos aqui — diz ele. — Tenho de admitir, estava esperando Truman, não você. Eu estava certo de que a Terror a pegaria.

Acima de um altar imundo, coberto de velas, Obie começa a se debater, forçando os pregos e o arame, cego a tudo que está acontecendo.

— Olá? — sussurra ele.

Sua voz ecoa à minha volta, e cada passo que dou parece uma bomba explodindo.

—Vai ficar tudo bem — digo, e minha voz vem de muito longe. — Estou aqui agora.

ENTRE MUNDOS

— Preciso que pare onde está — diz Azrael gentilmente para mim. Ele aponta a faca para o rosto de Obie.

Atrás deles, a cena entalhada é um lembrete da fragilidade humana, da sua arrogância. Tentaram tanto alcançar Deus. Agora, todos estão caindo.

Azrael está ao lado de meu irmão, olhando para mim, mais abaixo. As velas tremulam ao redor de nós e sua expressão é desdenhosa, como se eu fosse um fantasma, ou nada.

— Eu costumava respeitar Obie — diz ele. — Você sabia disso, que eu costumava respeitar um demônio? Confiava nele porque achava que ele fosse melhor que sua herança de sangue. Melhor que o resto de vocês.

— Ele é — digo, sem qualquer sombra de dúvida de que é verdade. Obie é mais virtuoso do que todos nós, e mais humano.

Azrael ri. É a primeira vez que o ouço rir. Ele parece inconsolável.

— Ele desobedeceu à regra fundamental, a única regra que me importa. Estou fazendo um favor a ele, sabe, me livrando daquele horrorzinho. Você acha mesmo que ela serve para este mundo? Que sequer irá sobreviver? Por que você simplesmente não a entrega e acaba logo com isso? Seria misericordioso.

Os cabelos de Obie pendem para o chão. Em volta dos pregos em suas mãos, o sangue não produz nada de especial. Apenas pinga. Tenho a terrível sensação de que, a qualquer segundo, vou precisar me sentar.

Truman se aproxima de mim, carregando Raymie.

— Isso não vai acontecer.

Azrael dá seu sorriso gentil, terrível.

— Você acha mesmo que pode protegê-la? Qualquer uma das duas?

— Não — diz Truman. — Acho que você poderia tirá-la de mim. E acho que poderia machucar Daphne, se quisesse. Mas eu faria você suar para isso. Acho que você teria de me matar primeiro.

Sua expressão é tão pragmática. Não assustada, furiosa nem desafiadora. Pela primeira vez, posso reconhecer Belzebu em sua expressão e em seu perfil. Parece ridículo que eu nunca tivesse percebido antes, mas sempre esteve oculto por trás da desesperança e da tristeza. Agora, na igreja decrépita, à luz das velas, ele está majestoso. Completamente angelical.

Azrael também parece ver aquilo. Seu rosto se suaviza ao olhar para Truman.

— Posso contar com você para sempre mergulhar de cabeça em todas as coisas erradas — diz ele. — Você se sente atraído pelo pecado de forma sobrenatural, não é mesmo?

Truman assente. Então, sem qualquer aviso, ele se vira e me beija.

É um beijo duro, honesto — igual ao que me deu na sacada —, e posso sentir que inunda meus braços e minhas pernas, varrendo todo mal-estar e confusão. Quando ele para e dá um passo atrás, parece atordoado, mas eu me sinto novamente forte e inteira.

Da plataforma do púlpito, Azrael nos observa com interesse. Espero que ele fique bravo, mas, em vez disso, parece estranhamente satisfeito.

— Estava começando a perder as esperanças — diz ele a Truman. — Mas você realmente progrediu muito em relação àquele desastre egoísta e autocomiserativo que era. Infelizmente, você sempre parece escolher o que não pode ter. — Azrael está sorrindo, mas é um sorriso frio e sem alegria. Ele ajusta a cabeça de Obie, brincando com a faca. — Agora, estamos todos prontos para ver o que acontece com a parte humana dele quando enfio isso em sua carótida?

Truman aperta Raymie com mais força, virando-a para seu ombro, de forma que ela não possa ver Obie pregado na madeira. A criança não vê quando Azrael apoia a mão na testa de Obie, empurrando-a para trás, como a Terror fez comigo no corredor de espelhos, e apontando a faca para o ponto frágil sob o queixo de Obie.

Fico imóvel nos degraus da plataforma, olhando fixamente para meu irmão. De repente, tenho a terrível certeza de que vou vê-lo morrer.

Azrael jamais tira os olhos de meu rosto. Quando pressiona mais com a faca, o sangue se acumula no queixo de Obie, escorre por seu maxilar e pela lateral do rosto. Cai no chão e nada acontece. Então, uma gota cai na cera derretida, empoçada em volta das velas no altar. Por um instante, queima e produz fumaça, forma uma chama azulada e, então, pega fogo.

Quando caminho na direção do púlpito, Azrael pressiona mais a faca na pele de Obie.

— Você precisa parar aí mesmo.

Mas não paro. Continuo andando, um pé depois do outro.

— Por favor — digo, e minha voz treme —, me deixe dizer adeus.

Azrael olha para mim e seus olhos são duros, mas não impiedosos. Ele permite que eu me aproxime, segurando a faca perto do meu rosto, mas sei que ele não vai me ferir, porque meu sangue é monstruoso. Eu sou indestrutível.

Obie não é. Obie é inflamável.

Passo por Azrael com a lentidão de um sonho, indo até onde Obie está suspenso em sua teia de arame, os cabelos pendendo para o chão.

— Sinto muito — digo e estou sendo sincera. Sinto muito por demorar tanto, por não ter chegado ali antes, mas, principalmente, sinto muito pelo que vou fazer. — Você provavelmente deveria fechar os olhos.

E, com um golpe do braço, varro as velas do altar improvisado. O gesto as lança contra o painel num estardalhaço de chamas e cera. O sangue de Obie está espalhado sobre a Torre de Babel e pega fogo como querosene, as chamas subindo pelas bordas do painel. A madeira preteja e arde, borbulhando com chamas branco-azuladas. O cheiro é tóxico e químico.

Atrás de mim, Truman solta um ruído estrangulado, depois fica quieto. Ninguém se move. Todos ficamos congelados, assistindo ao fogaréu.

Obie resplandece de cabeça para baixo no centro de tudo, no coração de uma fornalha em chamas, e eu fico parada na plataforma e o vejo queimar.

Azrael está imóvel a meu lado enquanto a tinta queima e borbulha, e a estrutura toda se enfraquece. Ela cede com um barulho de madeira lascando e uma chuva de fagulhas.

Obie tomba para o chão, seu jeans queimado e fumegante, a camisa transformada em cinzas e farrapos.

CAPÍTULO TRINTA

RESCATE

Por um segundo, ficamos todos parados apenas olhando para a forma fumegante de Obie.

Então, sem qualquer aviso, Azrael estende a mão e me agarra pelos cabelos.

— Você — diz ele, puxando minha cabeça para baixo para que eu não possa escapar. — Não me importa se você sangrar um exército inteiro. Vou matar uma por uma, demore quanto tempo for, só para me livrar de você.

De um ângulo estranho, vejo Truman passar Raymie de um braço para o outro, como se não soubesse o que fazer com ela.

— Experimente — diz ele, parecendo sem fôlego, mas absolutamente sincero. — Não vou ficar aqui parado enquanto você agride Daphne.

Azrael me arrasta até Truman, segurando melhor a faca.

— Vou ser bem claro. Você, cale a boca. Em primeiro lugar, não vou agredi-la, vou matá-la. Segundo, você vai ficar aí quietinho e assistir, porque não tem escolha e, depois, vai ficar olhando enquanto faço a mesma coisa com o irmão desonesto dela e com esse bebê monstruoso. Finalmente, porque sou um homem de palavra, vou mandar você para sua recompensa eterna.

Estou atacando Azrael com as duas mãos, arranhando seu pulso. Ele nem parece notar. Está prestes a enfiar a faca na minha garganta quando, atrás de nós, as portas da igreja se abrem de repente, chocando-se contra a parede.

Azrael me faz girar com um puxão, e todos nos viramos para ver Belzebu parado à entrada. A porta da igreja não dá mais para o corredor vermelho do Passiflore. Lá fora, a rua está vazia sob um céu sem nuvens, iluminado pelo sol nascente.

Azrael me arrasta pelos degraus da plataforma, colando a lâmina da faca ao meu rosto. Minha cabeça se inclina num ângulo estranho. A lâmina é fria sob meu olho direito.

— Saia — diz Azrael num grunhido baixo, feroz. — Saia agora. Isso não é assunto seu.

Belzebu não se move. Quando ele sorri, não é o sorriso de um agente de coletas polido, mas de um guerreiro.

— Acho que acaba de se tornar assunto meu. Solte-a.

— Com que autoridade? Você pode mandar em todo mundo lá na sua casa, mas, aqui na Terra, os demônios são meus.

— Se existe um demônio neste mundo que está totalmente fora do seu alcance, esse demônio é Daphne e, sob nenhuma circunstância, eu deixaria você agredi-la. É a filha de Lúcifer que você está segurando. Pensemos nisso só por um instante. Você realmente está disposto a começar uma guerra hoje?

Azrael apenas fica parado, os dedos enredados nos meus cabelos.

— Não achei mesmo que quisesse. Agora, acho que seria melhor para todo mundo se você fosse para casa.

Azrael agarra meus cabelos com mais força e, quando sorri, é absolutamente odioso.

— Desonrado como sempre, Belzebu. Eu deveria saber que não se pode contar com um caído. Seu filho está redimido, a propósito. Espero que você esteja feliz.

Belzebu apenas cruza os braços diante do peito.

— Se você não soltar a menina agora mesmo, vai descobrir exatamente a que ponto chega a minha desonra. Vá para casa. Eu cuido de tudo a partir daqui.

Azrael emite um ruído hostil, sem palavras. Ele se inclina e aproxima seu rosto do meu, retorcendo a mão nos meus cabelos. A parte chata da lâmina afunda no meu rosto, mas não corta minha pele.

— Durante minha vida inteira, sempre fiz questão de não confiar em demônios — diz ele num sussurro duro, venenoso. — Eles são responsáveis por toda a maldade do mundo, mas parece que eu não aprendo. A perfídia dos demônios não é *nada* comparada à traição de um anjo.

Ele me solta e é tão repentino que meus joelhos cedem, e eu caio no carpete empoeirado.

Do chão, vejo os pés de Azrael quando ele passa por Belzebu, seguindo pelo corredor central até a porta.

Belzebu está parado, de braços cruzados, analisando a igreja decadente.

— Levante-se — diz ele a Obie, que está caído na plataforma com as mãos sangrentas sobre o rosto, a fumaça se elevando de suas roupas em filetes.

Obie rola, apoia joelhos e mãos e fica de pé. Quando se levanta, seus braços estão cortados pelas farpas do arame e sangram em fios finos. Ele tenta se desenredar, mas o arame fica preso em sua pele. Está sangrando por muitos ferimentos. É Truman quem vai até ele e arranca os pregos. Ele o faz com cuidado. Então, com uma ternura incomum, começa a desemaranhar o arame.

Subo lentamente até a plataforma, pressionando as mãos contra a cabeça. Meu couro cabeludo parece estar em carne viva.

Ao meu lado, Obie está tremendo um pouco, parecendo aturdido. Truman lhe entrega Raymie, e ele a pega, fitando seu rosto como se mal pudesse acreditar que ela é real.

— Você está bem? — pergunto. Minha voz vacila.

Ele balança a cabeça, mas está sorrindo de forma dura, inconsolável, segurando Raymie junto de si. Ela passa os braços pelo pescoço dele e não diz nada.

Ao nosso lado, Truman parece magnífico sob a luz do sol que entra pela porta aberta. A manhã ilumina seus cabelos em um tom dourado claro, impecável. No claro raio de sol, me sento na ponta do banco mais próximo, cobrindo a boca com a mão para impedir que os sons escapem. Nem mesmo sei se são sons de riso ou de choro. Há uma vida maravilhosa lá fora, e tudo espera por mim. Por nós.

— Vamos — diz Truman, estendendo a mão para mim. — Não fique assim. Fizemos bem. — Ele me puxa para o seu lado. — Está tudo bem.

Ele se inclina e me beija no rosto, um gesto rápido, brincalhão. Sorrio sem pensar. Quero café e torta. Talvez sorvete. Quero risos e beijos e tudo que existe, e nem importa se vou conseguir. Bem ou mal, este é o mundo. Isto somos nós, não sendo pessoas terríveis.

Belzebu está parado à porta, com uma expressão muito heroica, pronto para nos levar para fora, como se este fosse o momento que ele estava esperando. Truman e eu andamos em direção à porta, mas então olho por cima do meu ombro.

Obie está parado no pequeno batistério, ao lado da fonte de água benta. Ele segura Raymie encostada a seu ombro, mas seus olhos estão sem foco. A expressão em seu rosto é desconsolada. Com um gesto de cabeça em sua direção, solto-me da mão de Truman e vou até ele.

Há santos esculpidos ao redor da arcada. São tão velhos que seus narizes estão corroídos. Ficamos parados no escuro, encarando um ao outro. O ar tem cheiro de flores.

— Sinto muito — digo, dirigindo-me para seu lado. — Eu sei o que ele estava fazendo com você aqui. Que ele estava matando... matando pessoas. Sinto muito que tenha demorado tanto para impedi-lo.

Obie acena com a cabeça e desvia o olhar.

— Não é culpa sua. Belzebu... — ele fecha os olhos e sua voz vacila. — Por que ele não veio me buscar antes?

— Você desapareceu — digo, justificando. — Ele não sabia onde você estava. Nenhum de nós sabia como encontrá-lo.

Mas, assim que digo aquilo, as palavras parecem erradas, porque Belzebu entrou na igreja pela porta da frente como um homem com uma missão, como se já soubesse exatamente o que iria encontrar.

Obie pisca, atordoado, olhando para a porta.

— O que ele está fazendo agora?

— Acho que quer conversar com Truman em particular. Não sei se você sabia, mas ele é o pai de Truman. Foi por isso que pediu a você que o trouxesse de volta quando Truman apareceu em Pandemonium.

Obie está segurando Raymie junto ao peito, parecendo tão desorientado, tão cansado.

— Ele fez tudo que podia para mandar Truman de volta para a Terra e depois o abandonou de novo?

— Não abandonou. Só devolveu Truman à sua vida normal.

Obie balança a cabeça.

— Não havia nada de normal na vida dele. Azrael passou o último ano atormentando Truman numa tentativa idiota de redimi-lo. Se Belzebu se importasse tanto com o filho, por que deixaria Azrael fazer isso com ele?

A princípio, nem sequer entendo a pergunta. A resposta aparece na forma como Obie está segurando Raymie. A forma como ele nunca contou a Azrael como encontrá-la, mesmo sob tortura. Mesmo sob pena de morte.

— Bem, suponho que pelo fato de Truman ser filho dele. Não queria que ele acabasse no Inferno.

— Ah, não. — Obie pega meu braço, de repente, enterrando os dedos no meu ombro. — Corra.

Eu o encaro e ele me solta.

— Corra, agora. Detenha-o!

E eu me viro, correndo na direção da porta.

Lá fora, Belzebu está andando ao lado de Truman. Eles parecem estar muito longe. Enquanto salto os degraus, Belzebu para, apoiando a mão no braço de Truman. Não posso ouvir o que estão dizendo.

Estou mais perto. Mas não vou alcançá-los a tempo.

0 DIAS 0 HORAS 0 MINUTOS

11 DE MARÇO

Apenas aguente firme — disse Belzebu. O cano da arma parecia quase vermelho ao brilho da luz do sol. — Logo, logo, tudo vai melhorar muito.

CAPÍTULO TRINTA E UM
RUÍNA

Belzebu sorri.

Então, aponta a arma e atira em Truman Flynn, duas vezes no peito e uma vez na cabeça. O som é muito alto.

Dos degraus da igreja, vejo Truman cair, e é como assistir através de um vidro. Só posso ficar ali parada, com as mãos cobrindo a boca, pensando que não estou vendo aquilo, que não é assim que deveria terminar. Truman era meu. Ele estava finalmente livre. Nós deveríamos ser felizes.

Ele está de costas, com a cabeça mole e caída como se estivesse olhando para o céu, e, no momento seguinte, estou de joelhos a seu lado, tocando-o freneticamente, tentando encontrar a pulsação. Em um filme, qualquer filme, ele iria dizer alguma coisa, dar seu último suspiro, declarar seu amor, sua devoção absoluta.

Não há suspiro. Sua caixa torácica está imóvel, a boca levemente aberta, e tudo que me resta é um corpo.

Ergo os olhos para Belzebu, agitando as mãos acima da ruína no peito de Truman.

— O que você fez com ele? — Minhas mãos estão cobertas de sangue.

Belzebu olha para mim, dando seu sorriso mais gentil, mais triste.

ENTRE MUNDOS

— Eu o mandei para casa.

— O quê? — Minha voz é muito frágil.

— Para casa. Ele foi para um lugar melhor.

— Não... não, não pode ser. — Mas, ao mesmo tempo que digo isso, sei que ele se foi, partiu. Foi para um lugar aonde jamais poderei ir.

Dentro de mim, sinto como se as coisas estivessem se desfazendo, e a sensação se transforma num barulho, e o barulho vem da minha garganta, quebrando todo o vidro. Minhas mãos e meu rosto estão grudentos. Na calçada, espalhando-se sob Truman, há uma poça escura que aumenta sem parar. Quando olho para ela, vejo meu próprio reflexo.

Um grito brutal escapa da minha boca como farpas de metal afiado. De muito longe, o alarme de um carro dispara, depois outro, até que a rua se enche com seu latejar constante. Há a explosão surda de uma lâmpada de iluminação pública. O ruído se propaga pelo quarteirão, cada vez mais fraco, mesclando-se ao som trêmulo do vidro na calçada.

Belzebu me pega pelo braço e me faz levantar. O corpo de Truman cai de meu colo e, com ele, há um jorro de sangue.

— Controle-se. — Ele me dá uma sacudida e não faço nada. Mesmo com ele me segurando, meus joelhos começam a ceder.

— Daphne, me escute. Essa é a melhor coisa para ele. Era a única forma de ele receber a graça, a única maneira de dar o que ele precisava.

Posso sentir o sangue em minha pele, escorrendo por meus braços, pingando de meus dedos. Não posso ser eu gritando. Não sou eu.

TERCEIRA PARTE

PARAÍSO

CAPÍTULO TRINTA E DOIS
CINZA

Em casa, tudo é incolor. É mais limpo e menor do que me lembrava. É pacífico e perfeito como um globo de neve, como um sonho que tive.

Ainda estou usando o suéter de Truman. É a única coisa que me resta

CAPÍTULO TRINTA E TRÊS

O TRAIDOR

Quando atravesso a praça em cujo centro está o mural da serpente gigante enrolada, é porque há um buraco no meu peito e porque não sei mais aonde ir. O tempo é como um círculo infinito, girando sobre si mesmo.

As portas do museu parecem proibitivas à luz cinzenta. Entro e ele está lá como sempre, meu professor, meu amigo. O pai de Truman. Nem sequer se deu ao trabalho de alterar sua rotina. Apenas se senta à mesa, como se tudo estivesse normal. Ele ergue os olhos, com as moscas zumbindo à sua volta. De onde estou, no fim da galeria, nem sequer posso ver se ele parece triste.

— O que você fez? — pergunto, deixando a porta fechar com um estrondo atrás de mim.

Quando ele responde, é com a mais absoluta cortesia.

— Dei um tiro na cabeça do meu filho. Você não precisa perguntar... estava lá.

— Por quê?

Quero gritar a pergunta, mas ela sai baixa e rouca. Quero me sentir furiosa, mas meu choro é insistente, constante. Encharca tudo.

ENTRE MUNDOS

Belzebu observa enquanto sigo pelo corredor até ele, parecendo tão sereno, tão imperturbável. Espero que ele diga "c'est la vie" ou alguma outra coisa em francês, mas ele não diz. Não diz nada. Abre as mãos num gesto que me faz lembrar tanto de Truman que algo dói em meu peito.

—Você entregou meu irmão a Azrael — digo. Minha voz é mais alta agora, ecoando à nossa volta em fragmentos afiados, horríveis. — Como pôde fazer isso? Como pôde entregar alguém para ser torturado e morto?

Belzebu balança a cabeça, sorrindo com muita ternura.

—Todos temos de fazer alguns sacrifícios para conseguir o que queremos.

Chego mais perto dele, abraçando meu próprio corpo.

— O que você poderia querer de Azrael?

— O Paraíso — diz ele, e a palavra soa melancólica. Da forma como ele a diz, poderia estar dizendo *esquecimento*.

— Isso é ridículo. Nem sequer é possível. Não *podemos* ter o Paraíso.

—Não era para mim. — Belzebu suspira e se reclina na cadeira. — Quando mandei Truman para casa, do terminal, eu sabia que, se não fizesse alguma coisa, ele acabaria voltando para lá. Então, fui pedir um favor. Contei a Azrael que Obie estava zanzando pela Terra. Pode ser, ou não, que algum endereço tenha sido mencionado. Aquela cena toda e o drama, no entanto, Azrael criou sozinho.

Fico parada à porta do escritório, balançando a cabeça.

— Você usou meu irmão como suborno... Para quê? Para comprar a saída de Truman do Inferno?

O rosto de Belzebu se endurece.

— Eu teria dado a Azrael Obie, suas irmãs e qualquer outra coisa que ele quisesse para não deixar aquele menino gritar por toda a eternidade nesta casa de horrores. — Ele sorri e é a coisa mais terrível de se ver. — Meu coração pode ser negro como a podridão, Daphne, mas não vou deixar meus filhos sofrerem.

— Você me enganou.

Belzebu balança a cabeça.

— Tentei manter você fora disso o tempo todo. Se você quiser culpar alguém, culpe sua mãe. Você jamais deveria ter se envolvido.

Mas é absurdo culpar minha mãe por aquilo. Mesmo que eu tivesse sido obediente, ficado ali e esperado que alguém consertasse as coisas, teria perdido Obie. Ainda estaria destroçada pelo sofrimento. A única diferença é que eu não estaria fadada a viver chorando.

— Como você esperava se sair bem de uma coisa dessas?

Belzebu parece francamente chocado.

— Não espero. É essa a troca, não é? Nós todos temos de fazer sacrifícios de vez em quando... se não sacrificarmos nossa segurança ou nossos pertences, então sacrificaremos o orgulho e os princípios. Quer dizer, veja Azrael. Ele passou o último ano tentando fazer Truman merecer o Paraíso e perdendo a batalha a todo instante. Mas, apesar de tudo, ele nunca desistiu. Afinal, tínhamos um acordo.

— Ele aterrorizou Truman. Passou o ano dizendo a ele o quanto era uma pessoa ruim.

— O método pode não ter sido adequado. Truman me parece o tipo que precisa de um toque mais sutil. Ironicamente, acho que foi

ENTRE MUNDOS

o amor dele por *você* que finalmente o fez merecedor. — Ele sorri com facilidade. — Imagino que isso tenha deixado Azrael furioso; portanto, bom trabalho.

Atravesso o escritório e bato as mãos na mesa dele.

— Pare... Pare de agir como se nada tivesse acontecido! Truman está *morto*.

— Sim, ele está morto... pela única razão que importa. Ele morreu pela salvação. Eu lhe dei a salvação, mesmo que *eu* jamais seja perdoado.

Viro e olho para a galeria com toda a miscelânea, todo o lixo. O museu cheio de nada além de entulhos baratos e sem valor, artefatos que só são preciosos para ele. Em cada lugar daquelas prateleiras lotadas há um fragmento de cada vida que ele já viveu, cada pessoa que já perdeu. O museu é um lembrete constante de todas as coisas que ele não pode ter.

— Você sacrificou tudo — digo, balançando a cabeça e me virando a fim de olhar para ele. — Mesmo as coisas que deveria ter protegido. Você pode ter salvado Truman, mas *me* destruiu. — Cruzo os braços diante do peito e, apesar de as lágrimas continuarem correndo por meu rosto, sinto minha boca se contorcer de um jeito feio. — Como é isso, não se importar com ninguém além de você mesmo?

Seu sorriso desaparece como se eu o tivesse estapeado.

— *Sempre* me importei com você. Sempre a amei como se fosse do meu próprio sangue.

Eu rio daquilo, do completo absurdo que diz. Ele meteu uma bala na cabeça do próprio filho para salvá-lo. Seu amor não significa nada.

— Eu acreditei em você um dia.

Ele sorri, estendendo a mão sobre a mesa para tocar meu rosto.

— Claro que sim. — Suspira e segura meu rosto com as mãos.

— Eu me lembro da primeira vez que vi sua mãe. Ela estava distante e pálida, parada na superfície do oceano. Houve uma expressão no olhar de seu pai quando ele a viu, como se já estivesse se esquecendo da guerra e vendo sua próxima conquista. Eu parecia sangrar por todos os poros. Sabia que, a partir dali, tudo seria terrível.

Quero começar a soluçar, mas fico engasgada. As lágrimas apenas escorrem por meu rosto, derramando-se sobre as mãos de Belzebu.

— Por que você não disse alguma coisa? Por que não disse a ele para não se aproximar dela, para ir embora?

— Quando se trata de sua mãe, nada é simples, nunca foi. Ela e seu pai são tão parecidos. Você consegue imaginar recusar qualquer coisa a eles? — Ele olha para mim, olha, olha e olha, e seu rosto é tão aberto e tão cheio de tristeza. — Os fortes prevalecem. O mundo é assim.

Ele me beija na testa, depois me solta.

O frio é terrível. Pior do que em Chicago ou em qualquer outro lugar a que eu já tenha ido. Minhas lágrimas congelam antes de ter a chance de cair. Os gritos no Poço são tão altos, de repente, que penso que vou ficar surda. Por um estranho momento, acredito que Belzebu fez aquilo com seu beijo, que me congelou, como num conto de fadas ao contrário. Eu deveria estar despertando agora, mas, em vez disso, o mundo está quase parando.

ENTRE MUNDOS

Então vejo que a porta do museu está totalmente aberta. Meu pai está parado à entrada, com as mãos no bolso. Seu rosto é tão calmo e esculpido quanto o de uma estátua grega, mas seus olhos são escuros e brilhantes como carvões em brasa.

— Então, aqui estamos — diz ele.

Belzebu se vira na cadeira, dá as costas para o meu pai. Ele contempla todas as fileiras organizadas de gavetas e os armários de arquivos.

— Você realmente veio aqui para me punir por causa da morte de algumas Lilim? Elas nem sequer eram suas filhas. Ele não era seu filho.

— Não ouse falar de família — diz meu pai, retirando as mãos dos bolsos e encostando o ombro ao batente da porta. Ele segura algo escuro e estreito na mão que pende. — O que você fez é imperdoável. Agora, vire-se e olhe para mim.

Belzebu continua sentado, olhando ao longe.

— Você teria feito a mesma coisa pelos seus filhos, se tivesse a oportunidade de salvá-los. — Sua voz é resignada, mas ele não se vira.

Vejo através de uma camada de lágrimas trêmulas que a coisa na mão do meu pai é uma navalha com cabo de ônix. Ele olha para mim por um longo tempo, o rosto parece um borrão. Com o polegar, acaricia a navalha, e a lâmina se abre como se estivesse desdobrando as asas. Ele se adianta, contornando a mesa para se colocar ao lado da cadeira em que o outro está sentado.

Belzebu continua imóvel, e, através da película das minhas lágrimas, ele poderia ser qualquer um.

— Acabe logo com isso — diz ele com a voz pétrea. — Não perca seu tempo.

Meu pai segura a lâmina com a mão direita. A esquerda ele estende para Belzebu.

— Vire-se e olhe para mim.

Mas Belzebu não o faz. Não estou respirando. Não respiro e o suéter de Truman parece muito fino, quase insubstancial.

— Você vai se virar e me encarar — diz meu pai numa voz que já fez estrelas colidirem.

Belzebu mantém as costas viradas, a cabeça inclinada.

Meu pai endireita os ombros.

— Você é redimível?

— Não. Como posso ser?

Meu pai apoia a palma da mão no topo da cabeça de Belzebu. Nunca o vi tocar em ninguém além de minha mãe.

— Nunca há uma só resposta — diz ele, e desliza a lâmina sob o queixo de Belzebu.

De fora, ouve-se o barulho da porta da fornalha se abrindo. O céu fica vermelho novamente, e minhas lágrimas começam a degelar. Quando pisco, elas caem, sólidas, de meus cílios. O barulho ao caírem é como o de pedregulhos se espalhando no piso, mas o chão do museu já está se esquentando, queimando meus pés através dos chinelos. As lágrimas derretem e sibilam onde caem. Belzebu está se mexendo, suspirando.

Na galeria, os artefatos estão pegando fogo — todos os resquícios das almas colhidas. As prateleiras de madeira se desmancham

ENTRE MUNDOS

e caem ruidosamente no chão, pretejando até virar cinzas. As de metal continuam sólidas como sempre, brilhando prateadas, enquanto as chamas lambem ao redor.

Meu pai dá um passo para trás, e Belzebu escorrega da cadeira. Acima de seu corpo tombado, moscas se incendeiam como fósforos, explodindo assim que se queimam, caindo ao chão — viram cinzas, depois nada. Um violino queima pacificamente, as cordas arrebentando uma a uma. A frente da camisa de meu pai solta fumaça conforme o sangue começa a se queimar.

Ele agarra meu pulso, me puxando para cima. À minha volta, a lã chamejante do suéter de Truman se desfaz em meu corpo, por causa do calor escaldante, queimando como todos os demais artefatos porque, obviamente, agora o casaco é apenas a propriedade perdida de um garoto morto. Tudo está se desfazendo. Tudo se tornou temporário.

Esfrego os olhos com as costas da mão, depois com a ponta dos dedos, tentando limpar as lágrimas, que agora fervilham no meu rosto, vaporizando-se em nada. Tudo é quente demais, mas não doloroso, nunca doloroso. Fecho os olhos uma, duas vezes.

Ele atravessa a galeria e fecha a porta, mas o estrago já foi feito. Não resta nada da coleção a não ser metal queimado e cinzas.

Com a restauração do isolamento do museu, os gritos do Poço parecem novamente abafados, mas é mais difícil ignorar. Parecem reais. A temperatura se foi, deixando meus braços dormentes. Estou usando minha combinação, meus chinelos e nada mais. O suéter de Truman já se desfez há muito tempo, e o sangue se consumiu das minhas unhas, assim como agora se consome de cima da mesa, exalando um cheiro vago e fugidio. Belzebu está caído no chão ao lado de sua cadeira, o corte em seu pescoço parece uma boca aberta. Sua pele está borbulhando, os cabelos, soltando fumaça.

— Mas você fechou a porta. Por que ele está queimando?

— Porque está morto.

Olho para o corpo, o corpo de alguém. Belzebu não passa de um corpo. As chamas são tão quentes que não parecem individuais, e sim um só lago de fogo.

— É verdade o que ele disse? — pergunto. — Você realmente condenou a todos nós?

— Imagino que sim, se foi a isso que chegamos.

— Por que você faria isso?

— Porque eu a amava — diz meu pai.

A forma de Belzebu está se encolhendo, pretejando.

— Quando você deixa de amar alguém?

Ele olha para mim, sacudindo a cabeça. Sua boca está aberta, só um pouco. Ele balbucia a palavra *nunca*, mas nenhum som sai.

Espero que ele diga alguma coisa em voz alta, todas as coisas que as pessoas devem dizer quando um camarada morre. "Ó Capitão, meu Capitão." "Boa-noite, meu bom príncipe." Até mesmo Yeats: "O centro não aguenta. Que animal violento." Sua boca forma uma linha rígida.

— Diga alguma coisa — sussurro.

Ele segura minha mão. Não diz nada e não precisa dizer. Sua mão é tudo. Reclino-me sobre ela, apoiando a cabeça em seu braço.

CAPÍTULO TRINTA E QUATRO

PERDA

Truman morre de novo e de novo na minha cabeça. É uma morte clara, úmida, e fico sentada no chão do quarto vendo-a acontecer.

A resposta de meu pai foi a vingança — *sempre* foi a vingança —, e o resultado foi justo, mas não melhorou nada. Nada foi consertado.

No outro lado do quarto, Petra é um vulto escuro, borrado. Ela anda de um lado para o outro, tocando as paredes. Gostaria que ela se sentasse. Faz séculos que estamos aqui.

Estou vestida como se pertencesse a este lugar, em uma das túnicas prateadas que eu costumava usar, cintilantes e refletoras. Meu suéter de Freddy Krueger está perdido em algum lugar na Terra. O de Truman não passa de cinzas.

— Daphne.

Levanto os olhos, e Obie está parado à porta, exatamente como fez antes, quando veio me dizer que estava partindo. Só que agora está desalinhado e ensanguentado, segurando Raymie nos braços como se nunca mais fosse soltar. Sua partida parece ter sido há uma eternidade.

Ele atravessa o quarto e se senta ao meu lado com Raymie no colo. Ela acena timidamente para mim, mas não diz nada.

—Você precisa parar de chorar — diz Obie, como se não entendesse que não consigo. — Sei que dói, mas eles se foram e temos que viver sem eles agora.

Sua voz é firme, mas posso ver a devastação em seus olhos. Ele só está fingindo, dizendo as palavras que deve dizer. Está me repreendendo quando deveria estar chorando junto comigo.

Em seus braços, Raymie está quieta. Mal me lembro dos momentos posteriores à morte de Truman, mas foram barulhentos e confusos. Ela deve ter visto.

— Daphne — diz Obie. —Você precisa encontrar uma maneira de viver sem ele agora. Precisa seguir adiante.

Mas ele tem alguém por quem seguir adiante.

Pela janela, tudo está escuro. Petra pega o kit de pintura, agachando-se no chão ao nosso lado. Suas primeiras pinceladas são misteriosas, mas a pintura rapidamente se transforma num cavalo. Sua cauda é comprida e macia. Então, sob seu pincel cuidadoso, o cavalo adquire um único chifre. O céu está tão escuro quanto é possível, e a fornalha logo se acenderá.

Observo Petra, com seus olhos grandes, a pele prateada e os cabelos de aparência líquida e, de repente, vejo que ela é muito bonita, inclinando-se sobre seu unicórnio. Com a ponta do pincel, ela delineia os contornos do flanco com tanto cuidado como quando pintou meu rosto, uma vez, com lápis de olho, e agora sei, inegavelmente, que o tempo passa. Foi uma garota diferente que se sentou no pufe enquanto sua irmã feia fazia desenhos.

Ela toca na pintura, e a tinta borra seus dedos, deixando depressões arredondadas ao longo do corpo do unicórnio. Lá fora, a fornalha zumbe, e o céu fica vermelho.

ENTRE MUNDOS

Obie está calado, olhando para nós duas com uma dolorosa ternura. Presto atenção para ver se o sangue em seus braços vai pegar fogo e fumegar até sumir, mas isso não acontece. É claro que não. Os cortes são a condição dele agora. Ele os trouxe, como Belzebu com as moscas. Como as lágrimas escorrendo lenta e constantemente por meu rosto.

Nós quatro ficamos sentados em silêncio, olhando enquanto a pintura de Petra começa a borbulhar e rachar. Finas colunas de fumaça se levantam de um unicórnio que se avermelha. O pincel em sua mão se transforma numa tocha.

Ela me olha por cima da pintura chamejante.

— Unicórnios não podem durar aqui.

Na Terra, Alexa Harding, com seus cabelos cor de lama e joelhos ossudos, já está se esquecendo de Truman Flynn. Aplicando maquiagem nos olhos, remexendo-se no banco traseiro do carro de alguém. Truman foi um garoto que ela conheceu um dia, quando era jovem. Quero gritar, de repente, mas, quando abro a boca, não sai nada.

— Havia uma menina — diz Petra, pondo a mão no fogo. — Uma menina que adormeceu e, quando fez isso, todo mundo a seu redor adormeceu também. O reino inteiro simplesmente pegou no sono.

Concordo com a cabeça porque aquilo parece real e possível. Parece uma história que conheço.

Truman foi assim um dia, estático, desviando as pessoas da dor que sentia, tranquilizando-as e acalmando-as, afundando-se cada vez mais nas profundezas de sua própria tristeza.

Mas então, um dia, ele despertou.

Mais do que qualquer coisa, quero despertar disso.

* * *

No telhado, minha mãe está sentada em seu banco de filigrana como se esperasse por mim. Quero subir em seu colo. Quero me recostar em seu ombro e nunca mais me levantar. Foi isso que a Terra fez comigo. Mas sei que não é verdade. É o que sempre quis, mas nunca entendi.

Em vez disso, me sento ao lado dela e olho inexpressivamente para o relógio de sol. Meu rosto me devolve o olhar, com os olhos vermelhos.

— Diga-me o que fazer — peço, tentando evitar que minha voz saia trêmula.

— O que a faz pensar que eu sei?

Quase me esqueci de como sua voz tem o poder de me atravessar. Ela olha para mim, de forma bem direta, com olhos cruéis e prateados, e vejo um vazio negro nela, como se visse o futuro. Como se olhasse dentro do cano de uma arma.

— Não tenho um coração gentil — diz ela. — Por mim, diria para você parar de amar esse garoto. Diria para parar de ser triste.

— Não consigo.

Ela observa seu reflexo na superfície do relógio de sol, passando os dedos pelos cabelos.

— Então você precisa encontrá-lo.

É o que quero ouvir, mas a ideia é simplesmente impossível. Balanço a cabeça, muito de leve.

— Ele está no Paraíso. Como alguém como eu pode encontrá-lo no Paraíso?

Ela dá de ombros.

— Quem sou eu para lhe dizer o que você é? Você é metade anjo, exatamente como ele.

— Nem sequer sei como chegar lá — sussurro. — Não sei como entrar.

— O que é que liga você e ele?

Fecho os olhos e as formas do jardim ainda estão impressas em negativo na parte interna das minhas pálpebras. Quero manter os olhos fechados para sempre e tudo me faz lembrar de Truman. A árvore, como ela o fez desviar o rosto e como ele me beijou mesmo assim.

— Tenho a tristeza dele — digo, com os olhos fechados. — Ele a deu para mim.

— Então, leve-a de volta para ele — diz a minha mãe. — Leve-a para o lugar no qual ela era mais forte. O lugar que fala com ele.

Concordo com a cabeça, pensando no amor e na tristeza, e em como começaram a parecer a mesma coisa. Lembro-me de beijar Truman na sacada, e talvez ele nunca tenha dito que me amava, mas me fez entender isso de algum jeito.

E tem a minha mãe, gritando de dor quando achou que alguma coisa houvesse acontecido com seu filho, e Myra, com seu sorriso maroto e seus olhos mortos, sofrendo por Deirdre da única maneira que sabia. Meu pai, levando a lâmina à garganta de Belzebu, dizendo a ele que tudo estaria terminado em um instante.

Agora conheço a dor. Conheço seu peso complexo e, mais do que isso, sei para onde levar a dor de Truman.

* * *

No terminal, pressiono a palma da mão contra o painel, digo minha palavra-chave, e a porta se abre, revelando o corredor. Sigo por ele, memorizando as curvas, deixando o corredor para trás e entrando em Cicero.

CAPÍTULO TRINTA E CINCO

AFUNDANDO

O ar sob a ponte é frio, mas não tanto quanto na primeira vez que vim à Terra. Está anoitecendo e venta nas ruas desertas, onde farfalham folhas caídas das árvores de parque no fim do quarteirão. Isso significa que é outono, então.

Por um longo tempo, fico parada sob a ponte, olhando na direção de Cicero. Tudo é igual, mas gradativamente diferente, assim como eu sou a mesma, mas não sou. Meus olhos estão inchados e quentes, mas finalmente parei de chorar.

Encontro de memória o complexo de apartamentos Avalon. A porta continua quebrada e, lá dentro, o ar cheira a fumaça de cigarro e carpete empoeirado. Fico parada no saguão, inalando-o, então começo subir a escada até o quarto andar.

Alexa está sentada no patamar da escada com os pés encolhidos e as costas na parede, lendo um livro. Quando ela olha para cima, sua expressão registra confusão, depois choque. Apenas olhamos uma para a outra, e, por um segundo, ela não diz nada.

Subo a escada e paro perto dela, esperando algum sinal de que estou no lugar certo. Alguma revelação. O silêncio ecoa à nossa volta e o tempo passa.

— Você não mudou nada — diz ela, finalmente.

Não sei se mudei ou não. Não me sinto a mesma, mas suponho que se vale a pena comentar que não mudei, é porque não devo ter mudado. Ela mudou. Seus cabelos estão mais curtos e, na luz fluorescente da escadaria, ela parece mais velha, mais cínica e mais desconfiada.

— Você esteve chorando — diz ela, e sua voz é mais gentil do que antes.

Concordo, levemente surpresa por isso estar aparente no meu rosto. Eu devia saber, no entanto. Tudo parece escaldado.

Alexa assente.

— É, eu também chorei, por um tempo. Fico esperando pela volta dele — diz Alexa com olhos fixos no livro. — Mas ele não volta.

— Não — digo, surpresa por parecer tão normal falando desse jeito. — Ele não pode voltar.

Ela assente.

— Logo vi. Era quase inevitável, acho... tipo, era para ser assim. Você simplesmente apareceu aqui, um dia, e ele se foi. Quer dizer, não culpo você, nem nada. Ele estava mesmo pronto para ir.

Quero dizer-lhe que não é o que ela está pensando. Que Truman não mergulhou de cabeça no esquecimento. Não foi levado por uma onda de descuido ou de autodestruição. Que ele foi nobre. No fim, ele foi uma boa pessoa.

A escadaria é estreita, fria. Olho para cima e Alexa segue meu olhar.

— Charlie ainda mora aqui, se você está procurando por ele. Ele já deve estar em casa.

ENTRE MUNDOS

Agradeço a ela, mas não subo a escada. Sinto como se o momento fosse mais significativo do que nossos olhares estranhos e tristes, e nosso silêncio. Eu deveria ter algo a dizer.

Por um minuto, apenas fico ali parada, olhando para ela. Então, Alexa estende a mão, e eu a aperto. O gesto é familiar, e ela sorri, um sorriso lento, triste, que faz algo doer dentro de mim.

— Você deveria subir — diz ela. — Acho que ele iria gostar de ver você.

No quarto andar, sou tomada pela sensação ainda mais devastadora de familiaridade, de finalidade. No corredor, hesito diante da porta do apartamento 403, com a mão levantada. Já sei como as coisas acontecem a partir daqui: Charlie se arrasta até a porta em sua camiseta de baixo, parecendo irritado e amarrotado.

Mas, quando bato, ele responde quase de imediato. Fica parado à porta, parecendo exausto, mas perfeitamente alerta.

Por um longo tempo, ele não diz nada. Então, passa a mão sobre o rosto e balança a cabeça.

— Ele não está aqui.

— Eu sei.

— Então por que você voltou? — Sua voz parece derrotada.

— Precisava ver você. — Não sei como explicar o que eu realmente preciso, o que me trouxe até sua porta. Preciso ver o apartamento, descobrir se ainda há algum vestígio de Truman.

Charlie fecha os olhos por um momento. Então, abre mais a porta e fica de lado para me deixar entrar.

O apartamento está diferente, mais espaçoso e limpo, se é que isso é possível. Solitário. Charlie está usando uma jaqueta azul de mecânico, como se tivesse acabado de chegar em casa, e concluo que ele não trabalha mais à noite. É impossível pensar que sua vida tenha seguindo em frente sem Truman, mas é verdade. As coisas mudaram muito, mesmo em apenas alguns meses.

— Entre e sente-se. — Charlie me leva até a cozinha. Devo parecer pior do que me sinto, porque ele se senta numa cadeira diante de mim e me observa com gentileza. — Por que você não me conta o que aconteceu?

— Ele morreu.

Charlie não reage de imediato, mas fica claro que aquelas não eram as palavras que ele estava esperando. Ele se senta à mesa com a cabeça apoiada nas mãos.

— O que você quer, Daphne?

— Trazê-lo de volta.

— Dos mortos? — A voz de Charlie é sarcástica, mas seus ombros estão caídos. Ele parece destroçado.

— Já aconteceu antes.

Por um momento, ele não se move. Então, levanta a cabeça e olha para mim. Ele me encara por um longo tempo, e seu olhar me diz que sabe que não sou o que finjo ser. Não sou uma garota qualquer. Não sou inofensiva, não sou humana.

Jesus ainda pende pacientemente sobre a porta da cozinha, e Charlie acredita em milagres e mistérios.

— Eu gostaria de ver o apartamento — digo. — Se não tiver problema.

Passamos pela sala de estar e seguimos pelo corredor, que me faz lembrar insuportavelmente de Truman. Ainda que não haja

nenhuma evidência concreta dele, nenhum pertence nem fotografia, o apartamento inteiro exala Truman. Seus sentimentos e suas
memórias estão aqui, e mesmo a mobília e as paredes estão repletas
de todos os momentos mínimos e valiosos de sua vida.

Seu quarto está exatamente como na última vez que o vi, mas
agora abandonado, mais frio. As persianas estão abaixadas, e o chão,
empoeirado.

Atrás de mim, Charlie solta um suspiro pesado, mas não diz
nada.

No outro lado do corredor, o banheiro é pequeno e apertado,
exatamente como eu me lembrava. É frio e branco, e cada azulejo e
ferragem grita Truman.

Entendo que Charlie não se esqueceu dele. Alexa ainda o espera,
mantendo vigília, e, em sua tristeza, eles o mantêm vivo. Truman
pode ter morrido numa rua anônima de uma cidade anônima, mas,
aqui em Avalon, é como se ele nunca tivesse saído do prédio. Sua
memória é palpável, mais sólida do que em qualquer outro lugar da
Terra. Eles o carregam consigo.

Com o coração batendo forte demais, entro no banheiro e me
sento no fundo da banheira. Quando abro a torneira e me recosto, a
água jorra à minha volta.

— O que você está fazendo? — pergunta Charlie, mas sua voz é
gentil. Não o tom que alguém normalmente usaria para falar com
uma garota estranha em seu banheiro, deitada na banheira completamente vestida.

— Seguindo Truman — digo, porque não há outra forma de dizer.
O tecido aqui é muito fino. Este é o lugar onde ele perdeu tudo.

Charlie está parado, e sua imagem acima de mim parece turva e sem rosto, a luz no teto formando um halo ofuscante atrás dele.

Fecho os olhos e me lembro de uma dor e de uma tristeza que não são minhas. As memórias de Truman tomam conta de mim numa onda caótica, e prendo a respiração, deixando a água me cobrir. Sob a água, me sinto subitamente livre, como se estivesse caindo. Estou mais perto dele do que nunca, no único lugar em que ele era mais triste do que em qualquer outro, e, ainda assim, sou tomada por uma alegria estranha, incontrolável.

Charlie me deixou entrar no apartamento porque amava Truman. Ele não vai me arrastar para fora da água agora pelo mesmo motivo. Ele está pronto, assim como eu, para ir até onde for necessário. Pronto para tentar qualquer coisa.

A falta de ar me atinge, e, quando isso acontece, a sensação não é de tristeza, mas de celebração da vida de Truman — todo o riso e a saudade e a tragédia. Estou levando tudo comigo. Está me levando através do museu abarrotado da memória. Está me levando até ele.

CAPÍTULO TRINTA E SEIS
PARAÍSO

Quando abro os olhos, a luz é suave. Sob meu corpo, o chão é branco e lustroso, liso como mármore, e fico deitada de costas, olhando para um céu azul-claro acima. Olhando para o nada.

Depois que passa algum tempo e ninguém aparece, eu me levanto do chão e fico de pé. Meus cabelos estão ensopados, e a água escorre por meu vestido, pingando no chão brilhante.

Olho em volta, surpresa ao notar que estou rodeada de prédios, arranha-céus brancos como conchas e cintilantes. As ruas são amplas e limpas, e o céu é de um tom claro e delicado de azul.

— É a mesma coisa — sussurro para mim mesma, para ninguém. Minha voz está tremendo. — É uma cidade, é só uma cidade.

Pensei que o Paraíso fosse melhor, mais elevado. Achei que o sagrado e o santificado não fossem se parecer tanto com a minha casa. Pelo canto do olho, vejo um farfalhar de cores que lembram a luz do sol, era alguém se movendo, mas logo desaparece.

Com passos cautelosos, sigo o desfile de luzes tremeluzentes pela praça vazia e entro em um prédio grande e silencioso.

O saguão é comprido e vazio, com um átrio nos fundos, iluminado e cheio de plantas delicadas, translúcidas. Um homem está parado de costas para mim, examinando um relógio de bolso.

Quando atravesso o saguão, ele se vira e fecha o relógio com um golpe rápido. É Azrael.

Eu me sinto tão cansada. Sinto como se tudo houvesse se desmanchado dentro de mim e apenas fico ali, olhando para ele.

— Você de novo — diz ele, e sua voz parece tão cansada quanto eu.

Eu de novo. Continuo vendo movimentos pelo canto do olho, fragmentos de cor e luz, que somem antes que eu os olhe.

Ele para diante de mim, os braços cruzados sobre o peito. Quando me olha, sua boca se retorce e se transforma num esgar de desdém, exibindo dentes perfeitos. Não é um sorriso.

Fico olhando para ele, ainda estou pingando, molhando o chão branco.

— Quero ver Truman.

À minha volta, cores passam rapidamente em vultos ritmados, mas, quando me viro para olhar, não há nada além de branco. Penso ouvir vozes baixas, impossíveis de decifrar.

Azrael me encara, balançando a cabeça.

— Por que, em nome de tudo que é bom, eu iria deixar você fazer isso?

— Eu amo Truman — digo.

— *Ama?* — pergunta Azrael, sorrindo pela primeira vez. — Não sei se alguém já lhe disse, mas você é um demônio. Não pode amar.

— Posso, sim — digo, sem fôlego. — Posso sentir o amor, e é maravilhoso e complicado e real. E ele *me* ama.

O sorriso de Azrael é amargo.

— Deixe que eu ensine a você algo sobre demônios. Eles amam a dor e a miséria das outras pessoas. Eles mentem quando lhes convêm

ENTRE MUNDOS

e não veem nada de errado nisso. Corrompem, matam e destroem sem qualquer peso na consciência. Vocês simplesmente não têm a capacidade de algo tão honroso quanto amar outra pessoa.

— Mas eu não sou assim. Você não está falando de mim. Se você pelo menos me ouvisse... se acreditasse em mim.

Minha garganta dói, e minha visão começa a ficar embaçada. De repente, lágrimas jorram por meu rosto e são quentes. Não mornas como as que derramei sobre o corpo de Truman na rua, mas ferventes. São da cor do sangue, tremendo em meus cílios, e então ficam azuis. Brancas, quando finalmente chegam ao chão. Onde elas caem, o piso fumega e começa a derreter.

A fumaça sobe, deixando marcas de queimadura. Então, as chamas aparecem, saltando à minha volta, espalhando-se rapidamente.

— Por favor, preciso encontrar Truman. Só preciso vê-lo.

Azrael se aproxima, desviando das chamas que se espalham e bloqueando minha visão da janela, coberta por uma cortina atrás dele.

— Vê-lo não vai fazer diferença nenhuma. Ele não vai reconhecer você e não há nada que possa fazer para que a reconheça, agora que ele esqueceu.

Enxugo o rosto com os dedos, e as lágrimas estão fervendo.

— Acho que você está enganado.

As vozes agora são indistintas, mas insistentes, sussurrando ao redor de mim. Meu coração está batendo muito forte.

Atrás de Azrael, a janela centelha por trás das cortinas claras e as vozes estão me dizendo para passar por ali. Com uma sensação confusa e pesada, passo por ele e vou em direção à janela. A cortina é fina, tênue como uma gaze, tapando o que está por trás. Passo por ela, afastando-a com facilidade.

Num jardim translúcido, há um garoto sentado num banco sob uma árvore de cristal, segurando a mão de uma menina de cabelos pretos. As cabeças estão próximas, e eles conversam em voz baixa.

Quando passo por cima do peitoril da janela e entro no pátio, Truman se vira e olha para mim. Seus olhos são claros, de um azul transparente. Seus cabelos são louros escuros, limpos e com um corte rente. Ele está diferente, mas eu o reconheço. Eu o reconheceria de olhos fechados.

Truman fica de pé, atravessando o jardim de vidro para me encontrar. Ele me olha por tanto tempo que quero esconder o rosto nas mãos. Luto contra a vontade de dar meia-volta. É tão difícil olhar para ele.

—Você está molhada — diz ele, estendendo a mão para tocar na água que escorre por meu rosto.

Estou abraçando meu próprio corpo, segurando os cotovelos.

— Precisei ficar. Caso contrário, não iria conseguir encontrar você.

Ele assente e sorri, como se aquilo realmente fizesse sentido.

A garota se aproxima dele, com seus cabelos longos e brilhantes pendendo num véu às suas costas.

Olho para ela, para as linhas perfeitas de seu rosto.

— Por que ela está com você?

Ele sorri, como se a pergunta fosse boba.

ENTRE MUNDOS

— Bem, eu não poderia ser feliz sem ela.

Sem mim. Ela estende a mão, e ele a toma. Depois diz, ainda olhando para mim:

— Por um segundo, pensei que conhecesse você.

A garota de cabelos pretos sorri, muito tranquila.

— Quem é ela? — perguntando, apontando uma para a outra.

— É a Daphne — responde ele para nós duas.

— Você a ama? — perguntamos.

— Mais que tudo.

Achei que, diante daquelas palavras, eu iria querer gritar de triunfo, para os céus ou para Azrael ou para Deus mesmo. Gritar: *Está vendo? Está vendo, ele me ama.* Mas Truman está segurando a mão da outra garota, e ela não sou eu.

Uma vez ele me disse que eu era a única coisa no mundo que o fazia feliz, que eu o fazia sentir como se ele não estivesse cheio de pedaços de vidro quebrado por dentro. Agora, ele está segurando a mão de outra pessoa.

Meus olhos estão secos e quentes. A garota estende a mão, sorrindo, afagando meu braço. Mas sei que ela é apenas uma paródia de mim, uma boneca feita de quanto eu o amo. De quanto ele me amou.

Ele não para de olhar de uma para a outra.

— Eu não conheço você? Acho que conheço.

— Você não se lembraria, se tivéssemos nos conhecido? — Estendo a mão, pegando a mão dele, e ele não solta. Nós três, Truman, a garota e eu, cada um segurando a mão do outro. Ele sorri quando giro seu pulso, então empurro a manga de sua camisa para cima, dobrando o punho com cuidado.

379

— O que você está fazendo? — diz ele, como se fosse começar a rir.

Seu pulso está liso. Não há nenhuma marca em seus braços, nem em lugar algum.

— O que fizeram com você? — pergunto. Traço os desenhos com a ponta do dedo, como se pudesse colocá-los de volta em sua pele. Fecho os olhos, imaginando-o doente, imundo, soluçando. Quando olho para ele novamente, vejo como parece saudável. Não há nada danificado nele agora. — O que foi que fizeram?

— O que você quer dizer?

— Seus pulsos, eles eram...

Ele ri, de repente, alegre.

— Está vendo, eu *conheço* você. Você parece familiar, eu só... não consigo me lembrar de onde. — Então, seu rosto se nubla. — O que, têm meus pulsos?

— Nada — digo a ele, tentando não chorar, com medo de que, se eu queimar o Paraíso, ele nunca vai me amar. — Eram... Eram...

— Ei — diz ele, estendendo a mão para mim. — Está tudo bem. Por que você não me diz qual é o problema?

Ao lado dele, meu fantasma está parado, de cabeça baixa. Seus olhos sempre foram tão corajosos, mas agora estão se enchendo de lágrimas. Elas irão transbordar, e, então, vou queimar o jardim e nem mesmo serei eu a fazer isso.

Truman me toca de novo e, dessa vez, ele me puxa de encontro ao seu peito, aconchegando minha cabeça em seu ombro. É como uma dor física, estar tão perto dele, como se eu me queimasse mais e mais.

Solto-me de seus braços.

— Não... Você não precisa me tocar.

Ele dá um passo atrás, parecendo preocupado, e quero agarrá-lo pelos ombros, pressionar minha boca contra a dele, mas tenho tanto, tanto medo de quanto isso irá doer.

— Você estava feliz na Terra? — pergunto.

Ele parece sério pela primeira vez, e incerto.

— Não — diz ele. — Não, eu não era feliz.

— Por que não?

— Muitas coisas. Não me lembro realmente de todas agora. Eu era solitário. Minha mãe... ela morreu quando eu tinha dezesseis anos. Mas, mesmo antes disso, acho que eu não era muito feliz.

Meus olhos ardem ao ouvi-lo falar tão facilmente sobre coisas que ele mal podia dizer em voz alta quando estava vivo.

Ele diz:

— Não me lembro de muitas coisas. Às vezes, acho que sim, mas depois tudo se mistura. — Ele me fita com tanta intensidade que deve estar olhando através de mim. — Havia uma garota que eu conheci. Acho que ela salvou a minha vida.

— Sim, você ia morrer. Mas ela fez você despertar.

— Como você sabe disso?

— Não importa. Ela fez você despertar, mas você desejou com todas as forças que ela não tivesse feito isso. Você queria ficar ador-mecido porque doía demais.

— Doía? — Ele agora me observa com os olhos semicerrados. — Do que você está falando?

Quero cobrir minha boca para que ele possa continuar vivendo nesse sonho branco, mas sinto medo.

— Eu amo você — digo, e a menina fantasma diz também.

Ele está olhando para ela, não para mim, e sua expressão ficou fria.

—Você o quê?

— Amo você — digo novamente, vendo a boca da garota se mover.

Ele dá um passo para trás, mesmo quando ela sorri para ele.

— Tem algo errado. — Ele está sacudindo a cabeça. — Algo muito errado.

— O que é? — pergunto, e agora ela está quieta.

— Ela — responde Truman, aproximando-se mais de mim. — Isso não está certo. Ela não iria dizer uma coisa dessas.

— Como você sabe?

— Eu a conheço, sei como ela é. Ela simplesmente não diria isso.

—Tem certeza? — digo, odiando que ele pudesse duvidar.

Não tenho nada para dar a Truman além das piores partes dele mesmo. Só posso lhe dar o fato de que ele, um dia, chorou ao perceber que não estava morto. Como posso pedir que escolha isso novamente?

— Está tudo errado — diz ele. Sua respiração é rápida demais, um ruído agudo, cheio de pânico. — O que eu preciso fazer para despertar? Por favor, você precisa me dizer como despertar.

—Você não quer essa vida perfeita?

— Quero a minha vida.

— Então me beije — digo, como se alguém estivesse apertando a minha garganta. Conheço os contos de fadas. — Se você me beijar, vai despertar.

Truman olha meu rosto, e seus olhos são muito azuis. Sua boca está levemente aberta, e ele inclina a cabeça, e minhas bochechas ficam quentes e brilhantes demais, como se minhas lágrimas houvessem escaldado tudo. Quando põe as mãos nos meus ombros, sinto queimar, mas de uma forma que mal se sente assim que sua boca encontra a minha. Sinto sua língua, cálida e familiar, uma centelha entre meus lábios, então desaparece, e agora vejo a árvore, desolada, cortada e retorcida, mas viva.

Ele recua, parecendo ferido, assustado. E agora não é hora de me perguntar se fiz a coisa certa. Diante de mim, ele está ofegante, respirando fundo, com dificuldade. Meu fantasma está mudo, mas trêmulo, estendendo a mão para mim. Ficamos lado a lado conforme ele começa a mudar.

A princípio, não muito. Com os dedos pressionando as clavículas, ele fecha os olhos, e agora seu rosto é mais magro, mais encovado. Seu suéter fica mais puído. Segundos atrás, ao que parece, eu me sentei no chão enquanto aquele mesmo suéter pegava fogo em meu corpo. Agora, está se desfazendo a uma velocidade alarmante, novo, depois velho, depois nada. Eu assisto, segurando a mão da menina com tanta força, apertando enquanto os cabelos de Truman ficam escorridos e embaraçados. Por que estou fazendo isso? Ele poderia ter sido feliz para sempre. Como é que estou fazendo isso?

Quando abro a boca, a garota grita ao meu lado, um gritinho agudo e tímido, mas eu não emito nenhum som. Cubro minha boca, e as cicatrizes dele surgem, pálidas e brilhantes em seus braços. Passo meus braços em volta dela e escondemos o rosto nos cabelos uma da outra.

— Daphne. — A voz dele é profunda, como na manhã depois que eu o encontrei.

Espero que nós dois nos viremos, mas, quando solto a garota, ela desmorona a meus pés, quebrando-se em pedaços ao cair. Sou só eu agora, eu e Truman Flynn, e, com certeza, essa é a pior coisa, e a mais egoísta, que já fiz na vida.

Mas, quando ele olha para mim, seus olhos são tão claros que quase não têm cor, e ele já está estendendo a mão para mim, sem olhar para qualquer lugar senão meu rosto. E, dessa vez, o beijo é forte e faminto e risonho, tudo ao mesmo tempo. Suas mãos deslizam por meus ombros e minha cintura, vagando até minha nuca. Ele segura meu rosto e encosta sua testa na minha. Eu sou a coisa real, e ele está sorrindo. Está sorrindo.

ALÉM

Truman Flynn despertou.

A vida após a morte era linda e extraordinária. Às vezes, o mundo era tão vibrante e verdadeiro que se tornava esmagador, e ele precisava fechar os olhos e esperar que a vertigem passasse. Nas manhãs, o sol se levantava, baixo e vermelho no horizonte. A expansão de cidades era tão imensa, tão cheia de ônibus, táxis e gente.

Ele via a si mesmo nas pessoas que ajudava — cada filho de cada demônio — e isso não o repugnava. O que via só reforçava o fato de que seu trabalho era bom e necessário.

Ele não tinha a memória de Obie para romances e sermões, então, lia em voz alta, carregando livros e coletâneas de poesia a todo lugar aonde ia. Sentava-se ao lado de camas de hospital em salas de recuperação. Às vezes, punha flores em sepulturas.

Daphne era determinada, cheia de energia. Ela gostava mais das crianças e se sentava no chão com elas, brincando com bonecas e marionetes, vestindo uniforme branco de enfermeira ou colorido de auxiliar, os cabelos presos num rabo de cavalo. Parecia mais velha agora, mais substancial, mais definida. Ainda sorria, porém — aquele sorriso claro, aberto. E, às vezes, saltava sobre ele, jogando os braços em volta de seu pescoço, e ele a segurava.

E, se ele se cansava do trabalho, de tempos em tempos, se ele se cansava da falta de esperança, era apenas porque estivera perto demais dela, durante tempo demais; então, ele deixava os abrigos, as clínicas e enfermarias, e saía pelo mundo, para vê-lo.

* * *

Numa tarde de maio, os dois pararam em uma exposição de peixes tropicais no aquário, diante de um tanque de tubarões. De cada lado, os corredores se estendiam, escuros, mas limpos. O edifício cheirava a umidade e sal.

Daphne remexia em seus cabelos, parecendo pensativa.

— Obie costumava me contar sobre o mar, como era grande e cheio de sal e peixes-anjo.

Truman pensou — pela primeira vez em muito tempo — nas noites no hospital, e a lembrança era clara, mas não dolorosa. Obie, parado diante dele, falando gentilmente sobre estrelas e galáxias e todo tipo de milagres.

— Ele era bom nisso. Descrever coisas, digo. — Ele pegou a mão dela, quente, indiscutível. Do outro lado do vidro, tubarões circulavam.

Ela ficou ali, com o nariz pressionado contra o tanque, quando um tubarão cinza se aproximou, com sua boca cheia de dentes. Ele chocou o focinho contra o vidro, e ela encostou a palma da mão ali, em resposta.

Truman apertou a mão dela.

— Quer comer alguma coisa?

— Sim. — Ela sorriu para ele. — Torta.

Do lado de fora do aquário, o sol estava forte, e Truman semicerrou os olhos. Quando começaram a descer a escada, Daphne parou abruptamente e o abraçou, passando os braços em volta de sua cintura e enterrando o rosto em sua camisa. Seu peso contra o peito dele foi repentino e ardente, pegando-o desprevenido. Na rua, carros passavam rapidamente como o fluxo de água corrente, e ela o soltou.

Ele tocou no rosto dela.

— Por que você fez isso?

— Porque isso somos nós... neste instante... você e eu. Porque eu posso.

AGRADECIMENTOS

Minha gratidão infinita vai para:

Minha agente, Sarah Davies, que é uma estrela do rock no mais elegante dos sentidos.

A equipe editorial da Razorbill: vocês são incríveis (para não dizer pacientes). Um agradecimento particular vai para Lexa Hillyer, que me deu o empurrão inicial; Jocelyn Davies, que me apoiou até o fim; e Ben Schrank, que garantiu que nós, de fato, tivéssemos o meio da história.

Alex, Alex e Allison da Rights People, que ajudaram meus livros a encontrar lares pelo mundo todo.

Os milagreiros da Penguin. Principalmente Gillian Levinson, cujas habilidades mágicas incluem — mas não se limitam a — bilhetes de estímulo, pacotes surpresa e responder, sempre, a todas as minhas perguntas; Anna Jarzab, que doma a internet e é extraordinária em todas as frentes; e Casey McIntyre, que me proporciona lugares maravilhosos aonde ir e, depois, garante que eu chegue lá (mesmo quando pareceu que nunca iríamos conseguir um táxi, você não desistiu).

Minhas parceiras de crítica, Maggie e Tess. *Entre mundos* não existiria sem elas. Sério, gente. Não, *sério mesmo*. Foram três anos incomparáveis, e estamos apenas começando.

Minha família, por ser vasta e dispersa e interessante, mas, principalmente, por ser incrível. Eles não se parecem em nada com as pessoas deste livro, eu juro.

Meus colegas de classe e professores na Colorado State University, que me ensinaram a começar e também a terminar as coisas, mas, principalmente, a revisar. Tenho uma dívida particular com o professor Milofsky e com meus companheiros escritores Mia, Stacy, Dave, Tom e Zach. Eles foram gentis o bastante para ver mérito até mesmo nas minhas ideias mais frívolas e têm uma tolerância ao bizarro bastante alta.

Syl. Depois de todos estes anos, ela ainda lê tudo e ainda está disposta a tudo.

E, finalmente, meu marido, David, que pediu comida chinesa noite após noite, nunca disse uma palavra sobre o estado vergonhoso dos meus cabelos e me lembrou de que o trabalho árduo torna tudo possível. Este livro, principalmente.

Impresso no Brasil pelo
Sistema Cameron da Divisão Gráfica da
DISTRIBUIDORA RECORD DE SERVIÇOS DE IMPRENSA S.A.
Rua Argentina 171 – Rio de Janeiro, RJ – 20921-380 – Tel.: 2585-2000